JE SUIS AMÉLIE LENGLET

Après avoir été grand reporter à France Inter et à France Info, réalisateur, directeur des programmes de Paris Première et de RTL, Jacques Expert est entré dans le monde des écrivains du noir en 2007 avec *La Femme du monstre*. Il est l'auteur de nombreux polars plusieurs fois adaptés en films et en séries.

Philippe Balland, journaliste, a été directeur des programmes à TF1 et à Europe 1. Il a écrit plusieurs romans dont le best-seller *Une affaire de goût*, qui a été adapté au cinéma.

Depuis plusieurs années, Jacques Expert et Philippe Balland écrivent ensemble des fictions et des séries pour la télévision.

Paru au Livre de Poche :

Jacques Expert

ADIEU

LE CARNET DES RANCUNES

CE SOIR JE VAIS TUER L'ASSASSIN DE MON FILS

DEUX GOUTTES D'EAU

LA FEMME DU MONSTRE

LE GRAND TEST

HORTENSE

LE JOUR DE MA MORT

NE NOUS QUITTONS PAS

PLUS FORT QU'ELLE

QUI ?

SAUVEZ-MOI

LA THÉORIE DES SIX

TU ME PLAIS

JACQUES EXPERT
PHILIPPE BALLAND

Je suis Amélie Lenglet

THRILLER

CALMANN-LÉVY

ISBN : 978-2-253-25314-3 – 1re publication LGF

PREMIÈRE PARTIE

Chapitre 1

Elle est en sueur. Un bandeau ceinture ses yeux, ses mains sont liées dans le dos par une cordelette, elle court à perdre haleine à travers un champ de maïs dont les feuilles lui giflent les joues. La jeune fille trébuche, manque de tomber. Elle hésite à se coucher pour se cacher. L'instinct de survie la pousse à poursuivre sa fuite effrénée. La lumière qui l'aidait à se guider, à distinguer de rares formes, s'estompe peu à peu. Elle comprend qu'elle pénètre dans un bois.

Elle est à bout de souffle, lorsqu'une branche lui fouette violemment le visage. Son front est entaillé mais elle retient son cri de douleur. Quelques gouttes de sang commencent à perler le long de sa tempe et maculent le bandeau blanc attaché sur ses yeux. Elle s'adosse à un tronc durant quelques secondes, rassemble ses forces, avant de reprendre sa course. En ce mois d'août, la chaleur est étouffante.

Elle semble bien vulnérable dans cette forêt si dense que les rayons du soleil n'arrivent pas à percer. Elle se fait lacérer par les feuillages, se heurte aux arbres. Aveugle, elle ne peut éviter le moindre obstacle, mais elle continue à fuir. Son sweat et son jean sont déchirés de toutes parts, ses sneakers maculées de boue. Une racine lui prend le pied et la déséquilibre. Elle tombe de tout son poids, glisse sur la pente. Ses mains entravées ne lui permettent pas de freiner sa chute et encore moins de l'amortir. Sa tête heurte violemment le sol, le bandeau est arraché. Ses yeux bleus illuminent alors son visage souillé de sang et de terre. Ses traits fins sont ceux d'une adolescente. Sa bouche est charnue, ses cheveux blonds mal taillés et en bataille, elle est d'une beauté animale, presque primale.

Le sang s'échappe de plus en plus de sa plaie. Débarrassée de son bandeau, elle peut enfin s'orienter et sortir de la forêt. Elle découvre alors une large zone agricole composée de champs et de pâturages et, au loin, un corps de ferme. Un ciel bleu intense découpe d'un trait rectiligne ce paysage plat du Cher. La jeune fille ne cesse de jeter des regards derrière elle. Personne ne la suit, ne la menace. Elle marque une pause. Le souffle coupé, elle n'a plus la force de courir. Ses épaules tirées en arrière par ses mains attachées dans le dos la font terriblement souffrir. D'un pas rapide, elle traverse les champs et pénètre dans la cour carrée qui sépare la grange d'une maison en ciment gris, aux étroites fenêtres sales.

— Au secours ! Aidez-moi ! Je vous en supplie. Aidez-moi !

Alerté par les hurlements, un homme de forte corpulence, la cinquantaine, en tenue agricole, sort du bâtiment où sont stockées les bottes de foin. Il découvre avec stupeur, au milieu de sa cour, une jeune fille ligotée, agenouillée sur les graviers, le visage en sang, en train de sangloter tout en appelant à l'aide.

Il se précipite vers elle, la relève et la maintient contre lui. La tête posée sur son épaule, la jeune fille semble voir toutes ses forces l'abandonner dans l'instant. En pleurs, elle répète sans fin :

— Je suis Amélie Lenglet, je suis Amélie Lenglet…

Chapitre 2

À des centaines de kilomètres de là, dans un pavillon de crépi blanc de Sainte-Foy en Vendée, une larme s'échappe de l'œil d'une femme dans la quarantaine. Puis, une seconde. Elles roulent sur sa joue, s'écrasent sur son chemisier en soie. Elle n'esquisse pas le moindre geste pour stopper la course lacrymale de l'émotion qui l'envahit.

Assise sur un canapé recouvert de plaids aux couleurs harmonieuses, Laetitia Lenglet reste silencieuse, en état de sidération. Elle serre contre son ventre un gros coussin. Elle affiche une beauté et une élégance naturelles. Ses cheveux sont châtain clair, mi-longs, à la coupe parfaite, un très léger maquillage souligne la régularité des traits de son visage et la douceur de son regard mordoré. Laetitia prend soin d'elle, de son apparence. Tout comme de son intérieur, décoré au fil des brocantes, vide-greniers et ateliers de recyclage où, depuis des années, elle aime flâner, chiner, perdre son temps. Elle dit que c'est par pur plaisir. Comment avouer que c'est la seule façon qu'elle a trouvée pour s'évader, pour arrêter de ressasser son malheur infini ?

Son mari n'a jamais adhéré à ce style à la fois bohème et industriel fait d'objets de récupération, alors qu'ils auraient les moyens de s'offrir du neuf. Il l'a néanmoins laissée faire à sa guise, à l'unique condition que Laetitia ne se mêle pas de la décoration de « sa pièce », à l'étage au bout du couloir. La chambre d'enfant où il aime se réfugier.

Laetitia n'a pas prononcé un mot depuis que son mari a raccroché le téléphone en la fixant, effaré, les yeux embués.

— Ils l'ont retrouvée… Elle est en vie, a-t-il murmuré d'une voix blanche.

Il s'est approché, l'a prise dans ses bras :

— Je l'ai toujours su, a-t-il continué, sanglotant.

À son tour, elle a fondu en larmes, leurs corps mêlés ne formant qu'un, durant de longs instants. En silence. Laetitia s'est détachée la première pour se réfugier dans son cocon. Son canapé, confortable, apaisant, où elle aime s'isoler pour ressentir pleinement ses émotions.

Elle n'entend pas Hervé lui demander si elle est heureuse, elle ne veut pas l'écouter. Tant de doutes l'assaillent. Elle a tellement peur. Laetitia refuse de souffrir à nouveau. Inutilement. En dix ans, tant d'espoirs déçus : des fillettes retrouvées n'importe où en France qu'elle a cru être Amélie aux jeunes filles qui ont tenté de se faire passer pour elle. Elle ne veut plus se bercer d'illusions, laisser son cœur s'emballer à la première occasion. Elle doit se protéger.

— Je savais que ce jour arriverait ! Je le savais !

Hervé ne tient plus en place. D'un pas stressé, tournant parfois sur lui-même, il va du vaste séjour à la cuisine ouverte, s'arrête quelques instants devant la large fenêtre qui donne sur le jardinet qui sépare leur maison de la rue. Il contemple leur quartier pavillonnaire déserté, au cœur de l'été. Hervé se dirige vers le réfrigérateur, se saisit d'une bouteille de vodka, et se sert juste un shot. Il en propose à Laetitia qui décline. C'est son rituel, son plaisir. Pas le sien.

Professeur d'histoire-géo, Hervé Lenglet a toujours détesté cette période de grandes vacances. Il aime trop son travail pour s'en éloigner si longtemps. Il considère même que sa foi en l'enseignement l'a sauvé. Il s'investit auprès de chacun de ses élèves, refusant l'échec scolaire qui guette certains. Il s'est donné pour mission de les protéger d'un avenir sombre. Surtout, ne pas les abandonner, ne pas les trahir. Et puis l'été, où partir sans Amélie ? À quoi bon traîner sa peine ailleurs ? Depuis dix ans, ça ne lui serait pas venu à l'esprit de s'éloigner de Sainte-Foy. Il tue le temps en comptant les jours avant la rentrée. Il bricole beaucoup, lit un peu. Et surtout il fait du jogging sur la plage des Sables-d'Olonne, à quelques kilomètres de chez eux. Courir jusqu'à l'épuisement, jusqu'à se faire mal, c'est sa façon à lui d'oublier son malheur, d'éteindre la rage qui le consume.

Hervé a quarante-cinq ans. Comme sa femme. De grande taille, il n'a pas pris un gramme depuis leur mariage, il y a dix-sept ans. Mais contrairement à elle, il fait bien plus que son âge. Le coup de vieux lui a été asséné en plein visage. Violemment, en quelques semaines, dix ans plus tôt. Un uppercut qui a mis K-O sa beauté sur laquelle il avait toujours su compter, à propos de laquelle on le flattait tant depuis l'adolescence. Ses traits se sont émaciés et creusés de rides profondes. Son regard s'est barricadé derrière un voile de tristesse. Ses yeux bleu azur se sont cernés et ont perdu leur éclat comme une teinture de piètre qualité. Enfin, sa tignasse noire et drue a blanchi en une seule nuit. D'un coup, Hervé a pris dix ans. Un châtiment qu'il estimait cependant trop clément au regard de sa faute. En secret, Hervé se condamnait parfois à la perpétuité. Voire à la peine de mort. Une fois seulement, quelques mois après le drame, il a pensé à se suicider. Mais il n'a pas eu le courage d'aller au bout. Il lui restait encore une personne à protéger, à aimer, Laetitia. Hervé a dénoué la corde accrochée à la poutre du garage et l'a rangée dans l'établi. Définitivement.

Il pose sa grande carcasse dans le fauteuil du salon, face à Laetitia, lui sourit tendrement. Elle le trouve toujours aussi séduisant. Elle préfère même ce visage un peu fracassé à sa beauté d'antan, trop lisse, si parfaite. Elle aime cet homme.

— Ce cauchemar est enfin fini… On va pouvoir à nouveau être heureux. Tous les trois !

Hervé fond en larmes, comme s'il se débarrassait du trop-plein de malheur accumulé depuis toutes ces années. Les mots se bousculent, sans filtre. Entre miracle et revanche, il remercie Dieu et envoie chier ceux qui l'ont accusé de tous les maux, même des pires.

— Mon seul crime, c'est de l'avoir lâchée des yeux quelques secondes… Et je m'en veux tellement pour ça depuis dix ans…

Combien de fois Laetitia n'a-t-elle pas apaisé sa culpabilité ? Elle s'y applique encore. Elle répète qu'il n'est responsable de rien, que cela aurait très bien pu lui arriver à elle aussi, que la petite échappe à sa surveillance.

— Viens, dit-elle.

Laetitia s'écarte pour lui faire de la place sur le canapé, à ses côtés. Silencieux, il s'assoit et pose sa tête sur les genoux de son épouse. Elle l'entend murmurer, comme pour lui seul :

— C'est fini, fini, fini…

Elle lui caresse la tête, le cajole comme un enfant perdu. Les yeux dans le vague, Laetitia ressasse la même et seule question qui la ronge, depuis le coup de fil de la gendarmerie de Vierzon dans le Cher. Elle ose enfin la formuler, affronter les certitudes de son mari :

— Et si ce n'était pas notre Amélie ?

Chapitre 3

De stupéfaction, Hervé dresse son mètre quatre-vingt-cinq face à Laetitia. Il n'est nullement menaçant. Juste profondément blessé.

— Comment peux-tu penser ça ? Cela fait dix ans que l'on attend ce jour ! On en a déjà discuté cent fois, mais moi, je ne me suis jamais résigné. J'ai toujours cru qu'elle était en vie. Et j'avais raison…

Laetitia reste silencieuse. C'est vrai. Elle avait perdu espoir de retrouver leur fille vivante. Depuis longtemps. Mais qui aurait pu lui en vouloir ? Cela faisait-il d'elle une mauvaise mère comme le suggérait parfois Hervé ? Laetitia était persuadée du contraire. Faire son deuil demeurait, selon elle, le seul remède pour ne pas sombrer dans cette folie qui l'aspirait peu à peu depuis la disparition d'Amélie. Le 7 septembre 2013. Elle avait sept ans, cinq mois et treize jours. Tout est gravé à jamais dans la mémoire de Laetitia Lenglet.

Laetitia prend Hervé dans ses bras. Frêle, elle lui arrive à peine aux épaules. Elle se hisse sur la pointe des pieds et dépose sur sa bouche un baiser de trêve. Il se laisse faire. Il a tant besoin d'elle, de son amour.

— Hervé, attendons ce que vont nous dire les gendarmes. Même si tu sais aussi bien que moi qu'ils auront du mal à prouver si c'est elle ou pas… Attendons surtout de la voir… Nous, on saura tout de suite. Notre cœur ne nous trompera pas.

Il lui sourit en silence. À quoi bon discuter ? Lui sait déjà que son Amélie est de retour. Laetitia s'éloigne pour aller prendre ses affaires. Elle doit partir travailler. Il s'en étonne.

— Tu vas bosser ? Pas ce soir !

— C'est bientôt le coup de feu. Je dois y aller.

Laetitia est gérante d'une pizzeria à succès du centre-ville. Bien sûr, elle pourrait rester. Évidemment, elle se sent honteuse de s'échapper ainsi, de l'abandonner. Mais Laetitia ressent le besoin quasi vital de s'éloigner. Passer la soirée avec ses équipes, ses clients, loin du huis clos oppressant de son couple figé dans l'attente angoissante de rencontrer cette jeune fille qui déclare être leur enfant, lui fera le plus grand bien. S'abrutir au travail, voilà ce qu'elle veut.

Elle a l'impression de vivre un moment suspendu, déchirée entre rêve et cauchemar éveillé. Laetitia veut croire à l'enchantement de retrouver Amélie, se dit qu'elle mérite ce cadeau de la vie après tant d'années de souffrance, mais ne peut s'empêcher de penser que l'histoire est trop belle pour être vraie. Elle enfile son imperméable noir, Hervé l'accompagne jusqu'à sa voiture. La nuit est en train de tomber sur le quartier résidentiel. Elle caresse tendrement sa joue.

— Je vais essayer de ne pas finir tard. Ne m'attends pas. Quoi qu'il se passe demain, sache que je t'aime.

Seul dans la maison, Hervé se verse un deuxième verre de vodka qu'il ne boit pas, monte à l'étage, et ouvre la porte au fond du couloir. Il pénètre dans une chambre d'enfant spacieuse aux couleurs pastel. Le lit simple, sous la fenêtre, recouvert de coussins et de peluches, le coin bureau avec les livres, cahiers et stylos soigneusement alignés, les étagères où sont exposées poupées, figurines et cadres photo d'Amélie enfant et de ses parents, tout est parfaitement à sa place. Comme il y a dix ans.

Hervé s'était battu pour reconstituer la chambre d'Amélie à l'identique, quand ils avaient emménagé dans leur nouvelle maison. C'était après l'incendie qui avait ravagé, une semaine à peine après le drame, le pavillon de leur bonheur enfui. Laetitia s'y était d'abord opposée, trouvant l'idée morbide. Puis elle avait cédé. Cette pièce est son refuge, à lui. Elle n'y va jamais.

À écouter sa femme, ils auraient dû quitter la région, fuir leur ancienne vie, tirer un trait. Hervé s'était montré inflexible. Il fallait rester au même endroit, dans le même décor pour le jour où Amélie reviendrait. Laetitia s'était inclinée de mauvaise grâce. Depuis sa disparition, leur fille était la source de leurs rares disputes. Hervé ne le lui a jamais dit, mais aujourd'hui encore, il en veut à Laetitia d'avoir trop facilement accepté l'inacceptable. Il garde ce reproche pour lui seul, mais il regrette qu'elle ne l'ait pas suffisamment soutenu, durant toutes ces années, dans son combat contre les gendarmes, les avocats, les médias, pour qu'ils n'oublient pas Amélie, qu'ils continuent leurs enquêtes.

Hervé a traversé la France au moindre indice, à la plus infime rumeur qui pouvait le mettre sur la piste de leur fille. Jusqu'à suivre celle de Fourniret. En vain. Paradoxalement, leur divergence a été le ciment de leur couple. Laetitia et Hervé Lenglet ont fait mentir les statistiques selon lesquelles les parents d'enfants disparus, dans leur grande majorité, finissent par se séparer. Eux, non.

Hervé boit lentement sa vodka en contemplant l'univers d'Amélie, avec tous ces détails reconstitués un à un. Il n'a pas fait tout cela pour rien. Elle sera si heureuse de les retrouver, se convainc-t-il. Durant quelques secondes, il se sent libéré de ses démons. Il ne s'en veut plus de ne pas avoir foncé tout de suite à la gendarmerie pour voir sa fille, d'avoir obéi à cette major Desjeunes qui l'a appelé. Il en oublie même la prudence de Laetitia alors qu'il aurait voulu qu'elle partage son enthousiasme.

Apaisé, il saisit sa guitare électrique posée dans un coin de la chambre. Il s'assoit sur le lit, met un casque sur ses oreilles. Hervé est un homme de rituel. Il donne rendez-vous tous les soirs à Amélie pour partager sa passion du heavy metal. Un fil invisible et intemporel qui vibre aux sons distordus de ses doigts qui glissent sur les cordes. Hervé ferme les yeux. Il revoit Amélie, si petite, riant aux éclats, se déhanchant comme une démente, traversée par la musique quand il lui jouait ses morceaux assourdissants. Ce soir, Hervé ressent Amélie dans chaque accord. Comme jamais. La nuit sera interminable. Il sait qu'il ne dormira pas.

Chapitre 4

Le dîner à peine avalé, assises devant leurs assiettes encombrées d'os de poulet et de restes de légumes, les deux adolescentes, seize et treize ans, se saisissent de leur portable et pianotent en silence sous le regard las de leur mère. Camille ne leur fait aucun reproche, elle semble avoir abandonné le combat depuis longtemps. Les règles de vie familiale strictes, qu'elle a instaurées dès leur petite enfance, ont volé en éclats au fil des gâteaux d'anniversaire. Les progrès technologiques, autant que ses renoncements coupables, ses horaires impossibles, et l'absence de leurs pères respectifs ont eu raison de son autorité de mère célibataire.

— Faudrait penser à débarrasser…

Camille marmonne à l'adresse de ses filles, le nez, elle aussi, plongé dans son smartphone, à consulter ses mails. Elle ouvre une pièce jointe et le visage d'Amélie Lenglet enfant apparaît sur l'écran.

Dans un ballet parfaitement rodé, les deux ados s'activent dans l'étroite cuisine. En un rien de temps, elles remplissent le lave-vaisselle, ouvrent et referment les portes des placards, le frigo, nettoient la table en Formica d'où Camille, restée assise, les contemple, amusée.

— Record battu, les filles ! Décidément, vous êtes de plus en plus pressées de filer dans vos chambres ! Loin de votre vieille mère…

Les demi-sœurs, complices, lui sourient. L'une ironise :

— C'est parce qu'on sait que t'as du boulot. On ne voulait pas te mettre en retard…

Emma et Léa éclatent de rire, puis vont l'embrasser dans un joyeux élan. Elles se serrent toutes les trois dans les bras. Les adolescentes lui susurrent :

— On t'aime.

Camille les dévisage tendrement, semble du regard leur dire « Moi aussi », mais leur répond par un simple « Bonne nuit les filles » qu'elle souhaite le plus doux possible. Camille s'en veut aussitôt d'être à ce point verrouillée. Elle ne sait même plus dire « Je t'aime » aux seules amours de sa vie.

Au fil des années, Camille s'est réfugiée derrière une carapace de plus en plus épaisse. Elle a perdu foi en l'autre, en un avenir où tout est encore possible. À seulement trente-six ans, les horreurs qu'elle a vues dans son métier l'ont certes endurcie, mais Camille est avant tout une grande accidentée de l'amour.

Elle y a pourtant cru à chaque fois. Mais, elle n'a connu que l'échec. Dès le début. Quentin, rencontré au lycée, a été son premier amant, son premier amour, sa première vie de couple. Une entrée en matière parfaite, un conte de fées qui a duré cinq ans. Une fois qu'ils ont eu le bac en poche, ils se sont installés ensemble. Camille ne savait pas encore quoi faire de sa vie, suivait de loin en loin des cours de sociologie à la fac. Très vite, elle a désiré avoir un enfant. Elle avait à peine vingt ans quand elle a donné naissance à Emma. Un bonheur partagé par le couple qui parlait alors mariage d'une même voix amoureuse. Jusqu'au jour où Quentin, sans le moindre signe avant-coureur, l'a quittée. La peur de s'être engagé trop vite, de ne connaître qu'une seule et même vie, et bien sûr et surtout l'amour clandestin pour une autre femme. À vingt et un ans, Camille était larguée, humiliée, anéantie, avec un bébé de quelques mois à élever.

Pour s'en sortir, elle a fait mille métiers avant de répondre à l'appel de la gendarmerie. Ce n'était pas le job de ses rêves, mais au moins il lui assurait la sécurité. Jeune aspirante, un an et demi après sa douloureuse séparation, elle a rencontré Hugo, fonctionnaire à la préfecture. Dans un premier temps, Camille a résisté à ce rouleau compresseur de séduction. Elle devait se protéger, mais elle a vite succombé. Amoureuse, mais pas totalement sereine, elle a exigé qu'Hugo l'épouse quand, après quelques mois de relation, elle est tombée enceinte de Léa. Leur mariage a tenu onze ans durant lesquels Camille s'est investie sans retenue dans son couple et dans l'éducation de ses filles. Hugo l'a quittée il y a trois ans. Pour une autre femme.

Ces trahisons, ces blessures ont fait d'elle une combattante revendiquée. Si son caractère trempé masque ses failles et son manque de confiance en elle, il fait aujourd'hui l'admiration de la plupart de ses collègues. Certains lui reprochent cependant son exigence autoritaire. Au travail, elle ne lâche rien, mais elle est dure, au point, parfois, de se montrer brutale. Elle en a conscience, essaye en vain de corriger ce défaut. Mais, cette absence d'empathie, n'est-ce pas ce qui fait d'elle une excellente enquêtrice ?

Ses filles parties dans leurs chambres, Camille tire une dernière bouffée de cigarette dans l'embrasure de la fenêtre de son appartement situé au deuxième étage d'un immeuble des années soixante-dix du centre de Vierzon. C'est un trois-pièces qu'elle a préféré à celui plus vaste que lui proposait la gendarmerie. Mais vivre en caserne, entourée de collègues, plus jamais.

C'est une grande femme brune aux yeux couleur charbon. Elle dissimule des courbes qu'elle trouve trop généreuses sous un gros pull et un pantalon de jogging large. Elle s'y sent à l'aise. Ses filles se moquent d'elle tant pour ses tenues sans âge ni forme que pour son uniforme qu'elles qualifient de ringard. Camille leur répond systématiquement qu'elle s'en fout.

Sa signature ? Ce sont ses tatouages. Depuis qu'elle vit seule, qu'elle n'a plus de comptes à rendre à personne, elle a osé faire ce dont elle avait toujours secrètement rêvé, façonner son corps telle une œuvre d'art. Aujourd'hui, Camille affiche douze tatouages. Ni prénom, ni dessin figuratif, ni couleur, elle a opté pour des tatous graphiques, ethniques. Au début, elle les avait voulus discrets, intimes, mais depuis peu elle s'était autorisée à en exhiber un à la naissance de son cou.

Camille écrase son mégot dans le cendrier posé à même la terre du bac à fleurs accroché à la rambarde, puis referme la fenêtre et s'assoit sur le canapé inconfortable. Elle le dépliera plus tard. Le salon fait office de chambre depuis qu'elle a laissé la sienne à Emma, son aînée. Tous les soirs, elle regrette ce nouveau sacrifice fait au nom de ses filles et de leur besoin d'indépendance, d'intimité. Et son intimité à elle, qui s'en préoccupe ? Camille en veut à leurs pères de lui verser des pensions alimentaires de misère. Elle en veut également à la gendarmerie pour leurs salaires plafonnés, leurs primes au rabais… La major Camille Desjeunes est une femme en colère.

Le visage d'Amélie Lenglet s'affiche en grand format sur l'écran de l'ordinateur portable posé sur ses genoux. La petite fille, les cheveux blonds retenus par une queue-de-cheval, fixe l'objectif avec sérieux. Seul un léger sourire, lèvres serrées, éclaire son visage. Comme sur toutes les photos officielles d'enfants disparus, on lui donnerait le bon Dieu sans confession. Comme si ces malheureux devaient rester prisonniers à jamais de leur image d'enfant sage, exemplaire, pour provoquer la révolte du public et les regrets éternels des proches. Camille examine une dernière fois le visage de la petite, cherchant des points de ressemblance avec la photo de l'adolescente qui vient de surgir dans sa vie. Les mêmes yeux bleus peut-être, le nez étroit, les cheveux blonds… Impossible de se faire un avis. Elle referme le fichier et ouvre le dossier « AFFAIRE AMÉLIE LENGLET ».

Chapitre 5

Nous, Sylvain Laurent, lieutenant de gendarmerie, officier de police judiciaire en place à l'unité d'enquête de La Roche-Sur-Yon, constatons que se présente devant nous Hervé Lenglet le 9 septembre 2013 à 10 heures.

Je me nomme Hervé Lenglet, je suis né le 14 août 1978 à Laval (Mayenne), professeur d'histoire, marié à Laetitia née Malet, restauratrice.

Le dimanche, c'est notre moment à nous. À Amélie et moi. Le midi, ma femme travaille au restaurant, c'est une grosse recette, alors on a l'habitude d'aller tous les deux nous balader soit dans la forêt des marais d'Olonne, soit à côté, à la plage des Sables. C'est seulement à dix minutes de chez nous. Amélie joue, s'amuse avec le chien, et moi pendant ce temps-là, j'en profite pour courir. Ensuite on grignote quelque chose à la baraque à frites du port et on rentre à la maison. Hier, nous sommes allés dans la forêt domaniale. Je faisais mon jogging habituel, trois tours du lac artificiel, trente minutes à rythme soutenu. Je fais ce parcours car pendant plus des trois quarts du temps je peux surveiller Amélie. Elle joue près des pins maritimes, des acacias qui délimitent le pied des dunes. Hier, je la voyais s'amuser avec le chien. Comme toujours elle le faisait enrager avec sa balle, mais quand j'ai terminé mon troisième tour, elle n'était plus là !

[Sanglots du père], avait noté le lieutenant Laurent dans son procès-verbal.

Je l'ai cherchée partout, en criant son nom, en appelant le chien. J'ai interrogé chaque promeneur que j'ai croisé. Rien. Personne n'avait vu une petite fille avec un pull jaune. Et puis, le chien est réapparu, avec la balle dans sa gueule, près de la piste cyclable qui longe la route des dunes. J'ai repris espoir, je me suis dit qu'Amélie ne devait pas être loin.

Je suis reparti à la recherche de ma fille. J'étais seul…

Durant ces quatre heures, je n'ai appelé ni la gendarmerie ni mon épouse car je pensais qu'Amélie s'était simplement perdue, que j'allais vite la retrouver… Je ne voulais pas inquiéter sa mère… Et puis, c'est vrai… Je culpabilisais… C'est de ma faute… Je l'ai laissée sans surveillance… Mais pourquoi toutes ces questions à la con ? Vous ne croyez quand même pas que j'aurais fait du mal à ma petite fille ?

Dans la marge du PV, le lieutenant Laurent a noté, d'une écriture nerveuse, que le père s'est emporté et a mis fin à la déposition. En lisant la déclaration d'Hervé, Camille entend sa voix, imagine son ton. Le même sans doute que celui qu'il a pris tout à l'heure, au téléphone, quand elle l'a mis en garde contre tout excès d'optimisme au sujet de cette jeune fille conduite à sa gendarmerie, à Vierzon. Agacé, nerveux, impatient.

Certes, elle dit s'appeler Amélie Lenglet, mais la major a annoncé à Hervé qu'elle devait suivre la procédure d'authentification, d'autant que sa disparition a tellement été médiatisée qu'elle n'écarte pas que ce soit une mythomane à la recherche de son heure de célébrité ou pire une usurpatrice avec de mauvaises intentions. Elle va l'interroger, recouper les éléments. Ce sera long… Son ton dénué de tout affect, parfois abrupt, a eu pour effet de mettre Lenglet en rage. Il l'a stoppée net, l'empêchant de dérouler son protocole de précautions.

— Dix ans ! Ça ne vous suffit pas comme attente ! Vous voulez encore nous faire mariner. Et puis d'abord, vous êtes qui pour me dire si c'est ma fille ou non ? Vous ne connaissez rien à l'affaire. Vous ne connaissez pas Amélie. C'est notre histoire. Pas la vôtre. Et moi, mon cœur de père me dit que c'est certainement notre fille.

Camille a dû user de toute son autorité pour l'empêcher de venir immédiatement.

— OK. Mais on sera là demain pour la voir. Avec votre permission ou non ! avait-il conclu.

— Pas de problème, monsieur Lenglet. Je vous attends donc dès demain à la gendarmerie de Vierzon, s'est-elle forcée de répondre avec courtoisie avant qu'il ne raccroche sèchement.

Camille ne s'en est pas formalisée. Elle comprend l'impatience d'Hervé Lenglet, mais nul ne l'impressionne ni ne lui fait peur. En treize ans de carrière, la major Camille Desjeunes a été confrontée à bien plus dangereux qu'un père en détresse et colérique. Contrairement à ce qu'Hervé a affirmé, l'affaire Amélie Lenglet est désormais celle de Camille. Mutée depuis deux ans dans le Cher, elle tient enfin une enquête à la hauteur de ses ambitions et elle compte bien y jeter toute son énergie et son talent. Une investigation qui s'annonce si compliquée qu'elle en salive d'avance. Comment prouver, sans aucun secours de l'ADN, que Laetitia et Hervé Lenglet ont bien retrouvé Amélie, leur fille adoptive ?

Il est minuit passé, Camille déplie enfin son canapé-lit, se déshabille en hâte et se glisse dans la chaleur de la couette. Toutes lumières éteintes, seul l'écran de son ordinateur posé sur son ventre éclaire le petit salon. Elle consulte le certificat d'adoption établi quand Amélie est arrivée d'un orphelinat de Lettonie à l'âge de trois ans. À la lecture des divers documents des services sociaux, Camille comprend que les Lenglet s'étaient battus durant cinq longues années pour enfin connaître ce bonheur. Et qu'ils s'étaient révélés d'entrée comme d'excellents parents selon les nombreuses évaluations.

Elle se plonge aussi dans tous les articles de presse consacrés à cette affaire qui a ému la France entière durant les premières semaines qui ont suivi la disparition de l'enfant. Une fillette tant désirée, aimée. Les gendarmes ont passé au peigne fin les mille hectares de la forêt domaniale d'Olonne, dragué le lac et les marais. En vain. La thèse de l'accident a été écartée, celle du meurtre également. Hervé a été un temps suspecté, en raison de ses longues heures passées sans alibi, soi-disant à la recherche de sa fille. Les médias, l'opinion publique ont fabriqué un coupable possible, puis idéal. Hervé a finalement été innocenté grâce au bornage de son portable qui prouvait bien qu'il disait la vérité et qu'il n'avait pas quitté la forêt quand il recherchait seul sa fille pendant plus de quatre heures. Et comme les fouilles des gendarmes sur l'ensemble de la zone n'ont relevé aucune trace de la fillette, aucun indice, l'enquête a conclu à un enlèvement. Camille visionne enfin les reportages TV de l'époque. Des micros-trottoirs des habitants de Sainte-Foy où se mêlent colère, compassion et accusations persistantes contre Hervé. Des analyses et supputations fantaisistes de la part de « spécialistes » judiciaires sur les plateaux des chaînes d'information continue. Enfin, Camille lit jusqu'à saturation les dizaines d'interviews données par Hervé Lenglet. Entre rage et frustration, le père d'Amélie s'en prend sans cesse aux gendarmes, à la justice, pointant leurs erreurs, leur lenteur, leur incompétence qu'il qualifie d'abyssale. Ce père, suspecté et meurtri, est un bon client que les médias sollicitent souvent pour son francparler et l'ambiguïté qu'il dégage. Sa dernière prise de parole date d'il y a quelques mois seulement. En découvrant son visage, Camille se dit qu'Hervé Lenglet a bien morflé. S'il est physiquement méconnaissable, son caractère n'a pas changé d'un iota. Une fois encore, les enquêteurs en prennent pour leur grade. Depuis bientôt dix ans, ils n'ont rien fait pour retrouver sa fille, alors qu'elle est là, quelque part, vivante. Il le ressent au plus profond de lui-même. Il va la retrouver. Il en a la conviction. Camille sait désormais ce qui l'attend avec ce père nourri de désespoir et de rancœur. Il ne lui fera aucun cadeau. Elle est prête pour le combat. La major referme le capot de l'ordinateur, il est deux heures du matin, et se force à chercher le sommeil. Demain, elle rencontrera pour la première fois Amélie Lenglet. Ou du moins, celle qui déclare l'être.

Chapitre 6

Camille Desjeunes porte son uniforme, les cheveux attachés en chignon. Elle affiche la sévérité et le sérieux de sa fonction. Après une courte et inconfortable nuit sur son maudit canapé-lit, elle arrive au centre hospitalier de Vierzon. Une appellation qu'elle a toujours jugée bien pompeuse au regard de ces bâtiments vétustes dont la rénovation agite, depuis de nombreuses années, des débats houleux entre élus locaux. Avec, pour résultats, peu de crédits débloqués et des fermetures de lits à la pelle. Il n'en reste aujourd'hui qu'une trentaine dans le bâtiment central. Les annexes ont peu à peu été condamnées. Camille salue l'hôtesse d'accueil sans s'arrêter et se dirige d'un pas assuré vers les consultations. Elle semble en terrain connu. Le couloir, d'un beige sinistre, est agrémenté de taches de couleurs vives. La nouvelle maire a en effet marqué l'entame de sa mandature par un signal fort, symbolique d'une campagne de renouveau et d'optimisme, elle a fait repeindre les portes en bleu et orange.

Camille pénètre dans le bureau du médecin. Sans même frapper. L'homme est jeune. *Un débutant*, pense-t-elle. Sans s'embarrasser de formules de politesse, elle demande d'emblée :

— Comment va-t-elle ?

— Bonjour, la reprend le médecin, avant de poursuivre, avec un léger sourire. Pour répondre à votre question, elle va bien. Que des blessures superficielles. Nous lui avons seulement posé deux points de suture. Elle s'est nourrie, a bien dormi…

— Pas de traces d'agression ?

— Non, ni maltraitance ni agressions sexuelles.

— Elle est encore vierge ?

— Oui. L'examen que nous avons mené à votre demande est formel.

— Elle peut sortir ?

— Rien ne nécessite que l'on prolonge son hospitalisation. Elle pourra sortir en début d'après-midi.

— Pour aller où ?

Camille semble poser cette question autant au jeune médecin-chef qu'à elle-même. En guise de réponse, l'homme enfouit ses mains dans les poches de sa blouse blanche, lui faisant comprendre que c'est son problème à elle, pas le sien.

— Je suis désolé. Nous manquons de lits… Cette jeune fille est certes en état de choc – qui ne le serait pas après ce qu'elle dit avoir vécu ? – mais elle a plus besoin de psychologues que de médecins et soignants. Ils l'aideront mieux que nous à savoir qui elle est vraiment.

Avant de quitter son bureau de consultation et de conduire la major à sa chambre, le docteur lui remet un dossier médical, qui comprend comptes rendus, analyses, et prélèvements ADN. Sur la chemise cartonnée rouge est inscrit le nom « Amélie Lenglet » avec un point d'interrogation.

La jeune fille est assise sur son lit. Simplement vêtue d'une blouse bleue en papier nouée par de fines attaches, elle tourne le dos à la porte d'entrée de sa chambre et fixe le parking de l'hôpital à travers la fenêtre à l'ouverture condamnée. La major Desjeunes s'approche en silence, puis lui adresse un « Bonjour » qu'elle veut le plus doux possible. La fille sursaute aussitôt et se retourne, l'air affolé. Son regard clair, mêlé d'innocence et de peur, fascine d'emblée Camille. Ses yeux bleus illuminent alors son visage. Elle la trouve incroyablement belle, malgré ses pansements du front au menton. Un bandage enserre sa tête, emprisonnant sa chevelure blonde lavée et peignée. Camille vient s'asseoir sur le lit à côté d'elle.

— Vous êtes qui ? lance la jeune fille qui semble en permanence sur ses gardes.

— Je suis de la gendarmerie. Rassure-toi, je suis là pour t'aider. Avec nous, tu ne crains plus rien… Je vais te poser quelques questions… Ce n'est pas grave si tu n'as pas toutes les réponses…

Elle reste muette. Son regard fuyant se perd en direction de la fenêtre. La major Desjeunes s'applique à ne pas la brusquer. Bien que peu exercée à la détresse des enfants et adolescents, elle s'adresse à elle, avec une prévenance et une subtilité dont elle ne se serait pas crue capable. Loin des interrogatoires musclés et cinglants qu'elle aime pratiquer avec certains prévenus qu'elle trouve trop arrogants et juge déjà coupables.

Aux premières questions de la gendarme, elle répond parfois par de longs silences, des pleurs, et des déclarations confuses, faites de souvenirs comme des flashes, sans cohérence ni chronologie sur les dix années écoulées. Rien concernant sa vie d'avant, chez les Lenglet. Ses mots s'entrechoquent. Elle est apeurée, donnant le sentiment de vouloir encore échapper à ses ravisseurs.

— Je te le répète. Tu es en sécurité ici. On va prendre le temps nécessaire. Si on commençait par le début, d'accord ? Ton enlèvement…

Ses trous de mémoire sont béants. Abyssaux. Elle ne se souvient plus de ce jour maudit, elle dit avoir tout fait pour l'oublier, des circonstances du drame, des traits du visage de son père, de sa tenue de jogging, n'a aucune idée du modèle du véhicule dans lequel elle a été enlevée…

Face au flot de questions de la gendarme, elle finit par se murer dans le silence. Prostrée, elle fond en larmes. Soudain, elle s'écrie :

— Vous devez penser que je suis folle ! Je vous jure que je suis Amélie Lenglet !

La major Desjeunes ne la contredit pas mais se garde bien, durant toute leur entrevue, de la nommer Amélie. En douceur, elle continue à chercher à lui extirper des bribes de témoignage, des semblants de faits qui pourraient déterminer si cette jeune fille dit la vérité ou non. Mais pourquoi mentirait-elle ? Dans quel but ? Camille ne cesse de s'interroger face à cette adolescente désarmante par sa détresse, sa peur évidente d'affronter la réalité de sa nouvelle vie qui commence aujourd'hui. Après une parenthèse de dix ans. La major reste concentrée sur le jour de l'enlèvement. Un point de départ pour dérouler le fil de son histoire.

La jeune fille tente à nouveau de se souvenir, de rassembler des fragments de mémoire. Son récit est brut, presque désincarné, marqué de courtes pauses entre chaque phrase, comme une ponctuation au cœur de ses réminiscences.

— Mon père courait… Il me faisait un signe de la main quand il passait devant moi… Moi… J'étais seule… Je jouais… Je me suis éloignée… D'un coup, j'ai été agrippée par-derrière et soulevée de terre, emportée, et jetée à l'arrière d'une camionnette.

Elle s'interrompt. Comme si elle en avait terminé avec son témoignage.

— Vous avez roulé longtemps ?

— Non. Quelques minutes. Un quart d'heure, pas plus.

— Tu te rappelles où tu as été conduite ? Une maison ?

— Non. La femme m'avait bandé les yeux.

— La femme ?

— Oui. C'était un couple. Très gentil. Ils me disaient toujours que j'étais « leur petite fille chérie » et que je pouvais les appeler « Papa et Maman ». Mais je ne l'ai jamais fait.

Les yeux emplis de larmes, elle implore la major d'arrêter de lui poser des questions.

— Je suis fatiguée… C'est trop dur de parler de tout ça… Quand est-ce que je vais voir mes vrais parents ?

Camille relève que sa voix ne montre étrangement aucun signe d'impatience ou d'enthousiasme. Camille lui répond « Bientôt » tout en sachant qu'il est encore beaucoup trop tôt pour des retrouvailles avec une inconnue. Si touchante soit-elle.

Chapitre 7

Appuyée sur le capot de la Renault Megane bleu électrique de la gendarmerie, garée sur le parking du centre hospitalier, Camille dénoue ses cheveux, allume une cigarette. Elle savoure l'instant en aspirant de longues bouffées apaisantes, rassemble ses idées, ses impressions disparates, ses premières conclusions. D'une pichenette, elle se débarrasse du mégot consumé jusqu'au filtre, et comme convenu, appelle le juge d'instruction pour débriefer avec lui.

— Je ne sais pas… Elle semble totalement sincère, mais si confuse… Et puis, elle se souvient à peine de ses parents, de sa vie d'avant le drame… C'est vraiment difficile de tirer des éléments tangibles prouvant qu'il s'agit bien d'Amélie Lenglet. C'était juste un premier contact. Il me faudra du temps…

Le juge Garrigues l'interrompt sèchement.

— Du temps, nous n'en avons pas ! J'ai déjà l'avocat des Lenglet sur le dos. Il affirme que les parents ont suffisamment souffert pour en plus se voir infliger les doutes d'une flic d'un bled paumé, en mal d'affaires croustillantes. Désolé major, je cite ses propres mots. Selon lui, si elle dit qu'elle est Amélie, c'est que c'est vrai. Il n'en démord pas. J'avoue que je ne suis pas loin de penser comme lui.

— Vous oubliez qu'elle n'est pas la première à prétendre être la petite Lenglet…

Camille développe son hypothèse, selon laquelle l'évidente instabilité psychologique de la jeune fille pourrait trouver sa source bien ailleurs que dans le traumatisme d'un enlèvement, d'une séquestration. Elle est peut-être une mythomane qui cherche son moment de gloire à travers une affaire particulièrement médiatisée. Ou alors une marginale, au destin brisé, à la santé mentale fragile, qui recherche de la reconnaissance, un toit, une famille, de l'amour.

— Restons-en aux faits, major ! Depuis hier, vos investigations à partir de sa photo démontrent qu'elle sort de nulle part ! Aucune gamine qui lui ressemble n'a été déclarée fugueuse. Elle ne figure pas non plus dans les disparitions inquiétantes de l'ensemble de la région. Et cela sur plusieurs années. Je fais le pari qu'il en sera de même au plan national. Y compris avec son ADN. Par ailleurs, je n'ai pas besoin de vous rappeler que son ADN ne vous servira strictement à rien dans cette affaire… Attendons surtout l'avis des Lenglet.

— Quand arrivent-ils ?

— En fin de matinée…

Le magistrat se radoucit un peu.

— Major, je n'ai pas à vous apprendre votre boulot et vous avez évidemment carte blanche pour mener votre enquête. Mais ne vous obstinez pas à refuser de croire aux contes de fées. La vie réserve parfois des miracles. La brusque réapparition d'Amélie Lenglet en est peut-être un…

La major Desjeunes monte dans la voiture, se glisse derrière le volant, mais n'actionne pas le contact. Le regard rivé sur le ciel menaçant à travers le pare-brise, elle repense aux dernières consignes du juge d'instruction. Toutes, selon elle, plus insupportables les unes que les autres. Il lui faut intégrer dans son enquête un psychiatre dépêché par l'administration de tutelle. Le professeur Pierre Meignan, un spécialiste des traumatismes de l'enfance, à la renommée internationale. Un ponte, selon Garrigues, qui va décrypter en moins de deux la personnalité de la jeune fille. Bref, un emmerdeur prétentieux, pense Camille. Il lui faut aussi faire confiance à l'instinct parental des Lenglet. Se montrer bienveillante avec eux. Surtout avec le père, un homme profondément en souffrance. Et qui, toujours d'après le juge, les a déjà menacés via son avocat de rameuter la presse si la major Desjeunes mettait de la mauvaise volonté à leur rendre leur fille au plus vite. Elle pressent qu'elle va adorer Hervé Lenglet. Enfin et surtout, la pire des consignes pour Camille : croire aux contes de fées.

Chapitre 8

— C'est pas vrai… Ils sont déjà là ?

À l'annonce de l'arrivée du couple Lenglet à la gendarmerie de Vierzon, Camille Desjeunes cherche aussitôt à les éviter, à repousser cette rencontre qu'elle pressent douloureuse et houleuse. Partis à l'aube, il leur a fallu moins de trois heures pour effectuer les quatre cents kilomètres qui les séparent de Sainte-Foy. Laetitia a demandé à son mari à plusieurs reprises de lever le pied. Sans résultat. Trop hâte de retrouver son Amélie.

Camille n'a aucune réponse aux montagnes de questions qui doivent les assaillir. En plus, elle a un autre rendez-vous qui l'attend. Elle ordonne à son adjoint, l'adjudant Yannis Messaoui, de gagner du temps.

— Comment je fais ? demande-t-il.

— Démerde-toi ! Tiens, emmène-les à la cantine de la caserne, pour qu'ils mangent un morceau après leur longue route.

— Vous croyez vraiment qu'ils ont envie de bouffer ?

— Je ne sais pas moi… Offre-leur un café et dis-leur que la fille n'est pas encore arrivée. Et surtout, tu ne restes pas avec eux, sinon ils ne vont pas te lâcher sur l'avancée de l'enquête…

Messaoui sourit en rappelant à la major que, même sous la torture, il aurait bien du mal à balancer quoi que ce soit. Il n'a pour l'instant rien trouvé qui pourrait identifier la jeune fille.

— Inconnue au bataillon ! Que dalle dans nos fichiers. Sa photo ne matche pas non plus pour le moment avec nos recherches sur les réseaux sociaux. Pas un compte !

Yannis Messaoui a passé le cap de la trentaine mais on dirait un gamin. La malice de son regard noir, l'innocence de son sourire, ses reparties, son vocabulaire d'adolescent font de lui un gendarme décalé dans l'escadron. C'est ce qui a tout de suite plu à Camille quand elle a pris ses fonctions. Messaoui est devenu son protégé, son double, son confident.

— Et les établissements scolaires ?

— Les collègues font le tour des établissements scolaires du département avec sa photo. Mais pour le moment : que dalle…

Camille se lève, contourne son bureau, s'approche de Yannis et pose délicatement sa main sur son avant-bras.

— Et merde… Quel service vous allez me demander encore ? soupire-t-il.

— Ta femme n'a toujours pas accouché ?

— Je vous rappelle qu'elle est enceinte de cinq mois. J'ai pas une tête à faire des crevettes !

Camille fait une moue dubitative, laissant entendre que Yannis a une tête à être le géniteur de n'importe quelle sorte d'espèce.

— Parfait. Votre chambre d'enfant est donc encore dispo. Tu vas pouvoir héberger notre mystérieuse inconnue dans ton magnifique appartement de quarante-cinq mètres carrés au sein de la caserne. Comme ça, on la garde au chaud, sous la main, et sous ta surveillance…

— C'est réglementaire, votre délire ?

— J'ai le feu vert du lieutenant-colonel et du juge d'instruction, mon petit pote ! Tant pis pour toi. Tu n'avais qu'à faire comme moi, refuser de vivre à la caserne.

Camille lui tapote l'épaule avec un petit sourire narquois, comme si elle savourait le mauvais tour qu'elle vient de lui jouer. Elle raccompagne Yannis jusqu'à la porte de son bureau tout en lui parlant sur un ton complice.

— Allez, occupe-toi des Lenglet. Et puis après, tu vas à l'hôpital chercher ta nouvelle coloc…

Camille retourne s'asseoir à son bureau, particulièrement en désordre. Une tasse de café froid de ce matin traîne au milieu des dossiers éparpillés et de papiers froissés. C'est le règne des Post-it. Des carrés et rectangles multicolores griffonnés recouvrent la table, l'écran de l'ordinateur, et même le cadre photo où sourient ses filles dans un décor de plage. Tout l'univers de Camille a été enseveli par une avalanche de pense-bêtes. La jeune femme semble pourtant s'y retrouver dans ce bordel qu'elle certifie pensé et organisé. Pour preuve, en un instant, elle trouve la photo d'Amélie Lenglet enfant sous le dossier cartonné rouge, et le Post-it collé dessus, avec le numéro de téléphone qu'elle cherchait. Elle allume son ordinateur et lance l'appel depuis son clavier. Apparaît alors plein écran, en visioconférence, le visage sévère d'un homme d'une cinquantaine d'années. Il est tiré à quatre épingles dans son uniforme de gendarme. Camille sourit en le découvrant si conforme à ce qu'elle avait imaginé, dans sa posture réglementaire, avec derrière lui le portrait officiel du président de la République, parfaitement cadré par la webcam.

— Désolée pour le retard, mon lieutenant.

— Vous l'avez vue ? C'est elle ?

Chapitre 9

Le lieutenant Laurent de la gendarmerie de La Roche-sur-Yon ne peut masquer son impatience, sa nervosité. Cette affaire, la plus importante qu'il ait eu à traiter, le hante. Alors officier ambitieux chargé de l'enquête sur l'enlèvement d'Amélie Lenglet, il n'a jamais réussi à tourner la page. Depuis dix ans, il s'apitoie tout autant sur le triste sort de cette enfant, qu'il a cru morte jusqu'à hier, que sur le sien. Lui aussi est une victime. Il a toujours nié avoir échoué, avoir commis des fautes de débutant, il n'avait pas quarante ans au moment des faits. Sylvain Laurent considère avoir fait le job, malgré la pression de sa hiérarchie et des médias. Il trouve profondément injuste de payer la non-résolution de cette affaire. Depuis dix ans, sa carrière est au point mort. Depuis dix ans, il subit un harcèlement continu de la part d'Hervé Lenglet qui lui reproche d'avoir échoué à retrouver Amélie, puis d'avoir renoncé à poursuivre ses recherches, et surtout de l'avoir soupçonné du pire. La nuit dernière encore, vers minuit, Hervé Lenglet lui a téléphoné pour le narguer, pense-t-il, l'humilier une dernière fois, en lui répétant qu'il s'était trompé sur toute la ligne, qu'il n'avait jamais voulu l'écouter, le croire.

— Vous avez l'air malin, maintenant qu'elle est rentrée ! Qui avait raison ? a conclu Hervé Lenglet.

Le lieutenant a encaissé, impassible, comprenant que son agressivité était autant due à l'euphorie d'avoir retrouvé son enfant qu'à un excès d'alcool incontestable.

— Je ne sais pas si c'est elle. Pas encore. Ses déclarations restent imprécises. Et puis… Il me manque l'élément essentiel…

— Comment ça ?

— Vous le savez bien, mon lieutenant…

L'homme s'agace :

— Vous n'allez pas vous y mettre vous aussi !

Camille Desjeunes s'était promis de rester calme. Une sorte de pacte de non-agression entre collègues qui partagent les mêmes galères dans leurs enquêtes respectives, cette pression de faire bien et vite qui vous fait commettre des erreurs. Elle-même est loin d'être parfaite. Pourtant, Camille ne peut s'empêcher de lui reprocher sa faute originelle :

— Comment à l'époque vous n'avez pas pu faire de prélèvement ADN ? C'est dingue…

Le lieutenant Laurent accuse le coup :

— C'est trop facile de dire ça aujourd'hui. Mettez-vous dans le contexte, Desjeunes !

Il se justifie en déroulant les premiers jours de l'affaire.

— Relever l'ADN de la gamine dans sa chambre, dans sa maison, ne s'imposait pas, explique-t-il.

Pendant quarante-huit heures, avec l'aide des parents, des voisins, il avait organisé des battues citoyennes, recherché une enfant qu'ils imaginaient perdue ou accidentée.

— On a même fait venir des plongeurs de La Rochelle pour draguer les étangs…

L'enlèvement n'était pas une piste prioritaire.

— Comment imaginer cela chez nous… souffle le lieutenant, reconnaissant que lui et ses hommes étaient peu rodés à ce type d'affaire et qu'ils avaient consacré à tort leurs efforts sur les recherches dans cette forêt très étendue.

Et puis il y avait les médias qui montaient en épingle n'importe quel élément, le moindre ragot.

— C'est vrai aussi qu'Hervé Lenglet n'était pas très clair !

Il fallait gérer la colère de certains habitants contre lui. Il recevait des lettres de menaces de mort, des graffitis dénonciateurs étaient peints sur les murs de sa maison.

— On passait plus de temps à répondre à la presse, à convoquer les gens pour les calmer, les recadrer qu'à rechercher une enfant enlevée avec à la main une fiole de prélèvement ADN. Et puis cela aurait changé quoi ? On n'a jamais retrouvé de véhicule, on n'a jamais eu aucune piste. Alors ne venez pas me faire la leçon dix ans après !

Le lieutenant Laurent marque une pause avant de soupirer :

— C'était un vrai bordel à gérer, cette affaire… Vous ne pouvez pas imaginer…

Face à son désarroi, Camille se radoucit.

— Et puis, vous ne saviez pas qu'Amélie était une enfant adoptée.

— Non… Les Lenglet disaient toujours « notre fille, notre petite ». Jamais, dans les premiers jours, je n'ai pensé à l'adoption. Et comme ils ne l'ont pas mentionnée ni dans leurs dépositions ni à la presse, l'ADN n'était pas une urgence pour moi. Je pensais avoir celui des parents, si nécessaire. Vous savez, major Desjeunes, l'adoption chez les Lenglet c'était une sorte de secret. D'ailleurs, ils n'en ont jamais rien dit à Amélie…

— Un choc de plus pour elle quand elle va l'apprendre… Si c'est bien elle. Parlez-moi de l'incendie de la maison des Lenglet qui a détruit toute chance de prélever l'ADN de la petite…

— Ce soir-là, quelques semaines à peine après sa disparition, deux imbéciles, plus excités que les autres, les frères Anglade, ont foutu le feu au pavillon. Quand je suis arrivé sur place, j'ai tout de suite vu Hervé et Laetitia se tenir dans les bras au milieu de la foule, face au brasier. Ils contemplaient le désastre, en silence, impuissants et désemparés, mais tellement solidaires, dignes. Et puis, des cris se sont fait peu à peu entendre. De plus en plus fort. « Lenglet assassin ! Où as-tu caché le corps de ta gamine ? » Cette foule en folie, c'était terrible… Nous avons été obligés de les exfiltrer pour les protéger.

Les deux gendarmes échangent encore quelques minutes sur l'enquête passée et à venir, sur les pistes à rouvrir. Si cette jeune fille est réellement Amélie Lenglet, elle a été séquestrée durant dix ans tout près de chez ses parents, puisqu'elle affirme que la camionnette n'a roulé que très peu de temps lors de son enlèvement. Camille demande à son collègue de reprendre une enquête de proximité autour de Sainte-Foy, de rechercher une maison isolée, un couple.

— De mon côté, je vais me concentrer sur le lieu où on l'a retrouvée, tenter de remonter la piste des ravisseurs qui sont peut-être encore dans la région, pousser les interrogatoires de cette fille, passer au crible son témoignage et le confronter à la réalité des faits, et surtout aux Lenglet…

Laurent souffle :

— Bonne chance avec le père !

Il lui raconte l'appel qu'il a reçu dans la nuit :

— Il est incontrôlable. Elle, en revanche, est plus mesurée, plus réfléchie. Si des messages doivent passer, c'est par elle.

— Merci du tuyau, lieutenant. À vrai dire, j'ai déjà eu un petit échantillon de la personnalité volcanique d'Hervé Lenglet…

Le lieutenant Laurent n'est pas mécontent de constater que Desjeunes n'a pas été plus épargnée que lui des foudres du père.

— Une dernière chose à savoir, major. Ces gens-là ne sont pas faits du même bois que nous. Ils sont sacrément solides.

Pour les avoir côtoyés durant des années, Laurent l'informe que les Lenglet ont surmonté ensemble la douleur, le soupçon, la culpabilité. Après l'incendie, ils se sont fait construire une nouvelle maison à l'entrée de Sainte-Foy, alors que tout le monde pensait qu'ils allaient disparaître.

— Ils n'ont jamais voulu quitter la commune, malgré le souvenir permanent de cet atroce événement et la suspicion qui pèse encore sur Hervé, dans l'esprit de certains habitants, reprend le lieutenant. Ils sont toujours restés solidaires dans le drame. Amoureux. Nombre de couples, confrontés à un tel malheur, auraient explosé ! Laetitia donne l'impression d'avoir tourné la page. Elle semble avoir renoncé à l'idée de retrouver un jour sa fille vivante. C'est une figure appréciée à Sainte-Foy. Sa pizzeria marche très bien. Hervé, lui, c'est plus compliqué… Il est en permanence sur la défensive. Agressif. Il paraît toutefois, d'après les parents d'élèves, que c'est un bon prof. Il a été totalement innocenté, mais la blessure de ces accusations est encore béante. D'ailleurs, il m'en veut toujours… Comment le lui reprocher… Je l'ai soupçonné d'avoir tué son enfant…

— Vous le regrettez ? demande la major.

— Oui et non. Oui, car chaque jour, depuis dix ans, il m'a prouvé combien il aimait Amélie, combien il était détruit par sa disparition. Contrairement à sa femme, il n'a jamais abdiqué. Hervé Lenglet a consacré tout son temps et son énergie à tenter de la retrouver, du moins à comprendre ce qu'il s'était passé. Il n'a cessé de me harceler pour que je poursuive l'enquête alors que la messe était dite depuis longtemps. À chaque disparition d'enfant, quelque part en France et même à l'étranger, j'avais beau lui dire que l'enquête ne dépendait plus de moi, il me relançait pour que je travaille avec les enquêteurs locaux. Vous allez voir, cet homme ne lâche rien. Jamais. Il a usé un nombre incalculable d'avocats et continue à solliciter la presse pour qu'on n'oublie pas Amélie. Hervé n'a qu'un seul credo : « Tant qu'on ne m'aura pas montré son cadavre, je soutiendrai que ma fille est toujours vivante ! »

La major Desjeunes soupire en se disant que cet homme à vif ne sera certainement pas son meilleur allié pour l'aider à démêler le vrai du faux dans cette affaire.

— Et pourquoi vous ne regrettez pas de l'avoir accusé ?

— Soupçonné. Pas accusé. Parce qu'il n'avait pas eu un comportement normal dans les heures qui ont suivi la disparition d'Amélie. Jamais il n'a téléphoné à sa femme pour qu'elle vienne l'aider à la chercher. Il n'a pas répondu non plus aux nombreux appels de Laetitia, qui était inquiète de ne pas les voir à la maison. Et il a attendu quatre heures et vingt minutes avant d'alerter la gendarmerie ! Vous imaginez le temps qu'il nous a fait perdre ! Il disait qu'il ne voulait pas effrayer son épouse, mais, en mon for intérieur, je pensais qu'il mentait, qu'il y avait une autre raison. Alors, comme n'importe quel flic, j'ai émis des hypothèses. En quatre heures de temps, on peut en faire des choses… J'ai surtout pensé à un accident dont il aurait pu être responsable et que, par honte, par culpabilité, il aurait fait disparaître le corps de la petite et inventé cette histoire d'enlèvement… Bref, je cherchais tous azimuts. Et puis, comme nos recherches dans la forêt domaniale n'avaient révélé aucune trace d'Amélie et que le bornage du portable de Lenglet correspondait à ses déclarations et prouvait qu'il n'avait pas quitté le périmètre, j'ai lâché cette piste.

Le lieutenant s'interrompt pour chercher les mots les plus appropriés à la confidence qu'il s'apprête à faire.

— Major, je vous assure qu'aujourd'hui encore je suis convaincu qu'il m'a caché quelque chose. Je ne sais quel secret il cherche à dissimuler, mais il n'est pas complètement transparent dans cette affaire…

Chapitre 10

Hervé lance des regards agacés tout autour de lui. C'est l'heure de pointe à la cantine. Dans le brouhaha, une ligne discontinue d'hommes et de femmes en uniforme de la gendarmerie font lentement glisser leur plateau sur le chemin d'acier qui longe le buffet de hors-d'œuvre, les deux plats du jour et les desserts.

— Elle se fout vraiment de notre gueule ! On va encore poireauter longtemps ici ?

— Cela fait à peine une demi-heure… Ça ne sert à rien de t'énerver… À part de me stresser encore plus…

— Tu te rends compte, notre enfant est quelque part ici, et nous ne pouvons pas la voir !

Laetitia ne le regarde pas, les yeux fixés sur la pomme à laquelle elle n'a pas touché. Le couple est attablé le long d'une baie vitrée qui donne sur le parking, noyé par une pluie orageuse d'été. Hervé ne tient plus en place. D'un geste brusque, il repousse sa chaise et se lève.

— Je vais aller nous chercher des cafés… Deux de plus ! Au point où nous en sommes… Tu me diras, le temps que madame la major daigne nous recevoir, je ferais bien aussi de nous prendre des digestifs…

Hervé adresse un clin d'œil complice à Laetitia qui lui sourit. Il se dirige vers le *corner* des boissons chaudes et ne voit pas la voiture qui vient de se garer sous leurs yeux, devant leur table. L'adjudant Messaoui en sort accompagné d'une jeune fille blonde. Ils marchent à pas rapides vers l'entrée principale pour échapper à la pluie de plus en plus intense.

La major Desjeunes mord une dernière fois dans son sandwich au thon, avant de le balancer dans la corbeille. Elle n'a eu le temps d'en manger que la moitié. Elle ordonne à Messaoui de faire entrer les Lenglet dans son bureau et de les laisser seuls. Camille ne s'excuse pas pour l'attente et commence, sans préliminaires.

— Comme je vous l'ai dit hier au téléphone, cela peut être à la fois une magnifique nouvelle comme une cruelle désillusion…

Laetitia acquiesce en silence. Des larmes lui montent aux yeux, tant l'instant est douloureux. Hervé n'a pas lâché sa main depuis qu'ils ont pénétré dans le bureau de la major. Prévenant avec son épouse, il s'oblige à ne pas exposer sa nervosité à cette gendarme qui, déjà, l'insupporte.

— Je n'ose imaginer quelle torture cela doit être pour vous… Mais, je vous promets que je suis à vos côtés. Je suis là pour vous aider et pour cela je n'ai pas droit à l'erreur.

Camille, peu rompue à l'exercice, force le trait pour afficher une empathie de circonstance. Elle cherche ses mots pour soulager la détresse de Laetitia et contenir la colère d'Hervé qu'elle sent monter.

— Dans cette affaire, je serai totalement transparente avec vous. Je ne vous cacherai rien. D'accord ?

De concert, le couple hoche la tête, impatient d'en apprendre plus sur les circonstances de cette réapparition miraculeuse. Et surtout, de savoir s'il s'agit bien d'Amélie. Mais aucun des deux n'ose poser la question fatidique.

— Alors, voilà où nous en sommes. Cette jeune fille a dix-sept ans. Du moins, c'est ce qu'elle dit. Elle est apparue hier à 12 h 45 dans la ferme des Gardin, un couple d'agriculteurs, à une vingtaine de kilomètres d'ici. Elle avait les mains liées par des cordelettes derrière le dos. Cela va dans le sens de son témoignage selon lequel ce sont ses ravisseurs qui l'ont ligotée avant qu'elle ne leur échappe. Elle avait le visage en sang, éraflé par des branchages lors de sa fuite. Rien de grave. Ce ne sont que des blessures superficielles. Elle n'a par ailleurs aucune cicatrice, ou trace de sévices passés, physiques ou sexuels. La seule chose que cette jeune fille ait dite aux Gardin est : « Je suis Amélie Lenglet ». À plusieurs reprises.

Hervé lâche un profond soupir de soulagement. Jusqu'alors, les souffrances d'Amélie n'étaient pour lui que des fictions souvent terrifiantes qu'il s'inventait au fil des années qui passaient sans elle. Une torture de l'esprit. Morbide et destructrice.

Hervé sourit tendrement à sa femme et lui murmure, ému :

— Elle a été bien traitée…

Avant de s'adresser à la major :

— Si vous avez fini, on voudrait bien la voir maintenant…

— Non, monsieur Lenglet, je suis loin d'avoir fini. Vous le savez, le test ADN est impossible. Donc, pour formellement affirmer qu'il s'agit d'Amélie, il nous faut deux choses. Premièrement, nous devons enquêter sur une éventuelle autre identité de cette jeune fille. À date, nous avons adressé sa photo aux services régionaux des disparitions inquiétantes ou non résolues. Rien ne matche avec leurs dossiers. Demain, nous ferons la même démarche au plan national avec en plus son ADN. Sur le terrain, j'ai mes équipes qui font le tour des établissements scolaires, des foyers pour jeunes en difficulté, des instituts psychiatriques… Bref, on ratisse le plus large possible…

— Et la deuxième chose ? demande posément Laetitia.

— Il faut que, par son témoignage, elle nous apporte des preuves qu'elle est votre fille… Du moins, quelques éléments crédibles que l'on puisse recouper avec les faits. Et pour le moment ce n'est pas évident… Pour être totalement honnête… Son témoignage est plus que confus. Elle est limite amnésique. Je suis désolée de vous le dire, mais elle ne se souvient presque pas de vous. Juste de vos prénoms.

Les Lenglet marquent le coup. Profondément. La major tente de les rassurer, en leur révélant qu'un grand spécialiste des traumatismes de l'enfance va venir de Paris pour aider la jeune fille à sortir de ce brouillard émotionnel. Toutefois, pour l'heure, elle ne veut écarter aucune piste, comme celle d'une mythomane ou d'une usurpatrice. Camille développe les mêmes arguments exposés quelques heures auparavant face au juge d'instruction.

— Vous êtes décidément tous les mêmes dans la gendarmerie avec vos suppositions à deux balles !

Hervé s'est levé d'un bond sous le regard affolé de Laetitia qui le supplie de se calmer, que la major fait juste son boulot, que c'est normal qu'elle prenne toutes les précautions d'usage. Rien n'y fait. Hervé enrage, sous l'emprise des fantômes qui le hantent à chaque instant de sa vie.

— Vous avez tous fait la même école ou quoi ? Qui sont les crétins qui vous ont appris à surtout ne pas croire la vérité toute bête qui est là sous vos yeux ? Elle est écrite noir sur blanc dans vos dossiers !

Hervé ponctue ses propos en frappant le bureau de la paume de sa main. Quelques Post-it s'éparpillent dans l'air déplacé par sa colère.

— Amélie a été enlevée ? Mais non, pour vous, c'est son père qui l'a tuée ! Elle dit qu'elle est Amélie Lenglet ? Mais non, pour vous, c'est plus simple de penser que c'est une dérangée mentale qui se fait passer pour elle ! Vous savez quoi ? À force de vouloir nier l'évidence, c'est vous qui paraissez complètement tordus ! Ce n'est pas moi le dingue, ni elle !

Camille, nullement déstabilisée, soutient le regard fiévreux d'Hervé. Elle lui répète, d'une voix ferme, qu'il y a certes de sérieuses probabilités que ce soit Amélie, mais, qu'aujourd'hui, il lui est impossible d'affirmer à cent pour cent que c'est sa fille. Elle attend les conclusions de l'enquête de proximité, les images virtuelles du logiciel de vieillissement à partir de la photo d'Amélie enfant pour comparer avec le visage de la jeune inconnue. Elle lui réclame du temps, de la patience.

— Non ! Cela fait dix ans que j'attends cela et je n'ai plus de temps à perdre ! Je vous interdis de me dire que ce n'est pas ma fille !

Il ne se calme que lorsque Laetitia pose affectueusement sa main sur la sienne. Hervé finit par s'excuser.

Chapitre 11

En arpentant le long couloir qui mène aux salles d'interrogatoire, Laetitia se serre de plus en plus contre son mari. Elle semble si vulnérable, blottie contre la haute stature d'Hervé. Elle ralentit le pas, cherche dans ces ultimes mètres à puiser le maximum de sa force. Hervé la réconforte en déposant un long baiser sur son front. Le couple suit les pas de la major Desjeunes qui pénètre dans une étroite pièce aveugle. Ils sont plongés dans la pénombre, à peine éclairés par les néons d'une salle sans âme, au décor brut, de l'autre côté de l'étroite glace sans tain. Les Lenglet ne peuvent détacher les yeux de la table et des deux chaises, pour le moment vides. Ils n'entendent pas la gendarme leur distiller ses dernières consignes, ils ne la regardent pas, mais fixent la porte d'entrée de la salle d'interrogatoire par laquelle « elle » va enfin apparaître. Ils ne veulent pas manquer le moindre fragment de leur renaissance.

— Je vous le répète une dernière fois… Prenez tout votre temps… Ne vous laissez pas submerger par l'émotion… Je sais que ce que je vous demande est difficile, mais j'ai besoin que vous l'examiniez autant avec votre cœur que votre raison… Et enfin, je vous rappelle notre *deal*, monsieur Lenglet. Aucun contact. Il est encore trop tôt pour que vous vous voyiez, que vous vous parliez… Elle est trop fragile… On est d'accord ?

Hervé hoche la tête, les yeux rivés sur la porte d'entrée de la salle qui s'ouvre lentement. Apparaît l'adjudant Yannis Messaoui suivi de la jeune fille. Elle ne porte plus de bandage sur le front, son visage est tuméfié, exposant ses points de suture.

— Elle est blessée, murmure Laetitia, comme une maman inquiète.

Hervé se colle à la vitre, comme s'il voulait réduire au maximum la distance qui les sépare. Tête baissée, ses cheveux blonds, légèrement frisés par la pluie, tombent en bataille sur ses yeux, cachant la moitié de son visage. Elle semble avoir froid. Messaoui lui glisse une couverture de laine grise sur les épaules. Avant de quitter la pièce, il l'installe sur une chaise de métal face au miroir sans tain. Elle reste prostrée, le nez dans la tasse de thé fumante posée sur la table devant elle.

Silencieux, aux aguets, Laetitia et Hervé cherchent en vain à deviner les traits de la jeune fille qui pour le moment se refuse à eux. Ces instants d'éternité suspendue leur sont insoutenables. Puis, comme au ralenti, elle relève la tête nonchalamment pour planter son regard clair dans le miroir, face à elle. Aussitôt, Hervé porte la main à sa bouche, comme pour étouffer un cri. Laetitia reste stoïque sous le regard scrutateur de la major. Hervé agrippe fermement le bras de son épouse, tant pour ressentir sa présence, sa chaleur, que pour ne pas vaciller. Il sent ses jambes se dérober.

— Amélie… Ma petite fille…

Hervé pose son menton sur l'épaule de Laetitia et continue à observer « son Amélie ». Quelques larmes roulent le long de ses joues.

— Tu te rends compte… Tout ça, c'est fini… Elle est revenue…

Laetitia reste muette, hypnotisée par le regard candide de la jeune fille. Certes, elle sent son cœur de maman s'affoler, battre un tempo de plus en plus fort, mais elle n'est pas submergée par la même vague irrationnelle que son mari. Elle se tourne vers la gendarme :

— C'est vrai que c'est troublant…

Hervé n'entend pas la conversation qui s'engage entre sa femme et la major. Prisonnier de son émotion, il répète comme pour lui-même :

— Amélie, mon Amélie…

Avec une extrême douceur, Laetitia prend alors son visage entre ses mains :

— Mon amour… J'aimerais tellement te dire que c'est elle… J'ai honte, mais, je ne sais pas…

Camille Desjeunes, en retrait, observe le couple qui silencieusement, les yeux dans les yeux, jauge les sentiments opposés qui les traversent. En arrière-plan, elle aperçoit la jeune fille se lever et faire le tour de la table métallique, en l'effleurant du doigt. Sans lui laisser le temps de réagir, Hervé se précipite hors de la pièce, en hurlant le prénom d'Amélie. Il pénètre dans la salle et se rue sur elle. Il l'étreint de tout son amour, à l'étouffer.

— Je suis tellement désolé… Tu me pardonnes ?

Hervé sanglote. Il relâche son étreinte, la fixe avec un regard brûlant en la tenant par les épaules. Elle n'a pas encore prononcé un mot. Elle semble plus désemparée que jamais. Elle est maladroite dans ses gestes affectueux, embarrassée par les baisers innombrables de son père. Laetitia n'a pas bougé. Elle contemple la scène, simple spectatrice de ce qui devrait être le moment le plus important de sa vie. Peu à peu, elle se laisse gagner par l'intense émotion de son mari, par le besoin elle aussi de la prendre dans ses bras, de soulager sa douleur si palpable. Lui dire que sa maman est là. Que ce cauchemar est fini pour de bon. Laetitia se retourne vers Camille, la supplie du regard de lui donner son autorisation. La major la lui accorde avec un sourire dépité. Elle se résout à laisser faire. Il n'y a plus de règlement qui vaille. Laetitia sort aussitôt pour retrouver les « siens ». Camille assiste, curieuse et dubitative, à cet étrange ballet de trois corps enlacés et chancelants.

Chapitre 12

Camille Desjeunes, après les avoir observés quelques instants, a dû user de toute son autorité pour mettre fin à ces retrouvailles qu'elle avait pourtant interdites. Sans la bonne volonté de Laetitia, elle n'y serait peut-être pas parvenue. Celle-ci a cédé la première et a trouvé les mots pour que son mari accepte, lui aussi, de se séparer de la jeune fille. Avant de quitter la pièce, de mauvaise grâce, il lui a lancé ces mots empreints d'émotion :

— Nous reviendrons vite te chercher, Amélie. Nous ne t'abandonnerons plus jamais !

Tétanisée, les yeux embués, elle les a regardés s'éloigner, puis s'est laissée glisser le long du mur jusqu'à s'affaler à même le sol.

Laetitia et Hervé, les yeux encore rougis par le tsunami émotionnel qui vient de les engloutir, reprennent leurs places dans le bureau du major. Ils ont manqué à leur parole, mais elle se refuse à les blâmer, de peur de les braquer. Et puis, au fond d'elle-même, Camille reconnaît qu'elle leur avait demandé l'impossible. Elle s'en veut d'être aussi sèche, infirme des sentiments, et se réfugie dans ce qu'elle sait le mieux faire. Enquêter, recouper, analyser.

— Si je résume, pour vous deux, il n'y a aucun doute ? Il s'agit de votre fille ?

— Aucun ! répond Hervé le premier.

— Pourquoi en êtes-vous si sûr ? Au-delà de votre ressenti de père évidemment. Vous n'avez pas échangé une parole. Elle était en état de sidération. Un détail physique peut-être ?

— Comment dire… C'est un tout… Son aspect général, l'intensité de son regard, sa façon de bouger… Tenez… Quand elle a effleuré la table avec son doigt… Amélie faisait ça tout le temps… Mon amour, tu t'en souviens ?

Laetitia ne répond pas. Elle semble plongée en elle, cherchant à résoudre un puzzle, à emboîter les pièces de ses souvenirs d'Amélie et de ces instants volés avec cette fille.

— Madame Lenglet ? Vous vous en souvenez ?

Les mots de la gendarme sortent Laetitia de sa léthargie.

— Pas vraiment… En revanche, mon mari a raison, il y a vraiment quelque chose dans son regard qui me rappelle notre fille…

— Suffisamment pour dire que c'est Amélie ?

Laetitia marque un silence insupportable pour Hervé qui la supplie du regard de dire oui. Elle lui sourit avec tristesse et, lentement, fait non de la tête, avant de fondre en larmes.

— Je suis désolée… Tellement… Mais, je ne peux pas…

Contre toute attente, Hervé reste calme. Il la prend dans ses bras. Amoureusement. Définitivement.

— Ce n'est pas grave… On prendra le temps qu'il faudra… C'est Amélie, je le sais !

Chapitre 13

La major Desjeunes pose le combiné du téléphone sur son bureau, puis appuie sur la touche haut-parleur de l'appareil.

— C'est bon, ils vous entendent, professeur Meignan.

D'une voix grave, assurée, Pierre Meignan se présente aux Lenglet. Il détaille son CV de psychiatre émérite sans fausse modestie. Son parcours comme ses attributions actuelles, où s'enchevêtrent les noms d'universités américaines renommées à ceux des plus grands hôpitaux parisiens, donnent le vertige. En l'écoutant énumérer ses diplômes, ses exploits, Laetitia adresse une moue admirative à la major Desjeunes. Comme si, grâce à un tel psychiatre, ils allaient enfin savoir la vérité. Camille lui répond d'un sourire furtif. Elle n'est pas dupe. Le professeur est juste en train de tous les anesthésier de son aura. La méthode classique des grands pontes.

— Tous les détails comptent, monsieur et madame Lenglet... D'abord, vous a-t-elle embrassés ? Enlacés par sa propre volonté ?

La voix du professeur est claire, intimidante, malgré la mauvaise qualité du haut-parleur. Hervé est embarrassé. Il sait bien que non. Elle n'a fait aucun geste envers lui ni envers Laetitia quand celle-ci les a rejoints. Elle semblait tétanisée, muette, comme une marionnette entre leurs mains impatientes, leurs lèvres aimantes.

— Non… Mais, elle était sous le choc… Cela me paraît normal…

— Oui et non. Vous avez raison, le choc émotionnel mêlé aux charges cognitives provoque parfois des antagonismes comportementaux…

La major Desjeunes lève les yeux au plafond, pourquoi a-t-il fallu qu'ils la flanquent d'un psy ? Même si elle reconnaît que depuis qu'il s'adresse directement aux Lenglet, qu'il leur parle d'eux et non plus de lui, le ton du professeur s'est radicalement adouci. Malgré ses diagnostics codés et son vocabulaire indéchiffrable, elle le trouve à l'écoute et bienveillant.

— Mais ce qui n'est pas normal, c'est qu'elle n'ait eu aucun geste affectueux envers ses soi-disant parents. Et là, je m'adresse à vous, major. Si c'est une usurpatrice, elle joue bien mal son rôle, non ?

— Ou peut-être trop bien ? Si elle veut vraiment nous embrouiller… Nous manipuler…

— Vous marquez un point, major. Revenons à Amélie. Pourquoi ne lui avoir jamais dit que c'était une enfant adoptée ?

Le couple se regarde, troublé à l'idée de livrer cette part d'intimité. C'est Laetitia qui finalement raconte toutes ces années de démarches faites d'espoirs et de désillusions. Avant le grand bonheur. Elle décrit avec enthousiasme l'amour fou dont ils ont entouré Amélie, comment elle est devenue le point cardinal de leur vie.

Mais ils n'ont jamais trouvé le courage de lui dire qu'elle n'était pas leur fille biologique. Même quand Amélie a atteint l'âge de l'entendre. De le comprendre.

— On en parlait souvent avec Hervé. Mais à chaque fois que l'on voulait le lui dire, on trouvait une bonne ou une mauvaise raison de ne pas le faire. On avait tellement peur de tout gâcher… On voulait juste la protéger, qu'elle soit heureuse… On se disait qu'elle était encore trop jeune. Vous comprenez, docteur ?

Le professeur la rassure aussitôt. Ils ne doivent pas culpabiliser, car il s'agit d'une peur partagée par beaucoup de parents adoptifs. Ils ont tellement surinvesti leur enfant miracle qu'ils vivent avec cette névrose. Selon le spécialiste, cela s'appelle l'angoisse de la fragilité du bonheur. D'une voix douce, complice, Pierre Meignan leur propose d'annoncer lui-même à la jeune fille le statut d'enfant adopté d'Amélie Lenglet.

— Et si c'est une usurpatrice, cette révélation…

Meignan est aussitôt interrompu par Hervé.

— Ce n'est pas une usurpatrice, c'est notre enfant !

— Je vous en prie, monsieur Lenglet, je comprends votre impatience, mais laissez-moi au moins terminer mes phrases…

— Allez-y, souffle Hervé. Mais sachez tous que ma conviction est faite, quoi que vous disiez…

— Si c'est une usurpatrice, cela pourrait provoquer chez elle un déclic, une prise de conscience que sa démarche est plus complexe qu'il n'y paraît. Elle pourrait lâcher l'affaire… Je n'en sais rien, je ne suis pas policier, mais cela se tente. En revanche, ce dont je suis sûr, si c'est votre fille, la vérité sur ses origines sera un passage obligé à sa reconstruction, à son appropriation de sa relation avec vous. Passée et à venir…

La major Desjeunes approuve à cent pour cent la proposition du professeur. Pour elle, il est indispensable de le lui dire vite, car sinon comment lui expliquer pourquoi toute cette enquête, pourquoi on remet en question son témoignage, pourquoi on ne se fie pas à son ADN pour confirmer qu'elle est bien Amélie Lenglet. Le couple donne son accord. Hervé du bout des lèvres, Laetitia sans discussion. Alors que la conférence téléphonique prend fin, Laetitia a une ultime question à poser au psychiatre. Une interrogation qui la tourmente depuis qu'elle a vu la jeune fille et qu'elle formule avec maintes hésitations.

— Professeur… Il y a une différence psychologique entre parents adoptifs et parents biologiques… Je veux dire… concernant… l'instinct maternel ?

Chapitre 14

Le regard d'Hervé se perd sur la place principale de Vierzon à travers la fenêtre de leur chambre d'hôtel. Il pianote nerveusement contre le carreau, alors que sa femme est assise sur le lit deux places qui encombre une grande partie de la pièce, décorée avec le strict minimum. Seules les poutres apparentes confèrent un peu de charme à cette chambre labellisée « classe Premium ». Chacun semble concentré sur le fil des dernières heures, opérant un recensement scrupuleux des événements et de leur approche respective. Hervé tente de digérer sa frustration de n'avoir pu revoir Amélie, de contenir son exaspération envers la major et ce Professeur qui le lui ont formellement interdit. Combien de temps encore lui faudra-t-il patienter ? Quelques jours, selon eux, le temps des interrogatoires et des séances psy. Hervé se demande s'il ne déteste pas plus encore le docteur que la flic. Il le trouve insupportable avec son discours mystico-médical, son éloge de la lenteur thérapeutique. « Il y a un rythme à respecter pour sonder l'âme, naviguer dans le chaos des sentiments, pour faire sauter un à un les verrous de l'état de choc post-traumatique. » Quel charabia prétentieux ! Hervé n'a pas plus compris la réponse de Meignan sur l'instinct maternel d'un parent adoptif. Il faut dire, quelle question absurde ! Il n'en a pas reparlé à Laetitia et compte bien ne pas aborder ce sujet. Surtout ne pas la brusquer. La protéger de ses démons intérieurs. L'amener avec amour à reconnaître la vérité. Ils ont retrouvé leur fille. Peu importe qu'elle ait été adoptée ou non, leur amour est le même.

— À ton avis, on va pouvoir la revoir dans combien de temps ? lui demande-t-il.

Laetitia tente une nouvelle fois de justifier l'injustifiable. Elle parle de procédure normale, d'enquête légitime, dit qu'il faut laisser du temps au temps pour que la major et le professeur lèvent le mystère.

— Quel mystère ? C'est notre enfant… lâche Hervé d'un ton las, le regard perdu sur la place désertée où les premiers commerçants tirent leur rideau de fer.

Il sent dans son dos la chaleur de son épouse qui s'est levée pour se blottir contre lui. Laetitia l'enlace tendrement, plaque son visage entre ses omoplates, ferme les yeux, et lui avoue que, plus elle y pense, plus elle croit, comme lui, que c'est bien Amélie.

— Mais je veux être certaine à mille pour cent !

Ils l'ont vue si brièvement. Elle ne veut pas connaître la même désillusion qu'il y a quatre ans, quand Hervé l'avait convaincue qu'on avait retrouvé Amélie en Belgique. Hervé se raidit, mais laisse l'étreinte se prolonger. Il est profondément attristé.

— Laetitia, avoue-le, tu as toujours cru qu'on l'avait perdue à jamais… Et cela, depuis si longtemps… Je ne t'en ai jamais voulu… Mais aujourd'hui, c'est ça ton problème… Cela t'empêche de voir l'évidence…

Hervé marque une courte pause avant de provoquer son épouse :

— Tiens, tu devrais en parler au psy… Vous avez l'air de tellement bien vous entendre…

Laetitia se détache aussitôt d'Hervé pour lui faire face. Le défier.

— C'est toi qui as un problème ! Et un gros ! Tu ne vois pas à quel point tu emmerdes tout le monde avec ta colère, tes obsessions ? Je suis la seule à encore te supporter, alors arrête avec Amélie. Je sais parfaitement ce que je ressens depuis dix ans… Jusqu'à aujourd'hui… Je n'ai aucun compte à rendre. À personne. Même pas à toi !

Laetitia saisit son manteau et sort précipitamment de la chambre en lui lançant qu'elle a besoin de prendre l'air. Hervé, lui, s'assoit sur le lit. Il extirpe de son portefeuille une photo d'Amélie enfant, puis la compare longuement avec la photocopie A4 de celle de la jeune inconnue, que leur a confiée la major. Il passe d'une image à l'autre, puis, exténué, se laisse tomber sur le lit en couvrant avec son bras ses yeux noyés de larmes.

Chapitre 15

— Je suis désolée, je ne voulais pas que cela se passe comme ça… Comment tu te sens ?

La major Desjeunes pose délicatement sa main sur l'épaule de la jeune fille et va s'asseoir sur la chaise de l'autre côté de la table, face à elle. Malgré la lumière blafarde des néons de la salle d'interrogatoire, sa beauté est éclatante.

— Ça va… Mais j'ai été un peu surprise… Vous ne m'aviez pas prévenue qu'ils étaient là. J'aurais sûrement réagi différemment. Je regrette de ne pas avoir pu leur parler, les embrasser… Mais j'étais tellement sous le choc de les voir… De les revoir.

— Tu les as reconnus ?

L'adolescente marque un long silence en passant ses doigts à maintes reprises dans ses cheveux.

— Pas vraiment… Papa, il n'avait pas les cheveux blancs, comme le monsieur. Mais on a tous changé non ?

Face au regard interrogatif de la gendarme, elle se reprend :

— Si, si, bien sûr, ce sont mes parents…

Au bout de trente minutes d'entretien, à force de persévérance et de patience, la major Desjeunes démêle les fils de ces dix années où elle dit avoir été retenue prisonnière. Camille a renoncé à aborder sa vie d'avant, avec les Lenglet, en raison de l'absence quasi totale de souvenirs d'enfance. Comme si son existence n'avait commencé que le jour de son enlèvement. Elle semble un peu plus apaisée, plus coopérative que la veille. Elle a cependant toujours ce regard inquiet, apeuré, quand elle évoque le couple de ravisseurs. Bien qu'elle n'ait jamais été maltraitée. Ils venaient à tour de rôle plusieurs fois par jour dans le grenier où elle a été enfermée durant toute sa captivité. Pour la nourrir ou juste passer un moment avec elle. Lui parler, la rassurer, la consoler. La femme lui faisait même la classe jusqu'à son adolescence. Comme si le couple avait des projets de vie pour son otage. Elle n'a jamais vu leurs visages. Soit elle avait les yeux bandés, soit ils portaient des masques de personnages de dessins animés. De la maison, elle ne peut décrire que le lieu de sa séquestration. Mais elle le fait avec une précision chirurgicale. Chaque meuble, chaque objet, le grincement du lit… Le grenier avait été aménagé avec soin, presque avec amour, en une grande chambre.

— Il y avait même des toilettes et une douche.

Un espace enfantin et douillet que les ravisseurs faisaient évoluer au fil du temps, pour l'adapter à l'âge de leur détenue.

— Non, ce n'était pas une prison. C'était ma chambre. Cela peut vous paraître bizarre mais ils étaient vraiment très gentils avec moi… Ils me faisaient plein de cadeaux… Je pouvais leur demander n'importe quoi. Ils disaient qu'ils m'aimaient tellement qu'ils ne pouvaient rien me refuser. Pour les anniversaires, les soirs de Noël, ils m'invitaient à manger avec eux.

Elle s'interrompt un instant avant de poursuivre, sur le même ton :

— Parfois j'avais les yeux bandés, d'autres fois ils portaient une cagoule. Ils disaient que je n'avais pas le droit de voir leur visage. Il y avait plein d'interdictions comme ça…

— Et tu respectais toutes leurs règles ?

— Oui, madame. En vérité, ils me faisaient peur alors qu'ils ne m'ont jamais fait de mal.

La jeune fille fixe la major. Intensément. Des sentiments contradictoires semblent l'assaillir.

— Je ne les ai jamais détestés alors qu'ils m'ont volé ma vie. Aujourd'hui encore, je n'y arrive pas…

— Pourquoi alors as-tu décidé d'un coup de t'enfuir ? Et comment ?

— Je n'ai rien décidé du tout. Je n'avais pas de plan. C'est juste une histoire de circonstances…

Elle raconte qu'il y a quelques jours un événement avait chamboulé leur vie qui était jusqu'alors réglée comme du papier à musique. Un quotidien d'une grande banalité, avec ses routines. Elle-même reconnaît qu'elle s'y était faite. Elle répète qu'elle n'était pas malheureuse.

— C'était ma vie et elle me paraissait normale, explique-t-elle d'une voix plaintive, comme pour s'excuser.

Ce jour-là, elle avait entendu le couple pris de panique.

— Ils disaient qu'ils avaient été repérés, qu'ils devaient fuir la maison, la région. Ils ont rassemblé quelques affaires vite fait, m'ont ligoté les mains dans le dos, cadenassé les chevilles avec une chaîne, m'ont mis un bandeau sur les yeux et m'ont jetée à l'arrière de la camionnette. Et on a pris la route.

Pour aller où ? Elle n'en savait rien. Mais le trajet lui avait semblé interminable, au-delà de l'inconfort de sa posture de prisonnière entravée, à même le sol métallique du fourgon. Selon ses déclarations, ils ont roulé des heures jusqu'à ce qu'elle ressente des soubresauts, comprenne qu'ils avaient quitté la route pour un chemin. L'homme était particulièrement nerveux. Il a même embouti un arbre en empruntant un sentier forestier, sans doute pour s'éloigner de la départementale et des regards indiscrets. Elle l'a entendu râler contre sa maladresse. Il a ensuite annoncé une halte pour que tout le monde puisse se dégourdir les jambes, faire pipi, car la route allait être encore longue. Il a détaché la chaîne autour de ses chevilles, ajusté son bandeau sur les yeux, puis l'a fait sortir du fourgon. Guidée par la femme pour qu'elle ne se blesse pas dans sa marche en aveugle, elle s'est enfoncée dans les bois.

— Ne me demandez pas pourquoi, mais c'est là que j'ai pris conscience que c'était la première fois depuis dix ans que j'avais une chance de m'enfuir. Comme une évidence. J'étais seule avec elle, lui était loin. Alors je l'ai poussée de toutes mes forces. Elle a trébuché. Je me suis mise à courir le plus vite que j'ai pu sans savoir où j'allais… Je me cognais partout mais je continuais à courir, car je les entendais crier derrière moi. Ils me poursuivaient… J'ai glissé le long d'une pente, mon bandeau s'est détaché et je me suis cachée pendant de longues minutes en attendant qu'ils renoncent à me chercher. Et puis… Plus rien. Le silence. J'étais libre…

Elle suffoque en revivant les circonstances de son évasion. La major se lève et la prend dans ses bras.

— Tout va bien maintenant. C'est fini, Amélie…

Sans s'en rendre compte, sans le vouloir, Camille pour la première fois l'a nommée spontanément par son prénom.

Chapitre 16

Les mains enfouies dans sa combinaison verte d'ouvrier agricole, les jambes écartées, bien ancrées dans la terre de sa cour de ferme, Pierre Gardin contemple la jeune fille, avec un profond plaisir et un léger sentiment de fierté, partagé par son épouse, Adèle, qui se tient à ses côtés. Ne l'avait-elle pas nourrie tandis que son homme montait la garde sur le pas de la porte, sa carabine en main, en attendant les gendarmes. Au final, ils se disent que c'est grâce à eux si aujourd'hui elle est en vie.

En deux jours, elle s'est refait une santé. Elle n'est plus cet oisillon apeuré qui ne cessait de répéter « Je suis Amélie Lenglet ». Son visage ne porte presque plus de stigmates de sa fuite, seulement une petite cicatrice sur le front. Ses cheveux blonds sont soigneusement coiffés. Elle a fière allure même si son pantalon en velours côtelé moutarde et son pull bleu ciel orné d'une licorne sont bien trop grands. Elle porte les affaires d'Emma, la fille aînée de la major Desjeunes.

— Dans la famille, on n'est pas très taille mannequin… Pas comme toi… s'est excusée Camille en les lui donnant ce matin.

Elle sourit à l'agriculteur. Il voudrait l'accueillir dans ses bras, comme il l'a fait deux jours auparavant. Elle recule, tend la main. Il s'en contente, tant il la sent perdue dans son monde.

— Ça fait plaisir que tu ailles bien…

— Je vais très très bien… Merci encore pour votre aide, monsieur.

La major Desjeunes, restée près de la fourgonnette de la gendarmerie, l'observe. Bien que souriante, elle semble totalement absente, imperméable aux enjeux de ce moment crucial de l'enquête. Qu'elle n'exprime aucune émotion l'intrigue. Elle se retourne vers Messaoui accompagné de deux autres collègues, leur fait signe qu'il est temps d'y aller. Guidés par la jeune fille, ils refont à l'envers le trajet de sa fuite, pour tenter de retrouver les lieux de son évasion. En file indienne, ils la suivent durant de longues minutes à travers les prés en direction de la forêt. Elle marche lentement. Yannis en profite pour prendre Camille à l'écart du groupe. Il veut lui parler de son dîner de la veille. De ses premières impressions sur l'inconnue.

— C'est vraiment un drôle d'oiseau ! J'aurais bien aimé que vous me filiez le mode d'emploi avec le cadeau ! Elle est restée des plombes sur *off*, sans dire un mot, et d'un coup elle s'est mise en position *on*, et on ne pouvait plus l'arrêter jusqu'à ce qu'elle redevienne muette. Plus de batterie, sans doute !

— Viens-en aux faits !

Camille lui adresse un sourire complice. Yannis affiche en retour une moue signifiant qu'elle n'est définitivement pas marrante comme cheffe de section.

— D'accord. C'est parti pour le procès-verbal ! Quand Leila a posé sur la table le gratin de pâtes, la gamine s'est illuminée. Déclarant que c'était son plat préféré, réclamant des détails sur la recette de ma femme. Tu parles d'une recette ! Des pauvres nouilles avec du fromage râpé dessus…

— Les faits, Yannis… insiste Desjeunes, de plus en plus intéressée.

— Elle nous a alors dit que ses ravisseurs étaient de super cuisiniers. Elle a quasiment détaillé ses menus sur dix ans… Et là, comme si cela lui revenait par enchantement, elle s'est souvenue des pizzas du resto de sa mère. Dingue ! Du coup, j'ai essayé de pousser davantage, de l'interroger sur ses souvenirs autres que ceux liés à la bouffe. Et là, plus de son, plus d'image ! Mais avouez que c'est le début d'une preuve ?

La major acquiesce sans grande conviction. Messaoui s'emballe.

— C'est sûr ! Ses souvenirs vont remonter petit à petit à la surface. D'autant plus avec l'aide du psy qui saura la faire bien mieux parler que moi et mon gratin de pâtes…

Messaoui marque une pause en regardant la jeune fille marcher.

— Pour moi, y'a pas à tortiller, c'est Amélie Lenglet.

— Si tu le dis… souffle la major.

Chapitre 17

Le groupe a pénétré dans la forêt depuis quelques minutes. Les recherches s'avèrent difficiles, tant le bois est touffu, les indices introuvables. Il y a bien, ici ou là, des branches cassées, d'autres tordues, mais impossible de dire si c'est dû à sa fuite éperdue. L'adolescente ne cesse de revenir sur ses pas, en se tenant la tête.

— Je suis désolée, mais j'étais tellement affolée…

— Ce n'est pas grave, la rassure Camille. Si tu veux arrêter, on arrête. Sinon, concentre-toi. Nous avons tout notre temps.

Yannis murmure à sa cheffe qu'elle n'y arrivera pas.

Elle hésite toujours, sur le chemin à suivre, semble perdue entre les arbres et les fourrés. La major Desjeunes qui l'observe aller et venir, sans but précis, commence à la suspecter de ne pas faire tous les efforts nécessaires pour les aider. Soudain, elle s'illumine en pointant du doigt une pente caillouteuse :

— C'est par ici que je suis tombée… C'est en glissant que j'ai perdu mon bandeau ! C'est là que je l'ai perdu, j'en suis sûre !

La major ordonne aussitôt à ses hommes de quadriller le périmètre. Après quelques minutes de fouille, l'un des gendarmes exhibe fièrement un bandeau blanc avec des traces de sang séché. Il le tient entre le pouce et l'index de sa main gantée.

— Il était sous des feuillages, au pied d'un chêne, se vante-t-il.

— Je le savais, se contente de dire l'adolescente, comme redevenue indifférente à l'agitation générale.

— C'est bon ? On peut continuer, lance-t-elle au major.

Ils traversent un champ de maïs, puis, arrivés sur le bord de la départementale, la jeune inconnue demande aux gendarmes de s'arrêter.

— Je n'ai pas traversé de route… Il faut chercher de ce côté. On ne doit pas être loin de là où ils ont arrêté la camionnette…

La major prend la direction des opérations. Elle repère assez vite le seul chemin forestier qui part de cette portion de route, en lisière du bois. Elle cherche des traces de pneus, des empreintes de pas. En vain. Il a tellement plu hier que tout est boueux, effacé. La jeune fille décrit une fois encore la scène, mais cette fois-ci *in situ*. Elle mime comment elle a bousculé la femme, raconte les cris hystériques de l'homme quand il s'est rendu compte qu'elle s'échappait. Elle est calme, circonstanciée dans ses descriptions, mais incapable d'indiquer des lieux précis, puisqu'elle portait un bandeau au moment de sa fuite. Desjeunes et ses hommes inspectent le moindre mètre carré du sentier en partant de la départementale, jusqu'à ce que Messaoui découvre des débris de couleur enfoncés dans la terre meuble, au pied d'un arbre. Camille enfile aussitôt des gants, puis avec précaution prélève les quelques bouts de plastique. « Des morceaux de phares de voiture », se dit-elle avant de les glisser dans des sacs étanches. Avec son smartphone, elle prend de nombreuses photos de l'impact sur l'arbre. Puis elle examine attentivement les clichés, zoome dessus en écartant ses doigts sur l'écran, et discerne sur plusieurs images de petites traces de peinture blanche sur l'écorce légèrement écornée du tronc. La major demande immédiatement à Messaoui de boucler le périmètre et d'appeler la Scientifique.

Camille ressent l'adrénaline prendre lentement possession de son ventre, de sa tête. Elle adore quand son métier lui procure cette excitation. Elle tient enfin une piste pour traquer les ravisseurs. Elle se sent aussi brusquement plus légère, débarrassée d'une partie du fardeau qui l'oppresse depuis quarante-huit heures. Le bandeau, les débris de phare… le témoignage de la fille prend de plus en plus de consistance. Camille la regarde. Vêtue ainsi des vêtements de sa fille, elle lui inspire pour la première fois une certaine tendresse, et non plus seulement de la pitié ou des soupçons.

Chapitre 18

Sur la route qui les ramène en ville, assises à l'arrière de la fourgonnette, les deux femmes n'échangent pas le moindre mot. La major Desjeunes rompt le silence, la remercie pour son aide qu'elle qualifie de précieuse, et lui promet qu'elle va bientôt pouvoir revoir les Lenglet, leur parler.

— Tu dois avoir hâte…

Pour toute réponse, la jeune fille hoche la tête légèrement et colle son front à la vitre, le regard vide, comme hypnotisée par les entrepôts et multiples enseignes de la zone commerciale, en périphérie de Vierzon, qui défile sous ses yeux. Camille renonce à l'interroger plus avant. Elle la sent si absente.

Quand le véhicule se gare dans la cour de la gendarmerie, Camille voit aussitôt Tom, adossé négligemment contre le mur de la cantine. Il a un peu plus de la trentaine. De taille moyenne, la barbe soigneusement taillée en pointe nouée par un élastique à son extrémité, les cheveux noirs et longs attachés par un catogan, l'homme en T-shirt aux motifs viking apparaît telle une aberration dans cet univers militaire.

En apercevant Camille, il lève le bras dans sa direction. Il est entièrement tatoué de couleurs vives. Descendant jusqu'à sa main, on aperçoit une flamme crachée par un dragon à la gueule effrayante gravée dans sa peau au niveau de l'épaule. Camille lui répond discrètement d'un mouvement de tête. Elle se rend compte qu'elle a complètement oublié qu'ils devaient dîner ensemble. En la voyant, le chien de Tom se précipite vers elle pour lui faire la fête. C'est un bouvier bernois, au poil noir, blanc et roux. Bien qu'imposant, il semble totalement inoffensif et furète autour de Camille en quête de caresses. Elle ne lui accorde qu'une seule tape sur la tête. La major n'a jamais aimé les animaux. En revanche, dès qu'elle aperçoit le chien, la jeune fille se précipite vers lui pour le câliner. Sans la moindre crainte, elle attrape sa gueule entre ses mains, se laisse lécher le visage.

— Tu es beau, toi… Tu es un beau Scoopy…

Camille l'observe quelques instants jouer avec le chien, puis rejoint Tom. Elle l'embrasse furtivement sur la joue, gênée à l'idée d'être vue par ses collègues.

— C'est elle ? demande-t-il en désignant la fille qui joue avec son chien.

— Oui...

— Elle semble tellement fragile. Innocente. Tu ne trouves pas ?

Camille refuse d'entrer dans ce débat, c'est déjà assez compliqué comme cela. Autant s'épargner les avis de Tom, dont elle sait qu'il a une foi inébranlable en la nature humaine. Depuis qu'elle le connaît, elle ne l'a jamais entendu dire du mal de qui que ce soit. Tout son contraire.

— J'ai encore un procès-verbal à taper. Cela risque d'être long. Tu m'attends quand même ?

— J'ai tout mon temps, sourit Tom.

La major s'éloigne, rejoignant l'adolescente, toujours accroupie près du chien qu'elle ne cesse de caresser en l'appelant Scoopy.

— Pourquoi Scoopy ? lui demande l'enquêtrice.

— C'était le nom de mon chien. Je l'adorais !

Chapitre 19

Tom a attendu plus d'une heure.

— Cette foutue paperasse ! lance Camille pour seule excuse.

Son histoire avec cet homme simple qui, en toutes circonstances, refuse de se prendre la tête a commencé il y a trois mois. Camille le connaissait pourtant depuis plus de deux ans. Mais son rejet des mâles, son refus de souffrir à nouveau, son besoin de reconstruction avaient rendu Tom totalement transparent à ses yeux. Elle ne l'avait d'ailleurs jamais inscrit sur la liste de ses aventures d'un soir. Trop gentil. Trop attachant.

Camille l'a rencontré dans sa boutique. Tom est non seulement le seul tatoueur de la ville, mais le meilleur du département. Au fil de leurs longues séances, il était devenu un ami, un confident. Il l'avait apprivoisée en levant un à un ses préjugés sur le monde du tatouage, en réalisant de véritables œuvres d'art sur son corps, qu'elle lui abandonnait peu à peu. Tout a commencé entre eux le jour où il l'a invitée dans son appartement, au-dessus du salon de tatouage. Tom décrivait son travail, ses futures créations esquissées sur papier, mais en réalité ne parlait que de Camille à travers ses dessins. Avec passion. Cela avait troublé la jeune femme, au point qu'elle avait succombé et fini la nuit avec lui.

Depuis, leur relation est exclusive. Camille a désactivé son application de rencontres, effacé son profil de célibataire libérée. Elle trouve Tom si rassurant, si réglo, si équilibré. Très à l'écoute des angoisses passées et présentes de Camille, il ne la juge jamais, ne tire aucun avantage pour se mettre en avant, ne la questionne pas sur ses enquêtes. Tom est juste présent. Aimant. Il ne force jamais les choses et cela porte ses fruits. Il y a quelques semaines, elle l'a fait entrer dans sa vie, lui a présenté ses filles. Emma et Léa l'ont adoré.

— Normal. Vous voulez des tatouages gratos ! a ironisé leur mère quand elles ont débriefé après cette première rencontre.

Camille ne s'est pas rendu compte à quel point ses filles étaient sincères, tout autant touchées par le charme de Tom que ravies de voir enfin leur mère amoureuse.

Camille interpelle le garçon de salle pour lui réclamer une fourchette et un couteau. Tom lui sourit, avec une pointe de crânerie, et saisit avec dextérité une boulette panée de crevettes à l'aide de ses baguettes.

— C'est toute la différence entre les manuels et les intellectuels !

— Intello, faut le dire vite… Mais qu'est-ce qu'il fout ! Ça va être froid… À chaque fois, j'ai l'impression de lui demander la lune !

Camille et Tom ont leurs habitudes dans ce restaurant asiatique. Enfin armée de ses couverts, Camille attaque son crabe à la vapeur.

— J'ai vu tes filles tout à l'heure… Elles sont passées au salon.

Camille ne lève pas la tête de son assiette, trop occupée à dépiauter les pinces.

— Je te rappelle qu'on a un deal. Pas de tatouage derrière mon dos. C'est moi qui déciderai du jour où elles auront *peut-être* le droit de se faire tatouer. De toute façon, elles sont mineures, et je te fous en taule si un jour tu me fais ça…

Tom acquiesce, le message est reçu. Il sait parfaitement qu'elle en serait capable. Par amour pour ses filles, pour la loi aussi.

— Elles voulaient juste regarder comment je bossais. Je leur avais promis de leur montrer. Et puis, on a aussi un peu parlé…

— De quoi ? De moi ?

— Non… De nous… Elles veulent savoir si c'est du sérieux nous deux… C'est quand même curieux qu'elles me demandent ça à moi et pas à toi…

Tom affiche un sourire à la fois tendre et malicieux.

— J'ai répondu que de mon côté, c'était du lourd. Du très lourd !

Comme à son habitude, Tom ne demande rien en retour, même si la question « Et toi ? » lui brûle les lèvres. Le restaurant, désormais presque vide, autorise la confidence, l'intimité. Si Tom parle sans pudeur et sans crainte de sentiment amoureux, Camille préfère esquiver en évoquant une complicité incroyable qu'elle n'a jamais connue avec personne.

— Tu veux dire une complicité sexuelle ? sourit Tom.

— Aussi.

Camille sait mieux parler de sexe que d'amour. Elle se livre sans retenue sur ses désirs assouvis, ses fantasmes à combler, et ses orgasmes incontrôlés. Tom l'écoute en silence, plus gêné que flatté. Puis, il se lance. Avec ironie.

— T'en as pas marre d'avoir le dos ruiné, certes à cause de nos acrobaties sexuelles, mais aussi et surtout à cause de ton canapé-lit de merde ?

C'est la deuxième fois que Tom aborde de manière directe son envie de la voir emménager chez lui. Son appartement est grand, il peut déplacer son bureau dans le salon de tatouage et faire ainsi deux chambres pour ses filles. Camille n'est pas contre, mais elle est morte de trouille à l'idée de s'engager. Ses blessures sont encore trop à vif. Elle répond à Tom par une pirouette sur le fait qu'elle est absolument d'accord avec lui : elle doit investir dans un canapé-lit de meilleure qualité.

— On y va ? Je dois me coucher tôt. Demain, j'ai psy…

Le professeur Meignan débarque de Paris pour rencontrer la jeune inconnue pour la première fois.

Chapitre 20

« T'as voulu voir Vierzon et on a vu Vierzon… T'as plus aimé Vierzon, on a quitté Vierzon… » La chanson de Jacques Brel ne cesse de trotter dans la tête d'Hervé. Enivrante. Il la sifflote, la chantonne, quand il regarde par la fenêtre de leur chambre d'hôtel ou quand ils se promènent dans cette ville sans grand charme. Laetitia n'en peut plus de l'entendre répéter en boucle le refrain de cette chanson d'un autre temps. Son agacement a pour principal effet de remettre une pièce dans le juke-box, de nourrir l'esprit gamin et provocateur de son mari. Cela fait maintenant quarante-huit heures que le couple traîne sa misère, sans avoir pu revoir la jeune fille. Hervé ne comprend pas qu'on les fasse ainsi lanterner. Il assaille la gendarmerie d'appels agacés. Il s'est même rendu sur place, en cachette de son épouse. La major Desjeunes l'a alors poliment mais fermement éconduit.

En ce début d'après-midi ensoleillé et chaud, Laetitia persuade Hervé de fuir l'étuve de leur chambre d'hôtel où il s'entête désormais à rester cloîtré. Bien qu'il soit convaincu qu'il n'y a rien à faire dans ce bled, il a accepté. Pour lui faire plaisir et se faire pardonner aussi. Il sait combien il est insupportable depuis qu'Amélie est revenue. Le couple se balade sur les bords du Cher, recherche la fraîcheur dans l'église Notre-Dame. Hervé tient à conclure leur « circuit touristique » par le centre-ville et la place baptisée Jacques-Brel. Les autorités locales ont passé l'éponge sur ses affronts, reconnaissant qu'il avait fait plus de publicité que de mal à leur ville. Laetitia entonne alors la chanson à tue-tête pour marquer la fin de la visite. Hervé la prend par l'épaule mêlant sa voix à la sienne.

La veille, il n'a pu retenir ses larmes quand son épouse, dans la pénombre de leur chambre, lui a enfin avoué qu'elle était convaincue qu'il s'agissait bien de leur fille. Laetitia a mis du temps pour se laisser gagner par ce sentiment qu'elle pressentait ravageur. Retrouver Amélie après des années à avoir accepté l'inacceptable lui semblait une épreuve tout aussi douloureuse que de l'avoir perdue. Hervé l'a rassurée, lui a promis de tout faire pour l'aider à surmonter ses angoisses. Leurs angoisses.

— Tu te rappelles la première fois que nous l'avons vue ?

— Comment oublier… sourit Laetitia. Nous étions si nerveux, si impatients, que nous avions attendu une heure dans la rue à guetter la voiture de l'assistante sociale. Et puis, Amélie est apparue… Elle était si petite, si fragile… Je n'osais même pas la toucher…

Hervé, lui, s'est souvenu de l'avoir immédiatement prise dans ses bras. De l'avoir embrassée spontanément. Puis, il a guidé la fillette de trois ans dans son nouveau monde. Sa nouvelle maison, sa nouvelle chambre, sa nouvelle famille. Il s'était amusé à lui demander plusieurs fois de suite comment elle s'appelait. À chaque fois que l'enfant répondait simplement Amélie, Hervé se penchait vers elle avec beaucoup de douceur, et lui faisait répéter sa leçon, en professeur-papa qu'il était devenu :

— Non, désormais tu t'appelles Amélie Lenglet.

Laetitia et Hervé n'ont jamais oublié leur émotion quand ils ont entendu la petite, découvrant ses peluches et jouets dans sa chambre, répéter sans cesse de sa petite voix :

— Je suis Amélie Lenglet…

Chapitre 21

Comme soudés par les souvenirs des temps heureux, les Lenglet se tiennent par la main en arrivant dans le bureau de la major Desjeunes où les attend le professeur Pierre Meignan. Laetitia a tellement été impressionnée par la voix et l'assurance du psychiatre au téléphone qu'elle ne peut masquer sa surprise en découvrant ce petit homme d'une cinquantaine d'années, rondouillard, à la calvitie bien avancée. Il lui apparaît aussitôt bien plus accessible et bienveillant que son ton professoral ne l'avait laissé présager.

— Comment vous sentez-vous depuis que nous nous sommes parlé ? Tout cela n'est pas trop difficile à gérer ?

Hervé et Laetitia s'interrogent mutuellement du regard.

— Un peu, répond l'un.

— Beaucoup, surenchérit l'autre.

— J'imagine… Sachez que je suis ici pour vous aider, même si ce que je vais vous dire n'est pas forcément facile à entendre. Mais la vérité fait partie du processus…

Le psychiatre leur fait le compte rendu des deux entretiens qu'il a eus avec la jeune fille. Il en raconte l'esprit général et n'entre jamais dans le détail, comme empêché par un droit de réserve, de confidentialité. Selon lui, elle est extrêmement intelligente. Bien au-dessus de la moyenne. Structurée et pourtant en mille morceaux. Il la trouve d'une grande sensibilité mais en contrôle permanent de ses émotions. Elle est à la fois précise et incohérente.

— Bref, un concentré de contradictions… J'ai le sentiment qu'elle cherche sciemment à maîtriser sa relation à l'autre. Parfois, elle vous donne la réponse que vous attendez d'elle et d'un coup elle vous prend à contre-pied. Comme le font parfois les esprits manipulateurs.

Camille Desjeunes saute immédiatement sur l'occasion :

— Vous pensez que c'est une manipulatrice ?

— Major, nous le sommes tous un peu… Non, je pense plutôt qu'elle reproduit ce qu'elle a vécu, subi. La manipulation était au cœur de la relation qu'elle a entretenue durant dix ans avec ses ravisseurs. C'est très clair, quand vous l'écoutez parler d'eux, de leur façon de l'aimer, de la traiter comme leur propre fille, tout en la séquestrant… Eux, c'étaient de vrais manipulateurs. J'ai envie de vous dire que les chiens ne font pas des chats !

Hervé s'offusque aussitôt.

— Comment osez-vous dire une chose pareille ? C'est notre fille, pas la leur !

— Je suis désolé… Mais tous les thérapeutes vous le diront… Au regard de l'affection qu'ils lui portaient et en l'absence de sévices, hormis l'enfermement, en matière de transmission, elle a autant reçu d'eux que de vous. D'ailleurs, elle a en réalité passé plus de temps avec eux…

— Mais nous, on a vraiment aimé Amélie. Pas comme ces dingues, souffle Hervé, dépité.

— Ne vous méprenez pas. Je ne compare en rien l'amour et l'éducation que vous lui avez donnés à ce que ces gens dérangés ont pu lui apporter. Mais aujourd'hui, je dois travailler sur sa relation avec les ravisseurs, pas sur celle qu'elle a eue avec vous. D'ailleurs, pour le moment, elle ne parle que d'eux… Mais ne vous inquiétez pas. C'est normal. On n'efface pas d'un coup de baguette magique les dix années qu'elle vient de vivre.

Laetitia, restée silencieuse durant l'échange entre son mari et le psychiatre, semble réaliser peu à peu l'inimaginable. Elle s'adresse à Meignan d'une voix étouffée, comme si elle se parlait à elle-même.

— Professeur… Vous évoquez les ravisseurs, sa relation avec eux, avec nous… C'est que… C'est que vous la croyez… C'est que c'est Amélie !

Aussitôt Hervé et la major prennent conscience que Laetitia semble avoir vu juste, et fixent le médecin dans le même élan d'interrogation et d'impatience. Pierre Meignan, avec une sérénité sans faille, douche leurs espoirs à grands jets.

— Désolé si nous nous sommes mal compris. Je travaille sur *sa* vérité. Je vous la restitue et tente de l'analyser. Je ne vous ai jamais dit que c'était *la* vérité. Même si j'ai déjà ma petite idée…

Cela fait désormais de longues minutes que le professeur détaille avec le plus de pédagogie possible les mécanismes du syndrome de Stockholm, de l'amnésie rétrograde post-traumatique. Les mots « transfert », « emprise » ou encore « névrotique » sont ses meilleurs alliés. Ces termes barbares sont autant d'écrans de fumée pour ne pas annoncer de manière abrupte à Laetitia et Hervé que leur soi-disant fille dit éprouver de réels sentiments pour ses ravisseurs et surtout ne se souvient absolument plus d'eux. Meignan tait par ailleurs l'inavouable, quand dans un sanglot elle a lâché, lorsqu'il lui a annoncé qu'Amélie était une enfant adoptée :

— Tout cela n'est donc qu'un gigantesque mensonge. Je ne sais pas pourquoi je me suis enfuie… Je n'étais pas malheureuse là-bas. Par moments, je voudrais presque y retourner…

Laetitia et Hervé, comme des élèves studieux, n'interrompent plus le professeur. Ils n'osent pas lui poser la seule question qui vaille, lui arracher leur billet vers le bonheur. Hervé voudrait lui hurler « Tu vas cracher le morceau ! C'est elle ou pas ? », il se contente de l'écouter leur parler de l'amnésie qui semble frapper la jeune fille sur sa « vie d'avant ».

— C'est très fréquent chez les grands traumatisés. Inconsciemment, ils font tout pour effacer leurs souvenirs d'avant-drame. Une manière de se protéger des réminiscences des jours heureux qui les ramènent à leur triste sort. Dans son cas, c'est très clair. Mais c'est totalement réversible. Si c'est votre fille, elle va se souvenir peu à peu. D'abord par flashes, puis…

Hervé bondit. Il est debout, face au professeur :

— Maintenant ça suffit comme ça ! C'est elle ou pas ?

Très calmement, Meignan le prie de se rasseoir.

— Cette jeune fille est victime de séquestration psychologique…

À ces mots, Hervé se lève à nouveau et interpelle Laetitia à son tour :

— Et toi, tu l'écoutes sans broncher !

Cette fois, le professeur hausse le ton :

— Monsieur Lenglet, rasseyez-vous ! Montrez-nous que vous êtes capable de garder vos nerfs ! Au moins devant votre femme ! Vous ne sentez pas le stress que vous lui imposez ? J'ai promis de vous répondre et je vais le faire !

Hervé se rassied en marmonnant qu'ils ne sont pas là pour une thérapie de couple. Le professeur fait comme s'il n'avait rien entendu et poursuit :

— La séquestration psychologique désigne ce phénomène où le patient perçoit sa liberté recouvrée comme un traumatisme plus grand encore que le cauchemar auquel il vient d'échapper. Du coup, il se réfugie en terrain connu, rassurant. L'enfermement. Il devient alors son propre geôlier… C'est son cas. Cet état névrotique s'appuie sur des ressorts extrêmement complexes qui me semblent difficiles à assimiler de manière volontaire, dans le seul but de tromper son monde. Même pour une manipulatrice de haut vol. Laissez-moi encore quelques séances avec elle… Mais… Oui, pour l'heure, je pense qu'elle dit la vérité…

Chapitre 22

Le couple Lenglet contemple le crépuscule envahir peu à peu la caserne. Ils se tiennent à l'écart dans un recoin de la cour, près d'une rangée d'arbustes, récemment plantés. Ils ont besoin de faire un break, de prendre l'air, de se retrouver seuls tous les deux, de partager en toute intimité leur certitude d'avoir retrouvé Amélie. Ils se moquent des mises en garde de Meignan contre un emballement prématuré, du conditionnel prudent utilisé à tout-va par Desjeunes. Ce sont des fonctionnaires frileux qui ne cherchent qu'à se protéger. Ils ont retrouvé leur fille. Amélie est là. Quelque part, à quelques mètres d'eux, à portée d'amour. Laetitia frissonne. Hervé, collé contre son dos, la serre entre ses bras. De plus en plus fort, comme s'il cherchait aussi à fusionner ses intenses émotions avec celles de son épouse. Ne faire qu'un dans le bonheur, après avoir si souvent fait malheur à part.

— C'est un miracle… En plus, ils ne l'ont pas maltraitée.

Hervé fait mine d'acquiescer, dit partager le soulagement de sa femme. Mais au fond de lui, il est troublé par cet amour insensé de la part des ravisseurs, de l'affection que semble leur porter Amélie. Hervé éprouve le sentiment amer qu'on lui a volé sa fille une deuxième fois.

De retour dans le bureau, le couple écoute la major Desjeunes évoquer l'avancée de l'enquête. Ils n'en retiennent que le positif, que ce qui les arrange, la fille a dit vrai sur les circonstances de son évasion. Les gendarmes ont retrouvé le lieu, le bandeau, les débris de phare, l'impact sur le tronc d'arbre… Ni Laetitia ni Hervé ne prêtent attention aux recommandations prudentes de la major, n'entendent que toutes les hypothèses sont encore à l'étude. Pour eux, ce n'est qu'une enquêtrice à la méfiance maladive.

La major révèle que les investigations sur le terrain n'ont rien donné pour le moment. Interrogatoires d'éventuels témoins dans un rayon de plusieurs kilomètres entre le lieu de l'évasion et la ferme, visionnage des caméras de surveillance des stations-service environnantes, des péages d'autoroute… Aucune trace des ravisseurs, de leur camionnette. Les débris de phare retrouvés sont en expertise à la Scientifique et au regard de leur petite taille, remonter jusqu'à une marque, un modèle, prendra du temps. Elle indique aussi qu'aucun ADN autre que celui de la jeune fille n'a été relevé sur les cordelettes et sur le bandeau. Par ailleurs, le porte-à-porte des gendarmes se poursuit dans les établissements scolaires, foyers, instituts. Sans résultat. Sa photo n'évoque rien à personne. Quant à son ADN, il ne matche avec aucun fichier national. Les Lenglet l'écoutent à peine. Ce point interminable sur l'enquête attise leur impatience.

— On peut en déduire que si cette fille n'existe pas, c'est que c'est Amélie, conclut calmement Hervé.

— Peut-être. Mais cela ne constitue qu'un faisceau d'indices concordants, pas une preuve. D'ailleurs, sachez que j'ai demandé aux services sociaux de lever les règles de confidentialité pour m'aider à remonter la piste d'Amélie en Lettonie. C'est très hasardeux et sans doute voué à l'échec, mais retrouver la mère biologique d'Amélie serait le seul moyen de nous apporter une preuve irréfutable.

Hervé ressent comme la pointe d'une lame lui pénétrer les tripes. La major, en cherchant la vraie mère d'Amélie, veut lui voler sa fille pour la troisième fois.

Le professeur et la gendarme leur annoncent pour conclure qu'ils sont autorisés à la voir demain matin.

— Elle me l'a demandé avec insistance lors de nos séances. Elle dit en avoir besoin, envie. Et je n'y vois aucune contre-indication thérapeutique. Au contraire. À condition que vous ne brusquiez pas les choses. Que vous respectiez sa confusion mentale, l'altération de sa personnalité…

Laetitia et Hervé n'y comprennent pas grand-chose, mais jurent qu'ils ne feront rien qui pourrait faire du mal à leur enfant. Camille soupire, se disant que plus rien ne peut désormais arrêter la machine à rêves de ces parents qui ont tant souffert. Elle n'a plus le choix. Cette jeune fille se doit d'être Amélie Lenglet. À elle de s'en convaincre à défaut de le prouver. Avant de prendre congé du couple, elle leur demande, sur un ton anodin, comment s'appelait leur chien à l'époque.

— Scoopy, pourquoi ? répond spontanément Hervé.

— Juste pour savoir, monsieur Lenglet…

Chapitre 23

Camille est seule dans son bureau. Avachie dans son fauteuil, elle pose ses pieds sur la table au milieu de son bordel organisé. Elle est au téléphone avec Emma. Comme d'habitude, elle la harcèle de questions sur le déroulé de sa journée, quand sa fille aînée interrompt l'interrogatoire.

— T'en as pas marre de jouer à la flic H24 ? Je ne suis ni une gamine ni une suspecte !

— Pour moi, tu seras toujours mon bébé… Ou alors une ado que je soupçonne de faire toutes les conneries de la terre derrière mon dos. Qu'est-ce que tu préfères ?

— Vendu pour « bébé » ! Comme ça, tu arrêteras de fouiller dans mon intimité.

Camille lâche un rire bref, forcé. Elle se demande si Emma n'aurait pas découvert que, depuis des mois, elle la suit à la trace sur les réseaux sociaux. Elle s'inquiète de tout et n'hésite pas à traquer ses propres filles.

— Ne m'attendez pas pour dîner ce soir. J'ai encore du boulot.

— C'est bien ce que je disais… H24…

— Tu m'en veux ?

— Pas pour ce soir, soupire Emma. Mais pour avoir annulé nos deux semaines de vacances en Dordogne, oui je t'en veux. L'été à Vierzon, c'est vraiment le rêve ! Merci ! Tout ça à cause d'une folle qui ne sait même pas comment elle s'appelle… Ou plutôt qui ne sait que ça !

Camille s'excuse, une fois encore, d'avoir gâché les vacances de la famille, cherche à se faire pardonner en promettant de se dégager quelques jours en août pour partir à la mer. Elle n'y croit guère. Sa fille non plus, qui conclut la conversation d'un :

— Laisse tomber ! Bonne soirée avec ta tarée.

En contemplant le mur en crépi couleur crème du salon de Yannis, et malgré les efforts de décoration du couple Messaoui, Camille se sent confortée dans son choix. Habiter n'importe où plutôt qu'à la caserne. Tout y semble si impersonnel, si transitoire. Yannis tend une canette de soda à l'adolescente. Ils sont tous les trois à table, attendant que Leila, l'épouse de Yannis, apporte le dîner. La jeune fille porte un sweat à capuche vert émeraude d'Emma.

— Cette couleur te va bien…

— Merci. Vous avez bien remercié votre fille de ma part ?

Camille acquiesce. Elle ne l'a jamais sentie aussi ouverte, en confiance. Depuis son arrivée, il y a une dizaine de minutes, elles ont réussi à enfin échanger, notamment sur les tatouages de la major qui semblent fasciner la jeune fille, curieuse de savoir si le côté définitif ne fait pas peur à la gendarme, si cela fait mal. Camille se dit que Meignan a sans doute déverrouillé quelque chose en elle.

— Ça s'est bien passé avec le docteur ?

— C'est à vous de me le dire… Je suppose que vous étiez derrière la glace, non ?

Camille est déstabilisée par son assurance. Elle se sent prise au piège, presque agressée, malgré son sourire innocent. Elle cherche du regard le soutien de Yannis, puis confirme qu'elle a bien assisté aux séances et qu'elle n'insistera pas si elle ne souhaite pas en parler. La jeune fille boit une gorgée de soda, à même le goulot, et passe sa main dans sa chevelure blonde pour dégager son visage. Elle fixe la major avec aplomb.

— Je n'ai aucun problème à en parler. Mais pour vous dire quoi de plus ? Je pense que vous savez tout.

— Le professeur m'a dit que tes souvenirs allaient ressurgir peu à peu. La preuve, tu as retrouvé le nom de ton chien. Tu as d'autres choses qui te sont revenues ?

L'ado lui adresse un sourire à la fois franc et provocateur.

— Vous êtes venue dîner avec nous ou mener un interrogatoire ?

Camille a soudainement l'impression d'être face à l'une de ses filles quand celles-ci dépassent les limites, poussées par l'insolence de leur jeunesse. Elle a une envie folle de la remettre à sa place.

Leila arrive de la cuisine avec un gratin de pâtes brûlant entre les mains. Camille et Yannis échangent un regard complice. La fille leur adresse un sourire ironique, comme si elle les avait démasqués, picore quelques bouchées et s'enfonce peu à peu dans le mutisme. Happée dans son monde. Malgré plusieurs tentatives, Camille ne tirera plus rien d'elle de toute la soirée.

Chapitre 24

Elle ne cesse de jeter des coups d'œil inquisiteurs vers le miroir. À travers la glace sans tain, la major Desjeunes et le professeur Meignan se sentent presque agressés par ce regard fiévreux, transperçant.

— Elle sait que nous sommes là, et elle nous fait bien comprendre que cela l'agace, murmure la gendarme.

Depuis de longues minutes, ils n'ont pas perdu une miette de sa rencontre avec les Lenglet. Ils sont allés de surprise en surprise.

D'emblée, dès qu'elle est entrée dans la pièce, la jeune fille, si perdue lors de leurs premières retrouvailles improvisées, s'est jetée vers le couple qui l'attendait. Débarrassée de toute crainte, de toute pudeur, elle les a enlacés longuement, embrassés fougueusement, répétant à l'envi « Maman, Papa ». Camille s'est néanmoins étonnée auprès de Meignan de ne pas la voir verser la moindre larme, comme imperméable à leurs émotions, à leurs sanglots.

— Attendons, a simplement répondu le professeur.

C'est elle qui les consolait, leur demandait de ne pas pleurer, leur répétait que ce n'était que du bonheur d'être à nouveau réunis. Elle semblait sereine, en total contrôle affectif de la situation, avant de redevenir au fil de leurs retrouvailles l'adolescente tourmentée, alternant de longs silences et des brusques saillies de révolte, d'agressivité plus ou moins contenue. Face à ce comportement illisible, Camille s'est souvent tournée vers le psychiatre pour un décryptage. Mais Pierre Meignan n'a pas toujours les réponses.

L'attitude d'Hervé Lenglet les déstabilise également. Une fois l'émotion passée, il a respecté à la lettre leurs consignes. D'un calme et d'une finesse psychologique dont ils ne le croyaient pas capables, s'appliquant dans le choix de ses mots, de son ton, il ne lui a mis aucune pression affective. Ainsi, Hervé n'a jamais évoqué leur peine, leur vie si insupportable sans elle. Suivant les conseils du psychiatre, il a mis ses tourments en sourdine pour se consacrer exclusivement à son ressenti à elle. Une mise en retrait qui ne lui ressemble guère, mais qui est digne d'un père, a songé Camille. Le couple se montre exemplaire dans l'écoute et le respect de son vécu, de son histoire qui n'est pas encore la leur.

La jeune fille lance un nouveau regard vers le miroir avant d'évoquer la personnalité de ses ravisseurs. Leur obsession de vouloir se comporter comme des parents aimants. Leur façon de la considérer comme leur propre fille au point de la harceler pour qu'elle les appelle « Papa et Maman ». À cet instant, Camille imagine la détresse des Lenglet. Elle les plaint et les admire, car Laetitia et Hervé restent de marbre. Être à son écoute, ne pas se laisser submerger par leurs propres émotions. La fille se penche alors sur la table devant laquelle ils sont assis, face à face. Elle saisit la main de chacun.

— Je vous jure que je ne l'ai pas fait. Pas une seule fois en dix ans ! Papa… Maman… C'est vous… Que vous… Même si vous non plus, vous n'êtes pas mes vrais parents…

Son visage s'assombrit soudainement. Elle semble désemparée. Elle retire brusquement ses mains de celles d'Hervé et Laetitia. Elle se lève pour s'isoler dans un coin de la pièce. Dans l'angle mort du miroir, à l'abri du regard de la major et du professeur. Elle sanglote, en disant ne pas comprendre pourquoi ils lui ont menti toutes ces années alors que cela fait de longues minutes qu'ils lui rappellent combien ils l'aiment, combien ils sont heureux de l'avoir retrouvée. Elle leur assène froidement qu'ils sont de la même veine que ses ravisseurs.

— Tout n'est que mensonge, trahison. Au fond, je ne suis l'enfant de personne.

— Je t'en supplie, Amélie… Ne dis pas ça, implore Hervé.

S'il accuse le coup, restant prostré sur sa chaise, Laetitia la rejoint pour la prendre dans ses bras.

— Tu es notre fille. L'adoption n'a rien à voir là-dedans. Tu étais notre fille avant même que l'on te voie pour la première fois.

Face aux larmes qui coulent lentement sur le visage de Laetitia, la jeune fille lâche prise, et s'abandonne dans ses bras en soupirant :

— Je suis tellement désolée pour tout le mal que je vous ai fait…

Chapitre 25

— Selon vous, professeur, elle est sincère ?

La major Desjeunes a du mal à masquer sa perplexité face à ce qui vient de se jouer sous leurs yeux.

— Difficile d'être totalement affirmatif, mais je pense que oui.

— Moi, je ne suis pas convaincue. Je ne sais pas pourquoi mais je ressens quelque chose de faux en elle…

Camille s'étonne qu'elle n'ait pas fait la moindre allusion à un souvenir commun avec les Lenglet. Elle s'est refusée à parler du passé, sauf pour les culpabiliser en faisant allusion à leur mensonge au sujet de son adoption. Elle s'interroge sur les raisons qui l'ont poussée à mettre ce dossier brûlant sur la table.

— Il y a mieux comme sujet de retrouvailles. Ou alors, c'est un écran de fumée, un bon prétexte pour éviter de se replonger dans une enfance dont elle ignore tout.

Le professeur Meignan ne peut retenir un sourire moqueur.

— Décidément, vous avez du mal à la croire sincère. Elle échappe à votre logique de flic, si j'ose dire… Moi, je trouve que c'est normal qu'elle en ait parlé. J'aurais même été surpris du contraire. Quand on est traumatisé, on est forcément égocentré, paranoïaque. Tout est ramené à soi. Et peu importe, si l'on fait du mal aux autres. Même à ses parents. Pour moi, elle a marqué un point.

Meignan réfléchit quelques instants avant de suggérer :

— Il faudra bientôt envisager de la rendre à sa famille, major…

— Trop tôt ! répond sèchement Camille.

Le professeur s'irrite :

— La décision n'appartient ni à vous ni à moi, mais au juge, major. Admettez cependant que c'est dans leur univers que les Lenglet trouveront ensemble les réponses aux questions que vous vous posez. Mieux que dans les locaux de votre gendarmerie…

Camille ne relance pas le débat avec le professeur Meignan sur la sincérité ou non de l'adolescente. Elle ne peut lui avouer le fond de sa pensée, de son cœur. Elle sent poindre une antipathie naissante envers cette inconnue qui, espère-t-elle, n'aveugle pas son jugement. Camille s'en veut, mais elle supporte de moins en moins son attitude de fille barrée, ses jérémiades d'enfant soi-disant perdue, trahie. Elle ne sait pas si elle dit vrai, si elle est folle ou si elle joue un rôle, mais elle est convaincue qu'elle n'en a pas fini avec Amélie Lenglet.

Chapitre 26

Pour la troisième fois, Camille regarde l'animation vidéo de trente secondes sur son ordinateur de bureau. Elle est fascinée. L'adjudant Messaoui, debout derrière elle, ne peut retenir un « Putain, c'est dingue ». Ils demandent au professeur de venir les rejoindre. Il faut absolument qu'il voie cela.

Camille relance le film d'un clic. Le visage innocent d'Amélie Lenglet âgée de sept ans apparaît plein écran, sa photo officielle d'enfant disparue. Puis, le cliché s'anime en fondus enchaînés, balayant les années qui se sont écoulées, modifiant peu à peu le minois enfantin d'Amélie, en adolescente, en jeune fille. Trois secondes pour une année. Un algorithme mis au point par l'Institut de recherche criminelle de la gendarmerie nationale, à Pontoise. La vidéo s'arrête sur l'image figée d'Amélie Lenglet, à dix-sept ans. Bien que totalement virtuel, le visage semble plus vrai que nature. C'est celui de la jeune inconnue. Ou presque.

— La voilà, votre preuve !

Le professeur Meignan est enthousiaste, admiratif du travail du labo. Plus expérimentée en la matière, la major énumère quelques cas similaires de ressemblances frappantes au crible du vieillissement numérique qui, par le passé, s'étaient finalement avérées inexactes.

— Décidément major, souffle le professeur un peu excédé, c'est à se demander ce qu'il vous faut. L'image est criante de vérité !

— C'est vrai que c'est troublant. C'est un élément de plus dans le dossier. Mais ce n'est pas une preuve. Elle sera d'ailleurs irrecevable par le juge d'instruction. Comme le veut la loi.

— C'est plus que troublant ! tonne Meignan.

Camille ne relève pas et fait le point sur l'enquête. C'est urgent. Elle a rendez-vous chez le juge dans quelques heures. Ce matin encore, au téléphone, il lui a mis la pression maximale pour que l'affaire soit close au plus vite.

— Je vous préviens, c'est ce soir que l'on se décide ! Et ne me dites pas encore que vous avez besoin de plus de temps ! Je suppose que vous lisez la presse comme tout le monde.

— Hélas, oui, avait répondu Camille.

Elle était furieuse en découvrant un article paru dans *Le Berry républicain* sous le titre « Amélie Lenglet, un miracle à Vierzon ? »

Elle s'est sentie trahie par les Lenglet, surtout par Hervé. Il avait alerté le journal, en dépit de leur accord tacite. À la une, le quotidien revenait sur cette affaire qui avait secoué la France dix ans plus tôt. Hervé, amplement cité, déclarait, sans l'ombre d'un doute, que la jeune fille retrouvée était la sienne, qu'il avait toujours su qu'elle était en vie, et, comble de l'ironie, il remerciait la major Camille Desjeunes et la gendarmerie pour leur formidable travail. Depuis, Camille avait été abreuvée d'appels et de mails par la presse nationale, les radios et les chaînes de télévision. Elle avait systématiquement répondu par un « pas de commentaire sur une affaire en cours », mais Hervé Lenglet avait réussi son coup. Il lui avait mis la pression. L'obliger à trancher. Vite.

Assis à une grande table de réunion dans la salle de briefing de la gendarmerie, la major et le professeur regardent Yannis Messaoui noircir au gros feutre les feuilles du paperboard. Il écrit le nombre de collèges du département du Cher, trente-deux, puis celui des lycées, vingt-six. Ils ont tous été visités par les collègues, leurs archives épluchées. Sans résultat. De même pour les foyers sociaux et instituts spécialisés. Messaoui rappelle que d'autres gendarmeries font le même travail de fourmi au niveau de la région Centre, mais que cela va être long car il y a plus de cinq cents établissements scolaires recensés pour les classes secondaires. Pour le moment, les premières remontées de terrain ne donnent rien. Personne ne reconnaît la jeune fille. Quant aux différents fichiers nationaux, criminels ou de disparitions inquiétantes, son ADN ne matche avec aucun signalement répertorié. Enfin, nulle trace d'elle non plus sur les réseaux sociaux.

— Jusqu'à preuve du contraire, elle n'existe pas autrement que sous l'identité qu'elle déclare… Celle d'Amélie Lenglet.

Yannis semble particulièrement réjoui par sa conclusion. Pour l'héberger depuis plus d'une semaine, la côtoyer dans ses bons comme ses mauvais moments, il s'est attaché à la jeune inconnue. Il a envie qu'elle soit Amélie. Que l'histoire se finisse bien.

Desjeunes le reprend :

— Pas de conclusions hâtives, adjudant !

Elle accorde à la jeune fille le bénéfice d'avoir dit la vérité concernant les conditions et les lieux de sa fuite. Bien que pour le moment, en attendant les conclusions de la Scientifique, cela ne les ait pas conduits sur la piste des ravisseurs. Elle reconnaît aussi que les résultats du travail des experts en vieillissement lui sont très favorables. Cependant, malgré tous ces éléments qui devraient la renforcer dans ses conclusions, Camille continue de douter. Elle bloque sur l'absence de souvenirs de la jeune fille. Elle a du mal à croire en cette amnésie totale, un bouclier qui selon elle arrange bien ses affaires. Yannis profite d'une courte pause pour glisser :

— Elle a quand même mémorisé le nom du chien. Elle a aussi le souvenir des plats que sa mère lui préparait.

Meignan approuve et ajoute :

— C'est comme une armure qui se fissure. Ses souvenirs, enfouis, lui reviennent par bribes, par flashes.

— Vous parlez d'une preuve ! N'importe qui pourrait dire n'importe quoi sur la bouffe de son enfance, les bonnes pizzas que lui faisait sa maman…

Elle reprend à voix basse :

— Bien sûr, il y a Scoopy… Ça, je vous l'accorde. J'ai vérifié, jamais la presse n'a mentionné le nom de ce chien. C'est dingue… C'est le seul élément tangible en ma possession. Je dois me décider sur la base d'un putain de nom de chien.

Camille baisse la tête, se recroqueville sur sa chaise, comme écrasée par le poids de sa responsabilité. Puis elle se redresse et interroge le professeur Meignan sur les mécanismes de l'amnésie. Peut-on ne se souvenir que d'un seul et unique détail, aussi anodin ? Peut-on feindre d'être amnésique ?

— La réponse est oui à vos deux questions. Toute personne peut faire semblant d'avoir perdu la mémoire. L'exercice est assez simple et peu détectable. Quant à se remémorer le nom de son chien, ce n'est pas anodin comme vous dites. Le transfert affectif est fort sur un animal. Et puis, si comme de nombreux traumatisés elle refuse tout ce qui a trait à ce qui a précédé le drame, elle peut parfaitement se réfugier dans un souvenir heureux de son enfance… Scoopy.

— Et pourquoi rien avec ses parents alors ?

— Bonne question. Peut-être qu'elle n'était pas si heureuse que cela avec eux. Mais cela mériterait bien plus que quelques séances pour déverrouiller ce point avec elle…

Chapitre 27

Le bureau du juge Garrigues tranche avec la solennité du palais de justice de Bourges, un ancien couvent du XVIIe siècle. Il ressemble à un studio d'étudiant, envahi d'étagères de livres de droit divers et de dossiers empilés à même le sol. Située au dernier étage, dans la mansarde de la bâtisse, avec une seule ouverture sur le parc, la pièce semble bien plus petite que sa trentaine de mètres carrés. Trop petite en tout cas pour le juge d'instruction, un échalas de plus d'un mètre quatre-vingt-dix qui se penche à chaque déplacement pour éviter de se cogner contre la poutre transversale ou les murs inclinés. Âgé de quarante-deux ans, le juge Garrigues est un homme sans charme avec une tête d'oiseau sur un corps maigre qui flotte dans son costume bon marché. Le parfait tue-l'amour selon Camille.

La major Desjeunes se tortille sur un siège particulièrement inconfortable. Comme si la justice se devait de martyriser les fessiers des inculpés. À ses côtés, le professeur Meignan fait son rapport psychiatrique avec un vocabulaire abscons que la greffière, assise à une petite table carrée dans un coin de la pièce, essaie tant bien que mal de déchiffrer. Elle est jeune, pimpante. Avec le juge, elle forme un duo parfaitement mal assorti. C'est au tour de Desjeunes de faire le point sur son enquête. Elle essaye d'être précise, factuelle, exhaustive. Le juge l'écoute sans grande attention, tout en consultant le dossier qu'il a sous les yeux. Il donne l'impression de savoir déjà tout ce que la major tente de lui décrire. Impatient, il l'interrompt avant qu'elle n'aborde sa conclusion.

— OK. J'ai compris… Pas de preuve, mais un faisceau de faits concordants en faveur de la véracité des déclarations de cette jeune fille. J'y ajouterai l'absence de mobile pour se faire passer pour Amélie Lenglet. À part la folie… Professeur, si je vous ai bien compris, il ne semble pas qu'elle soit démente ?

— Non. Certainement pas.

— Parfait, on avance. Éprouve-t-elle le besoin pathologique d'être célèbre ? De connaître son quart d'heure de gloire comme dirait la major ?

— Je n'ai perçu chez elle aucun signe de mégalomanie. Mais il y a quand même un fort besoin de reconnaissance.

— Comme tout le monde. Moi, à sa place, j'aurais passé des castings d'émissions de téléréalité plutôt que d'inventer une histoire pareille.

Le juge sourit à sa propre réplique. Il jette un regard vers la greffière pour s'assurer qu'elle partage ce trait d'esprit, sa marque de fabrique lors de ses interrogatoires. Il est rassuré. Comme toujours, elle adhère d'un discret hochement de tête.

— Tout au long de ma carrière, mon expérience m'a souvent prouvé que le raisonnement par l'absurde avait du bon. Si vous n'arrivez pas à prouver qu'elle n'est pas Amélie Lenglet, c'est que c'est elle !

Camille reste sans voix. Le juge d'instruction semble avoir décidé, tout seul, dans son coin, que l'affaire est close. Sans même entendre leurs ultimes argumentations. Il perçoit son trouble.

— Néanmoins, j'attends vos conclusions…

La major Desjeunes et le professeur Meignan se regardent un long moment, puis, comme ils en sont convenus à l'issue de leur briefing avec Messaoui, affirment qu'il y a de fortes chances qu'il s'agisse d'Amélie Lenglet.

— Mais comprenez, monsieur le juge, que l'on ne peut pas vous le garantir à cent pour cent…

— Parfait ! Cent pour cent, ça n'existe pas. Sauf dans la tête des Lenglet qui, par la voix de leur avocat, me garantissent que c'est leur fille à deux cents pour cent. Avec vos… Disons quatre-vingt-dix pour cent… Si on fait la moyenne, on est largement au-dessus de vos fameux cent pour cent !

Le juge adresse à nouveau un sourire furtif à sa greffière. Puis, d'un ton autoritaire, il annonce sa décision de procéder au regroupement familial. Pour autant, il refuse de clore le dossier. Il demande au professeur Meignan de continuer le suivi psychologique de la jeune fille et à la gendarme de se rendre en Vendée pour reprendre à zéro l'enquête sur la disparition d'Amélie Lenglet.

— Retrouvez-moi les ravisseurs de cette gamine ! C'est la meilleure façon de boucler cette affaire. J'ai l'accord de votre hiérarchie pour que vous soyez détachée à la gendarmerie de La Roche-sur-Yon.

Au grand étonnement du juge et du psychiatre, Camille refuse d'emblée la mission. Elle demande à être déchargée de l'enquête et que l'on nomme quelqu'un d'autre à sa place. Ses arguments sont confus. Face à l'insistance du juge d'instruction, elle avoue enfin les vraies raisons qui la poussent à renoncer.

— Je suis désolée, c'est personnel. Je ne peux pas mettre quatre cents kilomètres entre moi et mes filles. Elles ne me le pardonneraient jamais. Déjà que j'ai pourri leurs vacances à cause de cette affaire…

Très prévenant, à l'écoute de la mère célibataire, Pierre Meignan dit comprendre ses réticences, mais tente à son tour de la convaincre :

— Camille, cette famille mérite de connaître la vérité. Vous ne vous en rendez pas compte mais vous avez tissé un lien avec cette jeune fille. Même s'il vous apparaît fragile, il existe. Et puis je vous ai observée, vous êtes déterminée, voire têtue, et à la fois vous doutez de tout, tout le temps. C'est une qualité rare qui peut vous permettre de résoudre cette énigme. Prenez le temps de la réflexion, mais n'oubliez pas ce que je vais vous dire : Amélie Lenglet a besoin de vous.

— Non, désolée, mais je ne peux pas.

— Allons major, un peu de bon sens ! J'attends votre réponse pour demain matin, dernier carat ! conclut le juge, donnant ainsi le signal de la dispersion.

Chapitre 28

Sur la route de retour vers Vierzon, au soleil couchant, tous gyrophares allumés, Camille conduit tel un automate, accaparée par ses pensées et ses dilemmes.

Quand elle pousse la porte de l'atelier de tatouage, Tom ne lève pas les yeux vers elle, concentré sur son dernier client du jour. Il porte un masque et des gants chirurgicaux, des lunettes loupes, et pique à la machine à encre la cheville d'un jeune homme d'une vingtaine d'années. Il apporte les derniers détails au symbole bouddhiste de purification. Un ensemble de petites gouttes d'eau. Camille s'approche pour contempler son travail. Elle a toujours admiré son talent, le soin qu'il apporte au moindre détail, son obsession de faire souffrir le moins possible. Elle se souvient pourtant avoir dégusté quand il s'est attaqué à la finesse de la peau de son cou. Camille aime cet endroit, à la fois cosy et clinique.

— Tu peux arrêter ton bazar de flic. Les gyrophares devant mon salon, ce n'est pas la meilleure des pubs pour moi.

Le tatoueur retire son masque, lui sourit amoureusement avant de déposer un baiser sur ses lèvres. Il ferme boutique et apporte une bière fraîche à Camille, confortablement installée dans un fauteuil à moitié incliné. Il s'assoit sur son tabouret à roulettes et se colle à elle. Ils entrechoquent les bouteilles en verre.

— À nos amours ! sourit Tom.

Il s'inquiète aussitôt de la non-réaction de Camille, toujours prompte à le reprendre dès qu'il évoque leurs sentiments. Elle plante ses yeux dans les siens et, d'un coup, murmure :

— Je ne sais pas quoi faire…

Tom l'écoute avec attention lui raconter sa réunion avec le juge, sa proposition, son refus de poursuivre l'affaire. Elle lui confie ce qu'elle s'était toujours interdit de révéler : les secrets de son enquête, ses doutes. Elle lui parle de cette fille tellement étrange qu'elle n'est pas encore parvenue à la déchiffrer. Tom réalise combien elle a pris cette histoire à cœur. Il ressent son déchirement au moment de laisser tomber. Il lui prend la main, la rassure sur ses capacités de flic, mais aussi de femme, intelligente et sensible. Camille avale sa bière à grandes gorgées, une échappatoire pour elle qui n'a jamais su comment réagir face aux compliments. Elle n'aime ni en faire ni en recevoir. Il tranche :

— Je pense que tu dois accepter d'aller là-bas. Ça crève les yeux que tu en meurs d'envie… Ne t'inquiète pas pour les filles, je veillerai sur elles.

Camille s'étonne de voir son amant accepter qu'elle puisse partir si loin, si longtemps. Elle préfère en plaisanter.

— Tu as trouvé une occasion en or pour enfin t'installer chez moi !

Mi-amusé, mi-sérieux, Tom avoue qu'il est prêt à tous les stratagèmes pour enfin arriver à ce que leur couple soit officialisé.

— Un peu de baby-sitting avec tes filles… Une sorte de concours d'entrée… Et après, le mariage !

— T'es vraiment trop con !

Après lui avoir adressé un franc sourire, Camille replonge dans ses angoisses de mère. Elle a peur que cette séparation ne soit la goutte d'eau de trop. Parano dès qu'il s'agit d'Emma et Léa, Camille est persuadée qu'elles ne cessent de la juger sur tout. Ses échecs avec leurs pères respectifs, les relations exécrables qu'elle entretient aujourd'hui avec eux, son « métier de facho », son salaire de misère, son autorité parentale à l'ancienne, sa vision patriarcale de la société…

— Le pire c'est que je ne peux même pas leur en vouloir, je suis nulle comme mère…

Tom la réconforte, lui dit qu'elle se trompe sur toute la ligne.

— Il n'y a que tes filles qui comptent pour toi, je le sais. Et pourtant, tu ne leur dis jamais, tu ne leur montres pas. Avec moi, pas de problème… Je suis un grand garçon, mais ne fais pas ça à tes filles.

Il essuie délicatement les larmes qui perlent aux coins des yeux de Camille. Il lui fait comprendre que s'éloigner quelques semaines l'aidera aussi à réfléchir à sa vie de mère, de femme.

— Et puis une séparation, c'est une occasion en or pour libérer ses émotions, dire « je t'aime ». Dis-leur que tu les aimes, dis-moi que tu m'aimes…

— Tu me promets que tu t'occuperas bien d'elles ?

Tom hoche la tête. Camille se saisit de son portable et pianote un message à destination du juge.

Chapitre 29

— C'est sûr. Ce n'est pas notre belle plage des Sables-d'Olonne !

Hervé gratte de la pointe de sa chaussure le sable terreux et caillouteux des rives du Cher, en souriant à Amélie. Elle acquiesce de la tête, sans lui laisser croire pour autant qu'elle se souvient de la plage, des dunes, de l'océan Atlantique qu'il ne cesse de vouloir lui rappeler. Elle marche sur le sentier de randonnée qui serpente au bord de la rivière entre Hervé et Laetitia, qui la tiennent chacun par un bras. C'est leur première balade en famille. Elle profite pleinement de ce moment de quiétude après tant de tumulte. Elle tend son beau visage vers le ciel, ferme les yeux, pour mieux ressentir la caresse douce de la brise légère. Elle semble écouter d'une oreille distraite les Lenglet lui parler d'hier et surtout de demain.

— On prend la route de bonne heure. On va enfin rentrer chez nous, chez toi.

Hervé lui décrit leur nouvelle maison, sa chambre qu'ils ont aménagée à l'identique pour le jour où elle reviendrait.

— Mais tu sais, tu pourras la décorer comme tu le voudras.

— Je t'aiderai, surenchérit Laetitia.

Hervé ironise :

— C'est vrai que ta mère a des goûts… Comment dire ? Originaux. Elle adore tout ce qui est moche !

Les trois éclatent de rire. La promenade se poursuit, calme et sereine. Heureuse.

Laetitia et Hervé se refusent de parler de l'incendie de leur ancien pavillon, des accusations qui ont pesé contre lui. Soudain, Hervé s'arrête et fixe sa femme d'un regard tourmenté qu'elle décrypte dans l'instant. Laetitia comprend qu'il veut briser les tabous du passé. L'adolescente perçoit aussitôt leur trouble.

— Qu'est-ce qu'il y a ?

— Amélie, avec ton père, on a promis au psychiatre de te dire toute la vérité. Selon lui, c'est important pour toi comme pour nous.

Laetitia lui raconte alors les jours et semaines qui ont suivi sa disparition. Les soupçons contre son père devenus accusations, les intimidations devenues actes criminels. Amélie l'écoute avec une attention aiguisée. Elle est curieuse du moindre détail concernant les menaces de mort, l'incendie, les charges que les gendarmes avaient contre Hervé.

— Tu as fait de la prison ?

— Non ! Bien sûr que non ! s'offusque Hervé.

Il regarde son épouse qui semble l'implorer de dire toute la vérité, rien que la vérité.

— Enfin… un peu. Juste quelques heures… Le temps de la garde à vue. Mais, ce n'était pas une prison. Simplement une cellule de la gendarmerie.

— Mais pourquoi ? s'exclame, intriguée, la jeune fille.

Laetitia prend tendrement son mari par l'épaule.

— Les gendarmes voulaient juste vérifier des détails, rien d'important. Tu peux être fière de ton père, Amélie. Il a été si fort durant toutes ces semaines. J'ai envie de dire toutes ces années !

Laetitia fait ainsi l'éloge de l'acharnement de son mari à ne jamais abandonner, à refuser de perdre espoir. Il n'avait eu de cesse de relancer les gendarmes, les juges, les avocats, la presse. Elle donne des exemples de sa ténacité comme ce jour où il s'est enchaîné aux grilles du palais de justice, quand le juge voulait classer l'affaire.

— Tout, sauf l'oubli… soupire Hervé.

L'adolescente le regarde intensément. Pour la première fois, Hervé décèle dans ses yeux de la reconnaissance. Un soupçon d'amour. Après avoir regardé l'heure, il lui murmure :

— Il faut te ramener maintenant, c'est ta dernière nuit loin de nous.

Le couple n'a trouvé qu'un sommeil tardif, agité. Hervé s'est levé le premier. Il a réveillé Laetitia à l'aube.

— C'est l'heure, a-t-il simplement dit.

Hervé pianote nerveusement sur le volant. Cela fait déjà plusieurs minutes qu'il a garé sa berline cent pour cent électrique dans la cour de la gendarmerie. Il s'impatiente, guette le perron du bâtiment principal à travers le pare-brise embué. Il l'aperçoit enfin sortir de la caserne accompagnée de Laetitia, de la gendarme et du couple Messaoui. Elle emporte un petit sac de sport, avec les quelques vêtements d'Emma que Camille lui a définitivement donnés.

— Vous êtes sûre que cela ne la dérange pas ?

— Ne t'inquiète pas pour ça…

Elle tend la main à la major. Machinalement.

— Alors, merci. Et au revoir.

— À bientôt. Prends soin de toi…

Quand elle relâche sa main, Camille éprouve une sensation de malaise. Tant elle lui est apparue glaciale, sans le moindre affect. Elle est surprise, presque jalouse, de la voir embrasser avec enthousiasme le couple Messaoui, les remercier pour leur accueil. À son tour, Laetitia fait ses adieux à chacun avant d'entraîner la jeune fille vers la voiture, de laquelle Hervé n'a pas bougé. Il veut fuir cet endroit au plus vite. Les deux femmes s'engouffrent dans le véhicule. Alors qu'Hervé démarre le moteur, Desjeunes s'approche de la voiture, côté conducteur. En soupirant, Hervé ouvre la vitre.

— Bonne route, monsieur Lenglet. Soyez prudent. Je vous verrai la semaine prochaine quand j'arriverai en Vendée.

Hervé fait un bref signe d'au revoir de la main, remonte la vitre au nez de la major, et s'adresse aux deux femmes de sa vie, en rigolant :

— Elle va nous faire chier longtemps, la tatouée ?

Chapitre 30

À peine garée dans l'allée de leur maison à Sainte-Foy que déjà une vingtaine de journalistes se précipitent pour encercler la voiture des Lenglet. Hervé, Laetitia, leur avocat et la jeune fille en descendent avec difficulté. Ils se frayent un chemin vers le pavillon, au milieu des micros qui se tendent, des caméras qui les frôlent et des flashes qui les aveuglent. Depuis quarante-huit heures, les médias, bien aiguisés par Hervé en coulisses, se délectent de cette histoire tellement extraordinaire. Ils tiennent leur sujet de la semaine. Avec aujourd'hui, pour point d'orgue, les premières images du retour d'Amélie Lenglet. Les *happy ends* en matière de disparition d'enfant sont si rares que les médias ont décrété que le public se devait de partager le bonheur des Lenglet en direct, de découvrir le visage de la miraculée en édition spéciale.

Juché sur le perron de la maison, maître Siegel, la soixantaine élégante, tente de canaliser la meute, d'organiser une conférence de presse improvisée. À ses côtés, Hervé et Laetitia s'évertuent à rester impassibles face aux caméras, aux questions qui fusent de toutes parts, dans une pagaille totale. En retrait, un peu cachée derrière eux, la jeune fille affiche un regard désemparé.

Elle adresse de timides sourires aux journalistes qui ne cessent de l'interpeller, de la héler par son prénom. L'avocat les rappelle aussitôt à l'ordre. Ils ont un accord, aucune question à Amélie qui est encore trop fragile pour témoigner. Juste des images et des photos.

Laetitia est questionnée la première.

— Que ressent la maman que vous êtes ? lui demande une jeune femme, micro brandi.

— Je suis heureuse… dit-elle d'une voix basse et mal assurée.

Elle répond par des phrases courtes avec des mots simples, le plus souvent par oui ou par non. Elle jette parfois des regards amicaux à ses voisins, ses amis, qui se sont attroupés derrière les journalistes. Elle reconnaît dans la foule Solène, l'une de ses confidentes de longue date. Elle lui adresse un sourire de remerciement pour être venue la soutenir, avec son fils, l'ami d'enfance d'Amélie. Jordan, dix-sept ans, perdu dans sa parka trop grande, donne l'impression de vouloir se cacher sous sa capuche. Comme s'il ne souhaitait pas qu'Amélie le reconnaisse parmi les nombreux badauds, des voyeurs selon lui. Après toutes ces années, leurs retrouvailles méritent mieux que cela.

Avec Hervé Lenglet, les journalistes tiennent enfin leur client, après leur déception face aux banalités de la mère et au mutisme de la fille. Il n'est pas avare en confidences sur les dix années passées, évoque, de façon presque impudique, leur bonheur retrouvé.

Puis, il s'écarte, offrant sa fille aux photographes.

— Si Amélie est ici, vivante, elle ne le doit qu'à elle-même. À sa résilience, son courage.

— C'est une revanche pour vous ?

Hervé sourit à la journaliste qui vient de lui adresser la question.

— J'aimerais vous dire que non, vous montrer une certaine grandeur d'âme, mais ce serait faux. Bien sûr que c'est une revanche pour moi.

Ses traits se durcissent :

— Cela va faire taire définitivement ceux qui pensaient que j'étais coupable !

Embarrassé par cette déclaration, maître Siegel intervient pour faire comprendre aux journalistes que le point presse est terminé. Il accepte une ultime question.

— Monsieur Lenglet, vous pensez que les gendarmes vont retrouver les ravisseurs de votre fille ? On imagine que ce serait important pour vous ?

— Évidemment, et qu'ils soient punis comme il se doit pour tout le mal qu'ils nous ont fait. Mais, pour l'instant, nous sommes simplement heureux. Amélie est là !

Chapitre 31

Le vacarme des journalistes qui plient bagage traverse le double vitrage. Laetitia et Hervé sont trop pressés de faire découvrir à leur fille son nouvel univers qu'ils n'y prêtent aucune attention. Elle ne cesse de jeter des regards, à la fois curieux et perdus. Elle contemple un tableau représentant des cimes enneigées. Elle dit qu'elle n'a jamais vu de montagne. Le couple échange un bref regard, se souvenant d'un séjour dans les Alpes alors qu'elle avait déjà six ans.

Amélie complimente Laetitia pour la décoration de la maison que les Lenglet lui font découvrir pièce par pièce.

— Pour quelqu'un qui n'aime que le moche, je trouve que c'est plutôt réussi !

Depuis qu'ils sont seuls, loin du cirque médiatique, elle semble plus détendue, plus bavarde. Principalement avec Laetitia. Elle lui pose maintes questions, sans aucun fil conducteur, sur ses goûts, ses hobbies, son travail… Elle semble vouloir tout savoir de sa vie durant ces dix années. Laetitia lui répond sans faux-fuyants, même quand elle lui demande si elle a été un peu heureuse malgré sa disparition.

— Parfois. Il fallait bien continuer à vivre… Mais ton fantôme m'a toujours hantée…

Quelques larmes coulent sur son visage. Amélie, profondément émue, la prend dans ses bras.

— Maman, ne pleure plus. Je suis là maintenant.

Arrivés à l'étage, Hervé et Laetitia marquent une pause avant d'ouvrir la porte de sa chambre, refaite à l'identique par Hervé. Comme si l'instant était solennel. Ils se regardent intensément, ils ont tellement misé sur ce moment pour qu'il provoque un déclic, qu'il offre un nouveau départ à Amélie. Enfermée à nouveau dans son mutisme, dans son monde, elle pénètre dans la pièce aux couleurs pastel, baignée par la lumière douce qui traverse les voilages roses.

— Rien n'a changé, murmure Laetitia.

Lentement, Amélie arpente la chambre, promène son regard sur le bureau d'écolière, les cadres photo, les bandes dessinées, les figurines et poupées alignées sur les étagères, effleure les peluches posées sur le lit une place. Le couple l'observe en silence, guette le moindre signe de réminiscence. Laetitia s'empare d'un objet gadget, un dinosaure en plastique au mécanisme désuet qui lui fait claquer des dents. Elle avait été si heureuse quand elle avait déniché ce jouet, il y a bien longtemps, lors du vide-grenier annuel de Sainte-Foy. Elle le montre à Amélie, en lui demandant si elle se souvient de cette horreur qu'elle aimait tant. La jeune fille se saisit du gadget, remonte le rouage manuel, le dinosaure ouvre aussitôt la gueule et la referme, dans un mouvement répétitif. Elle sourit, d'un air enfantin. Elle semble brusquement empreinte de nostalgie. Un moment suspendu, durant lequel les Lenglet croient enfin que leur fille est définitivement de retour.

— Je suis désolée… Je ne reconnais pas grand-chose… C'était il y a si longtemps… Mais, le dinosaure oui… Il était rigolo.

En la voyant évoluer mal à l'aise dans cet ersatz de chambre pour fillette, Laetitia prend conscience qu'elle n'est plus une enfant, mais une adolescente, presque une femme. Elle se rend compte qu'ils se sont trompés en voulant la ramener dix ans en arrière. C'est comme s'ils la plongeaient dans du formol.

— Tu sais, c'est ta chambre désormais… Tu peux jeter tous ces vieux trucs si tu veux…

Hervé adhère sans réserve aux propos de sa femme. Il offre même ses services pour l'aider à modifier de fond en comble cette chambre qu'il avait mis tant d'ardeur à reconstituer, dans laquelle il se réfugiait pour y retrouver le spectre d'Amélie. Il est temps de tourner la page de ce passé morbide. Il lui demande :

— De quelle couleur voudrais-tu qu'on la repeigne ?

La réponse les tétanise :

— En noir !

Chapitre 32

Laetitia et Hervé sont installés face à face à l'îlot central de la cuisine. La discussion du petit déjeuner est animée. Houleuse.

— J'ai quand même le droit de me poser des questions !

Laetitia s'emporte face au refus de son mari de s'interroger sur le comportement déroutant de leur fille. Elle constate qu'elle n'a pas progressé d'un pouce depuis son retour à la maison, il y a maintenant deux semaines. Aucun souvenir ne lui est revenu, malgré tous leurs efforts pour la replonger dans son enfance, dans leur vie d'avant. Hervé lui répond d'être patiente. Le professeur Meignan leur a encore rappelé hier que le processus serait long.

— Et finalement, quelle importance qu'elle retrouve la mémoire ou non ? L'essentiel est qu'Amélie soit là. Avec nous… conclut Hervé.

Laetitia ne veut pas lâcher l'affaire. Pas cette fois. C'est trop facile de refuser le débat qu'elle ne cesse de remettre sur la table depuis quelques jours. À chaque fois, Hervé se défile, avec les mêmes arguments. Elle s'emporte :

— Bien sûr que c'est important qu'elle se souvienne de qui elle est, de nous, de moi… J'ai terriblement besoin de retrouver ma fille, et pas que physiquement ! Évidemment, c'est formidable de pouvoir l'embrasser, la câliner. En plus, elle est tellement gentille avec moi. Je sais que cela ne peut pas redevenir totalement comme avant, je ne suis pas stupide. Mais c'est plus fort que moi. Je ne peux lui donner tout l'amour que j'ai tant qu'elle se comporte comme une étrangère.

Le nez plongé dans sa tasse de thé, Laetitia cache ses larmes. Elle demande à Hervé de l'excuser, de ne pas se méprendre. Elle est toujours convaincue qu'il s'agit bien d'Amélie. Elle se sent juste impuissante face à son amnésie. Laetitia a l'impression que leur fille s'est enfermée dans un monde aux murs infranchissables. Depuis quinze jours, ils ont pourtant multiplié les mises en situation pour provoquer un déclic, ouvrir une faille dans la forteresse. Ils ont parcouru les albums photo durant des heures, visionné leurs films de vacances. Ils l'ont conduite dans des lieux familiers, comme son ancienne école, ont organisé des rencontres avec la famille, les amis, son instituteur, sa baby-sitter… Ils n'ont cessé de l'abreuver de souvenirs, d'anecdotes de toutes sortes. En vain.

Amélie a semblé faire tous les efforts nécessaires, mais ne s'est remémoré ni un visage, ni un prénom, ni le moindre événement qui a jalonné sa vie d'enfant. Elle s'est excusée, a pleuré parfois. Sa détresse les a ravagés. En de très rares occasions, ils ont repris espoir, quand elle s'est enflammée en disant reconnaître le pédalo-toboggan sur une photo de vacances, se rappeler le parfum de sa maman… Mais Laetitia a douté. Et si elle simulait certains souvenirs, juste pour leur faire plaisir ? Mettre fin au feu incessant de leurs questions sans réponses ?

Les exercices à répétition que lui infligent les Lenglet semblent perturber Amélie, parfois jusqu'à l'agacement. Elle met souvent fin à ces séances introspectives, prétextant que cela l'épuise mentalement. C'est pour ces raisons qu'elle a refusé la rencontre qu'ils ont prévue avec Jordan. Elle est trop fatiguée pour affronter un ami d'enfance qui, selon elle, devait sûrement être amoureux d'elle à l'époque.

— Peut-être encore aujourd'hui, a-t-elle déclaré aux Lenglet, avec un sourire espiègle.

Laetitia est déstabilisée par son comportement cyclothymique. En un instant, elle passe d'un état gai, léger, à une phase sombre. Comme brutalement assaillie par ses démons. Laetitia ne comprend pas pourquoi elle n'arrive pas à se laisser porter par le bonheur d'avoir retrouvé ses parents, la liberté. Elle s'en est ouverte au professeur Meignan qui lui a répondu que tout cela était normal, au regard de son traumatisme. Pour garder confiance, elle se raccroche aux mots du psy :

— On ne se délivre pas rapidement des ravages de l'amnésie traumatique. Au fil des séances, les souvenirs finissent toujours par émerger…

Elle a aussi abordé avec lui cet étrange sentiment selon lequel la jeune fille semble faire des efforts pour montrer qu'elle les aime. Que ce n'est pas naturel, spontané. Le psychiatre l'a rassurée en lui révélant que, lors de leur dernière séance, Amélie lui a avoué être totalement consciente de la situation qu'elle leur fait subir. Elle se sent verrouillée affectivement. Ne se souvenir de rien provoque en elle une terrible angoisse qu'elle cherche à cacher à ses parents pour les protéger. Au point de simuler.

— C'est quand même dingue, sa façon d'être, rappelle-t-elle à Hervé. J'avoue que je suis totalement paumée avec elle. Et toi, tu…

Son mari pose subitement son index sur ses lèvres intimant à Laetitia l'ordre de se taire. Vêtue d'un jogging neuf de couleur jaune citron, la jeune fille pénètre dans la cuisine, dans le dos de Laetitia. Elle les embrasse tour à tour, s'installe à table, se sert une tasse de café et leur demande le programme de la journée. Elle est radieuse. « Un de ses bons jours », se dit Laetitia.

— Aujourd'hui, tu viens avec moi au lycée, répond Hervé, excité à l'idée de présenter enfin sa fille à ses collègues et ses élèves.

Ce premier lundi de septembre est celui de la rentrée des professeurs.

Chapitre 33

Le lycée professionnel Éric-Tabarly des Sables-d'Olonne se veut novateur tant dans son architecture que dans son fonctionnement. Du moins, c'est ce que vante la plaquette d'information de l'établissement, créé à la fin des années 2000. Hervé Lenglet a aussitôt postulé, séduit par l'approche de ce lycée labellisé HQE, Haute Qualité Environnementale. Il explique à Amélie, qui ignore tout de ces enjeux, combien ce combat est essentiel.

— Surtout pour ta génération…

Hervé prend son rôle de papa-professeur à cœur, il a tant de choses à lui apprendre et à rattraper.

Avec fierté, il lui fait faire le tour du propriétaire, lui montre les toits végétalisés des deux bâtiments principaux destinés à l'enseignement, les panneaux photovoltaïques qui recouvrent les locaux de l'internat. Il lui indique que l'établissement est ainsi totalement autonome, comme Tabarly quand il naviguait en solitaire. Il fournit sa propre électricité, son eau. Hervé est intarissable sur son lycée, fleuron du respect de la planète. C'est un écologiste convaincu.

— Tu sais que le président Macron est venu ici, en visite officielle… Je lui ai même serré la main…

Hervé s'interrompt, se demandant si Amélie sait de qui il parle.

— Macron ? Tu connais ?

Elle lui sourit, ironique :

— T'as oublié d'où je viens…

Hervé l'observe avec le même orgueil paternel que la première fois où il l'avait présentée à ses collègues, quand elle n'avait que trois ans, une enfant souriante et éveillée, pourtant à peine débarquée de Lettonie. Elle est au centre de la salle des profs, au cœur de toutes les attentions. Tous sont prévenants, admiratifs de sa résilience, heureux pour Hervé de ce magnifique dénouement. « Un bonheur miraculeux… » L'un des profs lit à haute voix le titre de l'article de *Paris Match*, paru la veille, dont Hervé ne se sépare pas. Le magazine passe de main en main, chacun commente le reportage photo avec des clichés exclusifs, dans l'intimité d'Hervé, Laetitia et Amélie. Les Lenglet se sont visiblement prêtés à toutes sortes de mises en scène, posant avec solennité en famille devant leur maison, feuilletant des albums photo dans le salon, s'activant faussement dans le petit potager aménagé au fond de leur jardin. Estelle Bailly, la professeure d'anglais, s'attarde avec émotion sur le cliché d'Amélie assise sur le lit de sa chambre, au milieu de ses peluches.

— Tu es magnifique… Tu ressembles tellement à ta maman…

Sur la route du retour, Hervé conduit avec prudence. Il lui jette de temps à autre de brefs regards. Contrairement à sa collègue, il ne décèle aucune similitude physique avec Laetitia. Sans faire offense à sa femme, il trouve Amélie d'une beauté sans égale, fascinante. Depuis qu'elle est réapparue dans sa vie, Hervé est totalement sous son charme. Il est convaincu que sa fille l'a ressenti et qu'ils ont ainsi tissé un lien privilégié. Pour preuve, n'en déplaise à Laetitia, leurs moments de complicité père-fille sont de plus en plus fréquents. Hier encore, elle l'a interrogé sur sa vie de couple. Comment avaient-ils pu tenir dans la tourmente du drame qu'ils avaient traversé ?

— On s'aime. C'est aussi simple que ça.

— Tu ne l'as jamais trompée ?

Hervé s'est offusqué face à la question directe posée par sa fille sur un ton insistant.

— Allez, dis-moi. Cela restera entre nous.

— Non. Jamais.

Amélie lui a souri, comme soulagée par la solidité de leur couple.

— Quelque chose t'est revenu au lycée ? Tu y venais si souvent avec moi à l'époque…

— Que dalle ! Comme d'hab, j'ai envie de dire…

Puis sur le ton de la confidence, elle révèle néanmoins à Hervé que, ces derniers jours, des souvenirs lui reviennent par flashes. Des instants de vie qu'elle a du mal à définir, à replacer dans une chronologie, dans un contexte. A-t-elle vécu ces moments avec ses parents ou bien avec ses ravisseurs ? Elle reconnaît qu'elle n'en sait rien. Une douce euphorie s'empare d'Hervé.

— C'est génial ! Cela veut dire que tu es sur la bonne voie. Que cela va revenir, petit à petit…

Elle lui fait promettre de ne pas en parler à Laetitia. C'est trop tôt pour crier victoire. Sa maman est tellement sur la défensive avec elle qu'elle ne souhaite pas envenimer les choses avec ces fragments de souvenirs qui ne signifient peut-être rien.

— Tu sais, je l'aime tellement, Maman. Cela me fait de la peine de ne pas mieux me souvenir, de ne pas lui montrer à quel point elle m'a manqué.

Il lui donne sa parole.

Hervé se renie le soir même, dans la chambre à coucher. Il raconte à Laetitia, par le menu, sa conversation avec Amélie. Il s'enthousiasme face aux progrès de leur fille, même s'il s'agace qu'elle ne sache pas distinguer lequels de ses souvenirs ont été vécus avec eux ou avec les ravisseurs.

— En tout cas, elle m'a dit s'être vue devant la tour Eiffel, et ça, c'était avec nous ! Ce ne sont sûrement pas ces tarés et leurs masques de Mickey qui lui ont fait faire du tourisme à Paris ! Tu te souviens, nous y étions pour son anniversaire.

Hervé s'assoit sur le bord du lit, aux côtés de sa femme déjà couchée. Il prend son visage entre ses mains, le regard exalté :

— Mon amour, tu n'as plus à te faire des nœuds à la tête, tout va s'arranger maintenant…

Laetitia lui sourit tendrement, hoche la tête en signe d'approbation. Contrairement à son mari, elle sait garder un secret. Laetitia ne lui révèle pas qu'il y a deux jours elle l'a surprise en train de consulter un vieil album photo consacré à leur escapade parisienne et à leur séjour à Disneyland. Laetitia s'était cachée derrière le coin du mur du salon, pour l'observer avec émotion tenter de retrouver ses souvenirs par elle-même. Elle était tombée de haut quand elle l'avait vue détacher une photo de l'album et la glisser dans la poche arrière de son jean. Un cliché d'Amélie, à l'âge de cinq ans, posant devant la tour Eiffel.

Chapitre 34

À la gendarmerie de La Roche-sur-Yon, le lieutenant Laurent écoute attentivement sa collègue de Vierzon faire le bilan de ses premiers jours d'enquête dans la région. Il ne peut masquer sa satisfaction en constatant qu'elle patauge, qu'elle n'a aucune leçon à lui donner. Malgré sa détermination à éplucher l'ensemble des rapports de l'époque, à reprendre une par une les investigations menées dix ans auparavant, la major Desjeunes n'a trouvé aucun élément supplémentaire, aucune piste qui n'aurait pas été exploitée en Vendée par le lieutenant et ses hommes. Il ironise, insistant bien sur le grade inférieur de Camille :

— Vous voyez, *major*, que l'on n'est pas aussi nuls que vous le laissez entendre !

La relation entre les deux gendarmes est exécrable. Le lieutenant Laurent ne comprend pas pourquoi une major a été missionnée pour reprendre son enquête. Il le vit comme une humiliation de plus. Cependant, il s'oblige à jouer le jeu. À l'aider, en bon soldat qu'il n'a jamais cessé d'être. Lui aussi a besoin de mettre un point final à cette affaire.

Camille décrète qu'il faut repartir de zéro, lancer une opération de terrain d'envergure, en prenant en compte le nouvel indice dont ils disposent. La Scientifique a, en effet, identifié le modèle de la camionnette accidenté dans le Cher, un Ford Transit blanc de 2011.

— On reprend tout depuis le début ! On va bien finir par trouver cette satanée maison où ils l'ont séquestrée ! Elle est là ! Sous nos yeux !

Camille pointe du doigt la carte XXL du département de la Vendée punaisée au mur. Elle demande le soutien sans réserve du lieutenant Laurent. Ses équipes doivent faire du porte-à-porte, dans un rayon de trente kilomètres autour du lieu de l'enlèvement, avec la photo d'Amélie Lenglet enfant, celle de la jeune fille, aujourd'hui, et aussi celle d'un Ford Transit blanc de 2011. La major demande par ailleurs que les gendarmes fassent le tour des garagistes de la région, et passent au peigne fin l'ensemble des données cadastrales. Le lieutenant Laurent prend acte de l'ensemble des consignes sans broncher. Camille s'apprête à quitter le bureau, elle ouvre la porte quand son collègue l'interpelle.

— Et chez les Lenglet ? Cela se passe comment ?

Camille hausse les épaules de dépit. Elle revient sur ses pas, et s'approche du lieutenant, à portée de confidence. Elle soupire.

— C'est pas simple… Elle ne se souvient toujours de rien. Ou de pas grand-chose. Le père semble s'en foutre, alors qu'au contraire la mère commence à stresser, à douter. Elle m'a même téléphoné ce matin pour savoir où en était l'enquête, comme si elle voulait que je la rassure, que je lui apporte la preuve définitive que c'est bien sa fille.

Camille extirpe son plat cuisiné du micro-ondes. Une moussaka au bœuf. Elle mange à même la barquette en aluminium. Elle contemple cette chambre sinistre de la caserne de La Roche-sur-Yon, plongée dans la nuit, où elle loge depuis maintenant une semaine. Un lit une place, une kitchenette, une table et une chaise, un fauteuil en skaï à la couleur indéfinissable, un coin douche-W-C. Elle se sent au bout de sa vie.

Allongée sur le lit, encore vêtue de son uniforme, Camille est au téléphone avec Emma. Elle écoute distraitement sa fille aînée lui parler d'une embrouille avec sa meilleure amie, tout en feuilletant *Paris Match*, détaillant chaque photo du bonheur retrouvé des Lenglet. Camille referme le magazine, pour se concentrer sur les tracas de sa fille. Ils lui apparaissent bien dérisoires à côté de ce qu'elle vit, son sentiment de solitude loin de ses filles, son impuissance dans son enquête. Mais elle fait l'effort de l'écouter sans l'interrompre. Puis elle lui demande comment cela se passe au lycée pour ses premiers jours de classe, et à la maison, avec sa sœur.

— Ça va… À part que Léa est encore plus chiante quand tu n'es pas là… Parfois, j'ai vraiment envie de l'emplafonner !

Camille ne la relance pas sur le sujet. Elle sait combien la relation entre ses filles est passionnelle, indéchiffrable. À chaque fois qu'elle s'en mêle, au final, c'est elle qui prend.

— Et avec Tom ? finit-elle par demander.

— Il est cool et il fait ce qu'il peut pour que ça se passe bien. Mais, c'est quand même bizarre de le voir installé à la maison, dormir dans le salon… Ici, c'est une drôle d'ambiance sans toi.

Camille a le pressentiment d'une catastrophe à venir. Elle surgit.

— Je vais aller m'installer chez Papa, annonce Emma d'un ton sans appel. Je n'ai pas envie de planter ma rentrée, de bousiller mon année scolaire sous prétexte que tu as du boulot à l'autre bout de la France.

Camille ne décolère pas. Même si ce n'est que pour quelques jours, même si son père habite près du lycée – il a fait l'effort de s'installer à Vierzon pour être proche de sa fille –, elle refuse qu'Emma aille vivre avec ce connard et sa pouffe. Sa haine viscérale contre Quentin renverse tout sur son passage. Son intelligence, son sens maternel, ses promesses faites à Tom. Camille balance à sa fille tout le mal qu'elle pense de son père, de sa nouvelle femme, de sa mauvaise influence sur elle.

— Maman ! Arrête ! C'est décidé.

— Et tu ne vas pas laisser ta petite sœur toute seule avec Tom ? Je t'en prie, ne fais pas ça. Je vais revenir vite.

À bout d'arguments, elle rappelle que le juge aux affaires familiales ne lui a accordé un droit de garde qu'un week-end sur deux, une semaine à Noël et deux durant les grandes vacances d'été.

— Décidément… Tu parles toujours comme une sale flic ! Tu ne comprends rien… Je te déteste !

Camille supplie aussitôt Emma de l'excuser, mais trop tard. Sa fille lui a déjà raccroché au nez.

Chapitre 35

Solène est une femme énergique, volubile. De petite taille, un peu ronde, cette brunette aux cheveux courts compense un physique somme toute banal par un dynamisme contagieux. Elle va bientôt avoir quarante ans et compte bien organiser une fête mémorable. Cela fait des mois qu'elle met son amie Laetitia à contribution pour l'aider à choisir le type d'événement pour que son anniversaire soit réussi. Solène hésite entre « soirée disco et paillettes à gogo », « kermesse, pommes d'amour et barbe à papa » et « *La croisière s'amuse* » dans le port des Sables-d'Olonne. Laetitia avoue avoir une préférence pour la kermesse, elle y a passé tant de bons moments avec Amélie enfant.

Solène apporte les cafés et les gâteaux secs, occupe d'un pas rapide l'espace du petit salon de son appartement situé dans la grande rue commerçante de Sainte-Foy, à une centaine de mètres de son lieu de travail. Elle dirige *L'Espace Bien-être Solène*. Une enseigne qui fait sa fierté depuis qu'elle a transformé son onglerie, en y ajoutant un service de massages. Tandis que les deux adolescents ont disparu dans la chambre de Jordan, Solène se saisit d'un cadre photo sur l'étagère en rotin. Un cliché de son fils et d'Amélie. Âgés de six ans, les deux enfants posent tout sourires, fiers dans leurs panoplies de pirate et de sorcière.

— Ils étaient trop mignons… soupire Laetitia, attendrie. Inséparables depuis la maternelle… Ce n'est pas pour rien qu'on les surnommait les « petits amoureux »…

Puis, elle murmure à son amie :

— J'aimerais tant que ton fils l'aide à se souvenir…

La chambre de Jordan ne ressemble en rien à celle d'Amélie. Des posters de rappeurs américains et de basketteurs de la NBA ornent les murs. La console de jeux encombrée de fils en désordre est posée à même le sol, des vêtements traînent en tas dans un coin de la pièce. Comme dit sa mère, permissive en toutes circonstances, Jordan a un sens du rangement bien à lui. En pénétrant dans la chambre, accompagné d'Amélie, en observant le bordel, il a éprouvé un peu de honte. Il pensait pourtant avoir fait le ménage nécessaire pour accueillir Amélie comme elle le méritait. À dix-sept ans, Jordan est devenu un jeune homme séduisant. Grand, fin mais musclé, il cache son beau visage imberbe et ses yeux charbon sous une longue tignasse châtain foncé. Mal à l'aise, Jordan ne sait pas comment briser le silence. Amélie entre dans le vif du sujet.

— Tu as eu beaucoup de peine quand j'ai disparu ?

Avec lui, elle présente un tout autre visage qu'avec les Lenglet. Spontanément, elle s'est assise sur le lit, a demandé à Jordan de la rejoindre au lieu de se planquer à l'autre bout de la pièce.

— Tu sais, j'étais petit… Mais oui, c'est sûr, j'ai eu de la peine. Mes parents m'ont dit que j'avais beaucoup pleuré.

Amélie l'écoute avec attention évoquer sa vie d'aujourd'hui. Le lycée, les copains, sa petite amie du moment, le divorce de ses parents il y a trois ans. Sa voix est douce, apaisée. Il a l'air bien dans sa peau, semble ne pas se préoccuper du lendemain, n'en vouloir à personne. Excepté à ces « salauds » de ravisseurs qui ont fait tant de mal à son amie d'enfance.

— J'espère qu'on va les coincer !

— Je n'ai pas envie de parler d'eux, raconte-moi plutôt des trucs sur nous ! Alors, comme ça, tu étais amoureux de moi ?

Elle éclate de rire. Jordan la trouve magnifique. Tout le séduit en elle. Bien sûr qu'il était amoureux d'elle.

— Et toi aussi…

— Possible. Mais tu sais que je ne me souviens pas de grand-chose de cette époque…

Jordan entreprend alors de lui remémorer leurs souvenirs, leurs jeux, leurs bêtises, leur promesse de ne jamais se quitter. Avec une réelle nostalgie. Amélie, hélas, ne se souvient de rien. Face à la déception de Jordan, elle cherche à le rassurer, lui confie qu'elle est de plus en plus assaillie de souvenirs enfouis, comme celui du jour où ils avaient échappé à la surveillance de leurs maîtres en grande section de maternelle et s'étaient cachés dans les toilettes de l'école. Elle rit :

— Sûrement pour nous faire des bisous…

Elle est rayonnante. Comme si Jordan était le meilleur des remèdes contre son amnésie et sa mélancolie. Il lui sourit. Longuement. Ils se regardent en silence, en gardant une distance respectueuse entre eux. Aucun ne cherche à se rapprocher. À enlacer l'autre. Leur moment d'intimité est brusquement interrompu par Solène qui cogne à la porte. Laetitia et Amélie doivent rentrer chez elles.

Alors que Laetitia est déjà en train de descendre l'escalier de l'immeuble, les deux adolescents sont encore sur le palier. Ils s'embrassent sur la joue, se promettent de se revoir vite. Une fois la porte de l'appartement refermée, Solène cherche aussitôt à savoir comment cela s'est passé avec Amélie. Son fils lui répond juste par « Bien ! » Il croit ainsi mettre fin à l'interrogatoire et pouvoir analyser tranquillement ce qu'il vient de vivre. La première chose qui lui vient à l'esprit est son incroyable beauté. Elle n'a pas de concurrente sur Sainte-Foy. Mais il n'y a pas que son physique, il y a la sensualité qu'elle dégage. Cette fille le fascine. Puis, il repense à cette histoire d'escapade dans les chiottes de la maternelle. Il sait que cela n'a jamais existé. Mais pourquoi la contredire ? La mettre face à ses mensonges ? Solène revient à la charge, dit qu'elle est tellement heureuse pour son amie Laetitia. Jordan la stoppe net :

— Cette fille, ce n'est pas Amélie…

Chapitre 36

Au même instant, une jeune fille en sanglots dévale un mont dans le Cantal. En cette fin d'été trop chaud, l'herbe a jauni par certains endroits. Elle s'arrête brusquement en apercevant en contrebas les toitures en ardoise d'un village. Elle fait gamine. Quinze ans tout au plus. Son visage est émacié, elle est d'une maigreur à faire peur. Elle flotte dans un T-shirt noir et dans un pantalon baggy couleur kaki, taché de terre et de graisse. Ses cheveux châtain clair sont sales, retenus par une queue-de-cheval qui semble avoir été faite à la va-vite. Elle pose son regard bleu sur le chemin qui la sépare de la ville, remonte son pantalon qui ne cesse de tomber et le resserre à l'aide d'une cordelette de rideau dorée. Malgré son misérable accoutrement, son corps décharné, la jeune fille affiche une beauté naturelle. Elle reprend son chemin sans courir. Elle en est incapable, tant elle est faible. Elle pénètre dans les étroites ruelles en pente de la commune de Murat, longe les maisons en vieilles pierres. Elle continue de pleurer mais semble savoir où elle va. Elle accélère le pas en jetant des coups d'œil vers le ciel, guidée par le clocher de Notre-Dame des Oliviers. Une fois entrée dans l'église du XIVe siècle, elle hurle en direction de quelques fidèles et du curé de la paroisse. Son cri de désespoir résonne dans la nef :

— Je suis Amélie Lenglet !

DEUXIÈME PARTIE

Chapitre 37

— Tu te souviens du nom de ton chien ? Après toutes ces années… ?

Camille Desjeunes fixe la jeune fille, maigre, allongée sur son lit d'hôpital, des perfusions à chaque bras. Cela fait maintenant une heure que la major l'interroge, malgré son état de faiblesse due à une sévère sous-alimentation. C'est leur première rencontre.

Elle pense avoir dix-sept ans, mais elle n'en est pas tout à fait certaine, car « là-bas, le temps n'existait pas ». Camille trouve qu'elle fait largement moins. Malgré ses traits tirés, ses joues creusées, elle est cependant stupéfaite par sa ressemblance avec la jeune fille qui vit désormais chez les Lenglet. Même forme de visage, même regard bleu. Seuls sa voix, son vocabulaire sont plus enfantins.

— Scoopy ! affirme-t-elle avec un large sourire. Comment j'aurais pu l'oublier. J'adorais mon chien, un labrador.

La réponse, comme toutes les autres, est formulée avec assurance, sans l'ombre d'une hésitation. La major est de plus en plus décontenancée. Au point qu'une question s'impose d'office : « Et si c'était elle, Amélie Lenglet ? »

Camille est arrivée en début de matinée dans le Cantal, après plus de cinq heures de route depuis la Vendée. L'abbé Costes a conduit hier à la gendarmerie cette jeune fille qui a fait irruption dans son église. Selon son témoignage, elle l'a étonné, tant elle était calme, déterminée, bien que très affaiblie. C'est le même comportement qu'elle a eu ensuite avec Germain Cathelin, responsable de la brigade. Il a aussitôt alerté la major Desjeunes.

— J'ai ici une fille d'une quinzaine d'années qui affirme être Amélie Lenglet. Elle est catégorique ! Elle semble tellement sûre d'elle… En dépit de son apparence juvénile, de son état physique extrêmement faible, en dépit aussi des souffrances évoquées, elle est parfaitement cohérente. Elle a commencé à me livrer des détails vraiment troublants. Je l'ai arrêtée aussitôt pour vous prévenir. Ce n'est pas mon enquête. Venez vite. De mon côté, je vais la faire hospitaliser. Elle dit n'avoir rien mangé, ou seulement des fruits, depuis plus d'un mois…

Camille est sonnée :

— Surtout ne l'interrogez plus !

Après son long tête-à-tête avec cette inconnue surgie de nulle part, Camille se remémore les mots de l'adjudant-chef Cathelin. Elle aussi est impressionnée, déroutée. Malgré sa candeur, ses sourires timides, son état d'épuisement, sa détermination est sans faille. Elle décrit, dans le moindre détail, sa vie d'autrefois avec les Lenglet, les circonstances de son enlèvement… Et quand elle répète sans cesse qu'elle est Amélie, comment ne pas la croire ? Ou presque. « Presque », car il y a « l'autre ». Celle que ses parents ont enfin retrouvée après tant d'années de détresse, qu'ils chérissent de tout leur amour. Celle qui fait la une de la presse et dont tout le monde se réjouit du retour de l'enfer. Celle que Camille a décrété officiellement être Amélie Lenglet sans en être totalement certaine.

Celle qui ne se souvient de rien.

Chapitre 38

Lorsque Camille a franchi la porte de la chambre d'hôpital de Murat, la jeune fille s'est immédiatement écriée :

— Ma mère et mon père sont là ?

— De qui tu parles ? Il faut d'abord que nous discutions, toutes les deux…

D'après les médecins, l'adolescente pourra sortir dès demain, une fois ses plus sévères carences nutritionnelles comblées. Camille s'était montrée sèche, cassante. Comme si elle refusait l'idée de se retrouver avec deux « Amélie Lenglet » sur les bras.

Une heure plus tard, la major se rend à l'évidence. Elle est dans la merde. Jamais elle n'aurait pu imaginer être confrontée à une situation pareille. D'une voix blanche, elle lit à voix haute le PV rédigé à l'issue de son interrogatoire. L'adolescente l'écoute avec attention, rectifie quelques détails.

Je n'ai rien oublié du jour où j'ai été enlevée. C'était un dimanche, Papa courait au bord de l'étang. Je me rappelle qu'il portait un short vert. Moi, j'étais avec Scoopy. Je jouais avec lui et aussi avec mes poupées, assise sur une couverture. Nous venions tout le temps ici, sauf les jours où il pleuvait. Ce jour-là, il faisait soleil, j'avais chaud et j'ai enlevé mon blouson. Il y avait des fleurs et des ours dessus. Mon papa est un monsieur très grand, il a les cheveux foncés. Ma maman a les cheveux châtains. Elle est très jolie.

Papa faisait plusieurs tours du lac. Parfois, il me demandait de le chronométrer. Il essayait de battre son record, moins de dix minutes par tour. Jamais il n'y arrivait et je rigolais de le voir en colère. Il disait que je mentais alors que, moi, je ne suis pas une menteuse.

Je sais que je n'aurais pas dû m'éloigner. Mais j'aimais bien me promener vers la petite route au milieu des dunes avec Scoopy. Je lui jetais sa balle dans le sable, de plus en plus loin, et il courait comme un fou. Quand il a disparu derrière une butte, je l'ai suivi et d'un coup j'ai senti deux mains m'agripper. Une femme m'a attrapé les jambes et j'ai été jetée à l'arrière d'une camionnette blanche. Je suis certaine de la couleur. J'ai hurlé de toutes mes forces en entendant la voiture démarrer. C'est l'homme qui était au volant. La femme m'a dit de me calmer, qu'ils me ramenaient chez moi. Je ne la croyais pas, bien sûr. J'ai essayé de me lever, de me débattre, de m'enfuir. Elle m'a plaquée au sol et, comme je criais toujours, elle m'a « cousu » la bouche avec du papier collant, comme celui que Papa utilisait pour fermer les caisses en carton. J'ai beaucoup, beaucoup pleuré. La femme disait que ça ne servait à rien, personne ne m'entendait, et plus elle répétait ça, plus je sanglotais. J'avais si peur. Nous avons roulé longtemps. Pendant des heures. Au bout d'un moment, la femme m'a retiré le scotch. J'ai demandé s'ils allaient me tuer. Elle a répondu « Pourquoi veux-tu qu'on te tue ? Mais si tu te remets à crier, à te débattre, je te promets que je vais te faire souffrir ! » Elle a alors serré très fort sur la corde passée autour de mes poignets. Ça m'a fait très, très mal. J'ai compris que j'étais fichue. Plus on roulait, plus on s'éloignait de mon papa et de ma maman... J'étais tellement malheureuse...

En revivant le drame à travers la lecture du PV, la jeune fille éclate en sanglots. Pour la première fois. La major, sans esquisser le moindre geste pour la consoler, imprime le récit pour le faire suivre au professeur Meignan. Sur une feuille à part, la major écrit à l'intention du psychiatre qu'elle est troublée par la précision de ses souvenirs. Tout correspond à ce que lui a indiqué Hervé sur les circonstances de l'enlèvement. Le dimanche chaud et ensoleillé, le record de dix minutes qu'il devait battre à chaque tour d'étang, les dunes que rejoignait parfois Amélie quand elle lui désobéissait en quittant la couverture. Il faudra vérifier s'il portait bien un short vert, ce jour-là, ainsi que la description du blouson de la petite. Elle conclut : « Et si nous nous étions trompés ? Venez vite. »

Camille lui présente le procès-verbal. L'ensemble, confirme-t-elle, lui convient parfaitement et reflète ce qu'elle a vécu. Elle appose sa signature au bas du document, « Amélie Lenglet ».

Chapitre 39

Hervé s'applique à monter une étagère dans la chambre de celle qu'il ne cesse de surnommer « mon Amélie ». Amélie par-ci, Amélie par-là, tout est bon pour prononcer son prénom. Il ne s'en lasse jamais. Il a bien vu que Laetitia tique à chaque fois, agacée par son besoin de la nommer à tout bout de champ, mais il s'en moque. Il vit un tel bonheur avec l'enfant retrouvée.

La chambre n'a plus rien à voir avec le mausolée qu'Hervé avait pieusement entretenu durant des années. Les rares photos de famille, les images naïves sur les murs, ont été enlevées, les meubles d'enfant donnés, et les rideaux roses aux motifs de princesse jetés. De ce passé morbide, il ne reste rien. La chambre n'a pas été repeinte en noir comme réclamé par la jeune fille – « C'était pour vous faire marcher ! » avait-elle rigolé quand Hervé lui avait demandé de confirmer son choix de couleur –, mais d'un beau bleu indigo.

Les murs demeurent vierges de toute décoration. En dépit des encouragements d'Hervé, elle n'y a rien épinglé. Hervé a bien récupéré l'affiche d'*Alibi*, le film qu'ils ont vu ensemble, mais celle-ci demeure enroulée dans un coin de la pièce. Il ne la force à rien, lui passe tout.

— Il ne faut pas la brusquer, la contredire, répond-il à Laetitia quand elle s'étonne de son manque d'autorité et lui rappelle que la situation ne doit pas changer les règles de leur éducation.

Plus il peste contre ces étagères « pourries », plus elle se moque.

— Tu es nul… lâche-t-elle, allongée sur son nouveau lit.

Il réplique, amusé :

— Ça va ? Pas trop fatiguée de me regarder ? Fais-le, puisque tu es plus douée que moi !

Soudain, le visage de son Amélie s'obscurcit.

— Que se passe-t-il ? Qu'est-ce que j'ai dit ?

— Rien, rien, murmure-t-elle.

— Si, j'ai bien vu que quelque chose t'a troublée.

— Ça m'est revenu d'un coup. Je me suis souvenue de notre ancienne maison, quand j'étais toute petite. Je me suis vue en train de jouer dans ma chambre, et toi en train d'installer une armoire.

Comme si rien ne pouvait l'arrêter, elle raconte son émotion du premier jour dans son nouvel univers, le pavillon avec la balançoire dans le jardin, ses jouets, ses livres. Ses nouveaux parents… Hervé la serre dans ses bras de toutes ses forces. De tout son amour. Puis il relâche son étreinte :

— Je reviens finir le boulot dans deux minutes. Il faut que j'aille chercher d'autres outils.

Il se précipite au rez-de-chaussée, rejoint Laetitia, en train de lire dans le salon. Il est dans un état presque second.

— Qu'est-ce qui t'arrive ?

— C'est Amélie ! annonce-t-il.

— Quoi, Amélie ?

— Elle a eu un nouveau flash. Elle s'est rappelée le jour où elle est arrivée chez nous ! Tu te rends compte ! Son premier jour avec nous !

— C'est bien, commente Laetitia sans enthousiasme.

Hervé s'emporte :

— J'ai l'impression que ça ne te fait rien. Tu réalises que ses souvenirs lui reviennent de plus en plus…

— Bien sûr que je suis heureuse. On avance, c'est très bien.

— Je remonte finir son étagère.

Il s'emballe :

— Peut-être que d'autres souvenirs vont lui revenir le temps que je déchiffre le mode d'emploi !

Laetitia lui sourit avant qu'il monte l'escalier en chêne, en criant :

— J'arrive !

De nouveau seule, Laetitia s'en veut terriblement. Pourquoi n'arrive-t-elle pas à se réjouir en constatant qu'Amélie retrouve peu à peu la mémoire ? Pourquoi est-elle incapable de partager l'enthousiasme et l'optimisme de son mari ? Elle se sent piégée par la suspicion qui la ronge depuis des semaines. Elle ne peut s'ôter de l'esprit qu'ils vont peut-être vers une terrible désillusion. Cela les détruirait. Définitivement. Impossible de se raisonner. Contrairement à Hervé, Laetitia a le sentiment de ne pas avoir encore retrouvé son Amélie. Elle ferme les yeux et prie pour se tromper.

Chapitre 40

La gendarmerie de Murat ne disposant pas de salle d'interrogatoire, la fille a été installée provisoirement dans le local de l'intendance. C'est à travers la petite ouverture vitrée dans la porte que Camille l'observe perdue au milieu d'un bric-à-brac d'étagères remplies de linge propre, d'uniformes, de denrées alimentaires, de conserves, de packs d'eau…

Assise à une table en fer, elle dévore le contenu de son plateau-repas, presque bestialement. Selon ses déclarations, elle n'a pas mangé, ou si peu, durant plusieurs semaines avant son évasion. Elle engloutit l'émincé de veau et les coquillettes qu'on lui a servis. Elle sauce le fond de l'assiette jusqu'à la rendre propre. Quand Camille pousse la porte, la jeune fille se recroqueville soudain sur elle-même, le regard inquiet. Comme si elle était prise en faute.

— Je suis désolée… Ils me grondaient toujours, disaient que je mangeais comme une cochonne.

La major l'encourage à « attaquer » le yaourt à la myrtille auquel elle n'ose plus toucher en sa présence. Comme si c'était interdit par les adultes.

— C'est délicieux ! finit-elle par s'exclamer, léchant d'une langue avide les bords du pot.

— Tu n'en mangeais pas ? s'étonne la gendarme.

— Jamais.

— Aucun dessert ?

— Seulement des fruits… Surtout des pommes. Il y avait trois grands pommiers dans le jardin… Un poirier aussi. Sinon, j'avais le droit parfois à des biscuits. Mais pour ça, il fallait que je sois sage.

— Sage ?

— Que je sois gentille, que je ne pleure pas, que je ne fasse pas de bruit… C'est comme ça qu'ils me récompensaient. Avec un petit gâteau, ou même un sucre.

Camille pousse le plateau sur le côté de la table. Elle ouvre son ordinateur portable, et attaque sans ménagement :

— Parle-moi des années passées avec ceux qui t'auraient enlevée…

Surprise, elle la fixe et la reprend aussitôt :

— Ceux qui m'ont enlevée, madame.

Elle la supplie du regard :

— Il faut me croire… S'il vous plaît…

Son récit sur ses conditions de détention est terrifiant, à la limite du supportable. Au point que la major lui demande souvent de répéter. À l'entendre, elle était détenue dans une cave semi-enterrée, en contrebas d'une bâtisse en pierres.

— Un vieux truc mal entretenu. Une sorte de bergerie, sauf qu'il n'y avait pas d'animaux. C'était perdu en pleine montagne. C'est là qu'ils vivaient depuis longtemps.

— Ils ?

— Les méchants…

Elle décrit une cave sombre, humide, glaciale en hiver, quand il y avait de la neige tout autour.

— Parfois, raconte-t-elle, les jours de soleil, j'avais le droit de sortir. Ils me promenaient retenue par une longue corde et les poignets liés. Je leur disais que je n'allais pas m'enfuir, qu'ils pouvaient me détacher. Mais ils refusaient toujours. Pourtant, ils savaient bien que je ne pouvais pas partir. Pour aller où ? Mais non, ils me tenaient en laisse.

Elle dit dans un murmure :

— Comme un chien…

Elle évoque les journées interminables dans la cave, ses pleurs, ses angoisses.

— Au début, je suis restée enfermée pendant plusieurs jours. Je n'avais que quelques vieux jouets pour m'occuper, des livres pour enfants aussi. Mais ils étaient si effrayants, avec toutes sortes de monstres, que je ne les lisais pas. Ils ne descendaient pas me voir. Ils se contentaient de m'apporter à manger.

Elle sourit, montrant le plateau devant elle :

— Ce n'était pas aussi bon que tout ça !

— À quoi ressemblaient-ils ? demande Camille.

Elle dépeint un couple imposant, toujours vêtu de la même manière. Quelle que soit la saison, ils portaient des habits de paysans, élimés et sales. Elle devait les appeler « Madame » et « Monsieur ».

— Décris-les mieux, insiste la gendarme.

La fille s'excuse car elle en est incapable. Elle n'a jamais vu leurs visages. Parfois ils portaient une cagoule, mais le plus souvent c'était un masque d'animal, de loup, de serpent…

— Des bêtes terrifiantes. Quand j'étais petite, cela m'effrayait ! Ça les faisait rire de me faire peur. Ils étaient tellement méchants. Surtout lui…

Soudain, elle ne peut retenir ses larmes. Camille pressent aussitôt le pire.

— L'homme, il t'a fait du mal ? Il t'a touchée ?

— Non, non, non ! hurle-t-elle. Jamais !

Camille entend le contraire mais décide de ne pas insister sur ce sujet délicat, de peur qu'elle ne se ferme. Elle fera mener des examens médicaux plus tard, demandera au psychiatre d'explorer cet éventuel traumatisme. Camille concentre ses questions sur sa vie quotidienne. La jeune fille balaie ses larmes d'un revers de la main et reconnaît que cela s'est un peu amélioré en grandissant.

— J'avais des livres, la femme me faisait l'école. Parfois, mais il fallait que je sois « gentille », je pouvais sortir dans le jardin sans être tenue par une laisse. Mais ils étaient toujours là à me surveiller…

— Et comment ils t'habillaient ? Tu grandissais…

— Avec de vieux vêtements à elle.

— Elle, celle que tu appelais « Madame » ?

— Non, non, la fille. L'autre fille, celle qui avait mon âge.

Celle qui les appelait Papa et Maman.

Chapitre 41

Camille a décidé de délaisser les locaux exigus et inadaptés de la gendarmerie de Murat pour emménager dans un hôtel, à l'entrée de la ville, avec celle qui prétend être Amélie Lenglet. Elles partagent une chambre banale avec des lits jumeaux. Le juge Garrigues les a autorisées à y passer la nuit, voire une ou deux de plus, si besoin.

— Vous pouvez y séjourner exceptionnellement, a-t-il prévenu, en attendant de statuer sur son sort. Exceptionnellement ! a-t-il répété, en guise de conclusion, avant de couper la communication.

Même si ce juge l'exaspère, elle sait qu'elle doit collaborer avec lui, être docile pour se le mettre dans la poche. Elle a confié au professeur Meignan qui l'a rejointe dans le Cantal :

— Ce type, c'est une machine sans la moindre émotion. Ce dossier devrait le passionner, mais il ne s'y intéresse que parce qu'il fait la une des journaux. Maintenant, il n'a qu'une crainte, qu'on lui reproche de s'être trompé… Alors il se protège un max.

— Vous connaissez les juges, major, ils suivent le vent… Mais nous, on est là pour affronter la tempête, n'est-ce pas ?

L'hôtel a mis à la disposition de la major Desjeunes un petit salon à l'écart, au rez-de-chaussée, pour qu'elle puisse mener ses interrogatoires au calme. Face à elle, la jeune fille est attentive, un peu nerveuse. Camille attrape dans son cartable un épais dossier où est inscrit « AFFAIRE AMÉLIE LENGLET » au feutre rouge. La major en extirpe la photo de l'autre adolescente qui vit désormais à Sainte-Foy, chez ses « parents ». Elle la pose sur la table en verre dépoli. Son impatience transpire.

— Tu la reconnais ? C'est elle ? demande-t-elle abruptement.

— C'est qui ? s'étonne-t-elle.

— Celle qui était en captivité avec toi ?

— Moi, j'étais prisonnière, pas l'autre…

— Alors, c'est elle ou pas ?

La fille semble perdue. Elle attrape la photo, l'examine dans tous les sens et murmure :

— Je suis désolée…

— Désolée ? Mais de quoi ? s'agace la major.

— Elle portait une cagoule en permanence. En dix ans, je n'ai jamais vu son visage. C'était devenu un jeu pour elle. Elle riait, me narguait. Elle disait tout le temps que si elle l'enlevait, je verrais combien elle était plus belle que moi. Que j'avais une tête de sorcière.

— Tu n'as jamais essayé de la lui arracher ?

— J'y ai pensé, bien sûr, mais ils me punissaient si je l'approchais de trop près. C'était leur princesse. Intouchable. Ils me punissaient tout le temps. Pour un mot de travers, parce que je ne rangeais pas assez bien, pas assez vite. Quand madame nous faisait l'école, je trouvais toujours les réponses avant elle, mais il fallait que je me taise. Elle me donnait toujours des mauvaises notes. Elle me traitait d'idiote, de bonne à rien. Je n'avais pas le droit d'être meilleure, plus intelligente que leur propre fille…

La major insiste :

— Ses yeux, ils étaient de quelle couleur ?

— Clairs, madame, c'est la seule chose que je peux affirmer.

— Clairs comment ? Bleus ?

— Oui. Bleus, finit-elle par lâcher.

— Et physiquement ? Grande ? Grosse ?

— Normale, madame. Un peu plus grande que moi et elle n'était pas maigre. Ils la nourrissaient bien, l'autre.

Camille s'étonne :

— Pourquoi, l'appelles-tu toujours « l'autre » ?

— Parce qu'ils m'interdisaient de l'appeler par son prénom. Eux seuls en avaient le droit. Pour moi, elle était l'autre. Elle était tellement méchante avec moi. J'étais à son service… Son jouet.

Elle réfléchit et lance, les yeux emplis de haine :

— J'étais son esclave.

— Comment elle s'appelait ?

— Juliette.

— Et toi, ils t'appelaient comment ?

— Amélie, madame. Ils m'appelaient par mon vrai prénom.

Chapitre 42

La jeune fille ne semble pas ressentir le poids de sa journée éprouvante. Elle est détendue pendant le dîner au restaurant de la Poste. Peu à peu, elle a retrouvé des forces. Elle mange de bon appétit, finit même la tarte Tatin de la gendarme à laquelle celle-ci a à peine touché. Elle est curieuse de tout, de la vie personnelle de Camille, comme de la recette de la tarte. La major notera plus tard dans son rapport :

Elle donne parfois le sentiment de ne vivre que dans l'instant présent. Insouciante. Comme si elle voulait oublier les drames passés. Rattraper le temps perdu.

Il est plus de 20 heures quand Camille la raccompagne à l'hôtel.

— J'avais oublié ce que c'était qu'un bon lit, sourit l'adolescente en se lovant dans les draps.

Après lui avoir conseillé de bien se reposer car la journée de demain serait encore rude, la major quitte la chambre pour rejoindre Meignan au salon. Le psychiatre est en train de griffonner sur un carnet, tout en avalant un club sandwich. Il les a laissées dîner ensemble pour qu'elles continuent à tisser un lien de confiance. Et puis, il voulait travailler sur les résultats de la séance d'hypnose qu'il vient de mener. La jeune fille a accepté de s'y soumettre de bonne grâce quand il lui a expliqué de quoi il s'agissait.

— Je n'ai pas peur de la vérité ! s'était-elle exclamée.

L'hypnose est l'une des spécialités du professeur Meignan. Il lui est déjà arrivé de mettre ses capacités au service d'une enquête.

Camille s'assoit face au psychiatre. Elle ne s'embarrasse pas de préambule :

— Alors, vos conclusions ?

— Vous aviez raison. C'est troublant, vraiment troublant… Tout ce qu'elle m'a raconté semble tellement juste. Sincère.

Le professeur détaille l'examen par le menu. Durant presque une heure, elle est restée la tête inclinée sur le côté, les yeux clos.

— Dans un état de laisser-aller total. Elle est très réceptive, souligne-t-il.

Avant d'attaquer son compte rendu sur la partie plus psychologique, plus intime, il relate ses propos sur les circonstances de son enlèvement, les conditions de sa séquestration. La major l'écoute attentivement tout en jetant des coups d'œil à son propre procès-verbal, pour comparer les deux témoignages. Tout correspond, presque mot pour mot. Décontenancée, elle lâche :

— Comme vous le dites, c'est troublant…

Face au professeur, dans un état de demi-sommeil, elle a évoqué son enfance heureuse, entourée de parents affectueux. Elle a parlé de Laetitia et Hervé avec amour. Ils semblent lui manquer terriblement. Puis, par le menu, elle a décrit les humiliations et sévices que lui faisaient subir ses ravisseurs et surtout « l'autre ». Parfois, au détour d'une confidence, tentant de la prendre par surprise, le psychiatre lui demandait son nom. Invariablement elle répondait « Amélie Lenglet ». Le professeur allait mettre fin à la séance quand soudain, elle s'est effondrée en larmes. Meignan l'a encouragée à parler. Alors, en sanglots, elle a confié le pire. L'homme, celui qu'elle n'appelait que « monsieur », venait la voir dans la cave, seul, pour la « tripoter partout ». Aussitôt, le psychiatre a exploré ce terrain délicat et douloureux.

— Elle m'a confié que l'homme avait abusé d'elle. Sans donner plus de détails. A minima, il la caressait. Elle s'est réveillée d'un coup, quand j'ai tenté d'en savoir plus. Un examen gynécologique s'impose, major.

— J'ai déjà demandé au juge l'autorisation de le faire pratiquer au plus vite.

— Que cette fille soit Amélie Lenglet ou non, conclut le psychiatre, il semble évident qu'elle a subi un profond traumatisme et cela durant de nombreuses années. Elle est en souffrance.

Toujours aussi cartésienne, Camille demande si elle aurait pu simuler son état hypnotique. Meignan s'indigne.

— Cela fait près de trente ans que je pratique cet exercice. Certes, je ne suis pas infaillible – qui l'est ? –, mais ce n'est pas une enfant qui peut me berner !

Le professeur marque une pause, avant de demander :

— Où en êtes-vous sur la recherche des éventuels lieux de détention des gamines ? Je dis bien éventuels… Car avec ces deux-là, tout est possible…

— Nulle part pour l'instant. Ni en Vendée ni dans ce coin paumé du Cantal. Autant cela va être difficile du côté de La Roche-sur-Yon avec le peu d'éléments à notre disposition, autant, ici, je suis plus confiante. Elle nous a livré tous les détails du parcours de son évasion, la description de la maison où elle était détenue… Hélas, dans le coin, les montagnes cachent bien leurs secrets. Mais c'est une question de temps. On va retrouver cette baraque. Si elle dit la vérité, bien sûr…

Il est presque 23 heures. Le gardien de nuit de l'hôtel, qui vient de prendre son service, les observe, impatient que ses deux derniers clients quittent le salon pour procéder à l'extinction des feux. Mais la major et le professeur sont loin d'en avoir fini. Elle superpose l'image du logiciel de vieillissement d'Amélie Lenglet à la photo de leur nouvelle « inconnue ». Le psychiatre ne peut détacher son regard des deux clichés.

— C'est dingue ! Elle lui ressemble tout autant que la première… Mais dans quoi nous nous sommes fourrés ?

— Dans une impasse.

— Et comment en sortir ? Une confrontation entre les filles ?

— Il faut d'abord que je parle de cette gamine aux Lenglet, soupire Camille. Ils ignorent encore tout de cette histoire. Je me suis assurée avec le curé et les gendarmes du coin qu'elle ne sorte pas dans la presse.

Elle ne peut masquer son angoisse à l'idée de devoir leur annoncer l'inavouable. Qu'ils se sont peut-être trompés. Qu'ils ont rendu au couple une fille qui n'est pas la leur.

— Putain, qu'est-ce que je vais leur dire ? Ils vont devenir dingues ! Tout ça par ma faute…

Le psychiatre s'approche d'elle, lui prend délicatement la main. Il est calme, rassurant.

— Notre faute, Camille. Nous avons décidé à deux. Et nous allons continuer à le faire.

Elle lui adresse un sourire reconnaissant. Il conclut :

— Et puis, rien ne prouve encore que nous avons fait une erreur. Attendons d'en découvrir davantage avant de les avertir. Ils ne sont pas préparés à ce second choc. Ne provoquons pas un tsunami affectif de plus.

Chapitre 43

Les volets baissés, la maison est plongée dans l'obscurité. Laetitia est rentrée tard de la pizzeria. Du palier, à l'étage, cachée, Amélie l'entend dire à Hervé qu'il y avait beaucoup de monde ce soir, qu'elle est fatiguée et qu'elle monte se coucher. Il répond qu'il la rejoindra bientôt. Quand Laetitia gravit les premières marches de l'escalier, la jeune fille se précipite dans sa chambre. Hervé reste finalement un long moment devant la télé avant de rejoindre sa femme. Amélie s'impatiente, en attendant que le couple s'endorme enfin. Elle sait que, depuis qu'elle est réapparue dans leur vie, ils prennent des somnifères. Cela les aide à supporter la pression, à trouver un sommeil, sinon réparateur, du moins profond.

Elle entrouvre légèrement la porte de la chambre à coucher pour s'assurer que Laetitia et Hervé dorment. Elle constate, une fois de plus, que chacun est allongé de son côté du lit, au plus près du bord, comme s'ils voulaient mettre le plus de distance possible entre eux.

Elle descend l'escalier, traverse le salon jusqu'à la petite pièce, tout au fond, où Hervé a installé son bureau. Il y corrige ses copies au calme. C'est ici aussi qu'il s'isole de plus en plus, à l'écart de Laetitia, pour réfléchir, remplir son carnet intime de tout ce qui lui passe par la tête, par le cœur. Ces derniers temps, il y est beaucoup question d'Amélie évidemment mais aussi de Laetitia, qu'il sent s'éloigner peu à peu, et de leur complicité perdue, qui faisait pourtant leur force.

Dans ce bureau, Hervé consulte aussi ses cahiers, usés par le temps, où, en papa comblé, il consignait tous les instants « magiques », ceux du temps où Amélie était avec eux. Leur vie était si heureuse avant qu'elle ne bascule dans le néant. Ces cahiers sont des miraculés. Hervé les a retrouvés dans une boîte en fer parmi les décombres de leur maison incendiée. Il y a vu un signe du destin, celui que sa fille enlevée était vivante et que tôt ou tard il la retrouverait. Ils sont sa bouée de sauvetage, celle qui lui a permis de ne jamais perdre espoir. Depuis dix ans, à force de s'y plonger, il en connaît chaque ligne mais, peu importe, il en recommence sans cesse la lecture.

Les réverbères de la rue éclairent la pièce. Amélie ouvre délicatement les tiroirs les uns après les autres. Quand l'un d'eux crisse, elle s'immobilise, inquiète du moindre bruit qu'elle peut faire. Elle s'attaque à celui du bas, il résiste un peu, manque de sortir de ses gonds. Là, elle entrevoit une sacoche noire. Elle la saisit, y plonge sa main et en sort un revolver, celui qu'Hervé s'était procuré à l'époque où il pensait que leur vie était menacée. Il l'avait fait contre l'avis de Laetitia et il s'était engagé ensuite à s'en séparer. En réalité, il l'a gardé, caché au fond du tiroir du bas, avec une boîte contenant une dizaine de balles. Elle esquisse un sourire avant de le remettre bien à sa place.

Elle continue de fouiller, découvre les cahiers d'Hervé sur l'étagère. Il y en a six, tous classés par date, bien rangés. Elle s'assoit dans le large fauteuil de moleskine gris, déchiré par endroits, dont il refuse de se séparer. À la seule lumière de la rue, elle entame alors la lecture du premier carnet, celui qui raconte son arrivée dans ce qu'il nomme « la maison du bonheur ».

Je crois, je suis même certain !!!, que c'est le plus beau jour de notre vie (excepté, peut-être, celui de notre mariage...) Notre petite Amélie est enfin là. Elle est si belle. Son visage est si mutin. Elle était un peu intimidée en lâchant la main de madame Favier, l'assistante sociale qui l'a conduite à nous à sa nouvelle maison, « la maison du bonheur ». Je dépose un baiser sur son petit front, puis je la serre de toutes mes forces. Après des mois, des années d'efforts, nous sommes enfin récompensés par le bonheur immense qui nous submerge. Laetitia et moi pleurons à chaudes larmes (c'est si bon !!!!!!!!!), et, miracle, c'est notre enfant qui nous console !

La jeune fille est particulièrement studieuse dans sa lecture. Au point parfois de revenir en arrière, de relire, de recopier certains passages sur une feuille volante. Elle ne referme le premier cahier qu'après l'avoir terminé. Une quarantaine de pages, d'une écriture parfaite, qui racontent les premiers jours d'Amélie chez les Lenglet, ses émerveillements, ses petites angoisses, ses cadeaux, sa chambre. Hervé ne cesse d'y répéter à quel point elle est mignonne, qu'ils l'aiment, qu'ils sont heureux.

Elle n'a pas vu le temps passer. Il est presque 3 heures. Elle n'est pas fatiguée, hésite à attaquer la lecture du carnet numéro 2, mais décide de remonter dans sa chambre. Elle remet le cahier sur la pile. Bien à sa place. Demain, elle reviendra lire la suite de sa vie dans « la maison du bonheur ». Avant de repartir, elle glisse sa main dans le tiroir du bas, caressant la sacoche en cuir qui renferme l'arme d'Hervé.

Chapitre 44

Camille traverse le parking de l'hôtel, s'assoit sur un parapet de béton où elle allume une cigarette. Elle guette la moindre voiture qui s'approche. En vain. Puis, son regard se perd sur le soleil couchant qui disparaît derrière les montagnes environnantes. Elle pense à ses filles. Après leur trop rapide conversation d'hier soir, elle se demande si leur mère leur manque vraiment. Elle va bientôt être fixée.

Elle n'a pas le temps de s'appesantir sur son sort, tant l'affaire la tourmente. Elle ne peut s'empêcher de se repasser le film de ces dernières semaines, de ces derniers jours. Certes, le psy a raison, il est trop tôt pour trancher, mais un terrifiant constat s'impose de plus en plus : elle ne sait plus qui est qui. Face à l'irruption de cette nouvelle inconnue, elle trouve la première jeune fille, par ses silences, ses contradictions, son attitude névrosée, son affection pour ses ravisseurs, de plus en plus suspecte. Camille tente de se raisonner. Elle se raccroche au fait que cette dernière rassemble peu à peu ses souvenirs. Son père lui téléphone régulièrement pour lui annoncer ses progrès, se réjouir que la mémoire lui revienne. Une façon pour lui de rappeler à la major de cesser de l'emmerder avec ses doutes et son enquête. Que sa fille est bel et bien revenue. Point final. « Si Hervé Lenglet savait… » pense Camille. L'affaire est loin d'être close. D'autant que la seconde fille présente de sérieux arguments en sa faveur. Elle se souvient du moindre détail de son enfance, et semble tellement plus sincère, plus vraie. Le calvaire qu'elle a raconté la trouble au point de ressentir de l'affection à son égard. Sa fragilité la touche… Camille se reprend. Elle ne doit pas céder à ses émotions. S'en tenir aux faits. D'autant que la maison n'a pas encore été retrouvée et qu'il reste de nombreuses zones d'ombre à explorer. Dans quelles circonstances s'est-elle évadée ? Que sont devenus les ravisseurs ? Et surtout, où est « l'autre » ?

Au son lointain d'un moteur, Camille se lève d'un bond, impatiente. Elle a reconnu le bruit si caractéristique de l'antique Twingo de Tom, cette voiture de plus de deux cent mille kilomètres qu'il bichonne comme un véhicule de collection. Il se gare à l'écart, elle court pour le rejoindre. Interdite, elle s'arrête net quand elle réalise qu'il est seul. Il s'approche d'elle, mesure sa déception. Il murmure :

— Je suis désolé, Camille…

Elle enrage :

— Désolé de quoi ? De ne pas avoir tenu ta parole ? De ne pas être venu avec mes filles ?

Elle s'écarte quand il tente de la prendre dans ses bras.

— Au dernier moment, elles ont décidé de ne pas venir. J'ai essayé de les convaincre. En vain. Je suis désolé… Ce n'est pas qu'elles ne veulent pas te voir. Tu sais à quel point tes filles t'aiment.

— Tu parles… Elles s'en foutent de leur mère !

— Ne dis pas n'importe quoi ! Il faut les comprendre, ce sont deux ados. Elles ont leur monde à elles. Les cours ont repris, Emma vit chez son père… Et pour être franc, elles n'avaient pas forcément envie de se taper autant de kilomètres pour…

Camille le coupe, ironique :

— Autant de kilomètres pour embrasser leur maman adorée ! Tu aurais dû les obliger à te suivre ! lâche-t-elle.

Tom tente une plaisanterie :

— Si ça n'avait tenu qu'à moi, je les aurais ligotées et mises dans le coffre !

Camille ne décolère pas. Il lui caresse la joue, tente de la calmer.

— Pour me faire pardonner, je t'invite au resto.

Camille se dégage une nouvelle fois. Elle est au bord des larmes. Mais au lieu de s'effondrer, elle l'affronte avec force. D'un coup, elle déverse toute la pression accumulée. Elle ne sait si c'est à cause de ses filles, de Tom, ou des ultimes rebondissements de son enquête, peu importe, elle a la haine. Et c'est son amant qui est la cible de son agressivité incontrôlable. À l'entendre tout est de sa faute. Leur liaison l'isole de ses filles.

— Depuis que je suis avec toi, elles me jugent et s'éloignent, assène-t-elle.

Camille reproche aussi à Tom de l'avoir poussée à quitter Vierzon, à poursuivre cette enquête de merde.

— Je n'aurais jamais dû t'écouter, dit-elle.

Elle ajoute comme pour le défier :

— Et ne me dis pas que je suis stressée à cause de cette affaire ! Si tu savais à quel point je n'en ai rien à foutre d'Amélie Lenglet ! Non, le problème, c'est nous. Notre histoire.

Tom accuse le coup. Il tente cependant de la prendre, une fois encore, dans ses bras. Elle le repousse sèchement.

— C'est fini, Tom… lâche-t-elle d'une voix mal assurée.

Face à son désarroi, son silence, Camille précise :

— Je veux dire… Faisons un break. J'ai besoin de retrouver mes filles. Seules, toutes les trois. Sans toi.

Camille refuse de l'écouter. Elle lui tourne le dos, s'éloigne, l'abandonnant au milieu du parking. Ce n'est que lorsqu'elle l'entend crier « Tu es cruelle, Camille. Ne me fais pas ça », avant de se reprendre, de la supplier presque : « Ne *nous* fais pas ça… », qu'elle réalise à quel point elle vient de faire une erreur.

Elle voudrait faire demi-tour, s'excuser, l'enlacer, mais sans qu'elle puisse se l'expliquer, elle continue à s'éloigner de l'homme qu'elle aime. Levant les yeux vers la seule chambre faiblement éclairée de la façade de l'hôtel, elle devine une silhouette. Celle qui prétend être la vraie Amélie Lenglet a assisté à toute la scène. Camille s'en agace, hésite à la rejoindre pour lui demander de quoi elle se mêle. Elle y renonce, voyant la lumière s'éteindre. Elle est tellement lasse, fatiguée de tout. Elle n'a que Tom en tête, à s'en faire éclater le crâne.

Chapitre 45

Ce n'est guère coutumier chez elle, mais ce matin Camille s'est maquillée. Elle a si peu et si mal dormi qu'elle a éprouvé le besoin de masquer sa fatigue, sa tristesse. Elle avale un café en observant la jeune fille s'empiffrer de pains au chocolat. Au quatrième, elle avoue craquer.

— Je vais exploser ! Mais c'est tellement bon !

— Ça non plus, tu n'en as jamais mangé ?

— Si bien sûr, avec mes parents, quand j'étais petite. Mais c'était avant… Avant que je disparaisse du monde.

Du revers de la manche de son pull, elle efface une larme qui se forme au coin de l'œil.

— Excusez-moi, dit-elle toujours du même ton candide qui émeut la gendarme.

— Quand est-ce que je pourrai revoir ma maman et mon papa ?

Camille se lève d'autorité, comme si elle ne prêtait pas attention à cette demande qu'elle ne cesse de lui faire.

— Viens. Nous allons continuer à discuter à côté.

En quittant le restaurant, elle remarque que la fille a emporté avec elle deux croissants, qu'elle dépose maintenant sur la table du salon où l'a conduite la gendarme.

Depuis plus d'une heure, elle répond à toutes les questions sans se démonter ni se contredire. Toujours les mêmes depuis deux jours. C'est la méthode de la « goutte d'eau », chère à la major. Même quand Camille tente de la piéger en lui prêtant une déclaration inventée, elle la reprend sur l'inexactitude du propos. Son récit est cohérent en tous points avec celui de la veille. Un copié-collé.

— Revenons à ton évasion.

Camille feint d'avoir oublié les détails de son témoignage précédent et cherche à la déstabiliser.

— Je ne comprends pas comment tu as pu leur échapper.

— Je vous le redis, je ne leur ai pas échappé. Ils n'étaient plus là…

Sans se départir, elle lui raconte pour la seconde fois la fin de sa captivité avec toujours le même sens du détail. À l'identique.

— C'était il y a au moins un mois, peut-être plus. Il faisait tellement chaud. On était en plein été. Ce jour-là, il y a eu plein de remue-ménage à l'étage. J'entendais les meubles bouger, comme si on nettoyait tout de fond en comble. Mais, en silence. Ils ne se parlaient pas… Ça a duré une partie de la nuit et toute la journée du lendemain. J'ai appelé, mais personne n'est descendu pour me nourrir. Les jours suivants, il n'y a plus eu aucun bruit dans la bergerie. J'ai crié et hurlé pendant des heures… Rien.

Même si ce silence n'était pas normal, toujours tenaillée par la peur, elle a continué à attendre, tétanisée. Au troisième jour, elle a enfin compris qu'ils étaient partis avec « l'autre » et qu'ils l'avaient laissée.

— Je devais absolument sortir de la cave. Mais comment faire ? La serrure était verrouillée à double tour. Je n'avais rien pour la casser. Et puis, elle était si grosse… Monsieur l'avait installée quand il avait posé une nouvelle porte en fer, il y a plus d'un an. Impossible de m'échapper. J'ai même tenté de me faufiler à travers les barreaux de la fenêtre. Là encore, impossible, j'étais piégée comme un rat.

— Qu'est-ce que tu as fait alors ?

— J'ai pleuré pendant des jours et des nuits. Je pensais que j'allais mourir. Heureusement, il y avait quelques cageots de pommes et de poires qu'ils entreposaient au frais, dans un coin de la cave. Des bocaux de conserve aussi. De quoi tenir un peu, j'avais tellement faim…

— Et pour boire, tu faisais comment ?

— Il y avait l'eau du robinet au vieux lavabo qui me servait pour ma toilette.

— Comment as-tu réussi à t'en sortir ?

— Au début, j'ai frappé des heures sur la porte pour que quelqu'un m'entende. Bien sûr, cela ne servait à rien, la maison est si isolée. Et puis, j'ai eu l'idée de desceller une pierre du mur pour avoir quelque chose pour casser la serrure. Ça m'a pris tellement de temps pour y arriver ! Je n'avais pas d'outil alors j'ai gratté le ciment avec un cintre en fer… Un truc de dingue, mais j'étais tellement déterminée à ne pas mourir, je n'avais plus rien à manger, que j'ai finalement réussi.

Avec la pierre, j'ai tapé sur la serrure. J'y ai mis toutes mes forces, plusieurs grands coups, et elle a cassé. J'étais libre !

— Et après ? lui demande Camille.

— J'ai grimpé à l'étage. La ferme était déserte. Je me suis précipitée dans la cuisine. Mais il n'y avait rien à manger, ni dans le frigo, ni dans les placards. J'ai inspecté la maison. Tout avait été vidé, ils n'avaient rien laissé derrière eux, comme si personne n'avait jamais habité ici. Ça sentait aussi la javel à plein nez. J'ai compris qu'ils s'étaient enfuis et qu'ils m'avaient laissée crever.

De sa petite voix contrite, prenant Camille à témoin, elle ajoute :

— Vous vous rendez compte de ce qui serait arrivé si je n'avais pas pu ouvrir la porte de ma cave ? C'est sûr, ils voulaient que je meure de faim.

Camille lui prend la main et dans un sourire sincère lui murmure :

— Oublie tout ça, c'est fini maintenant. Tu t'es enfuie tout de suite ?

— Presque… Je suis allée dehors. Je me suis assise sur le banc sous le pommier. J'ai cueilli plein de pommes. J'avais tellement faim… Après, je me suis levée et j'ai marché en direction de la grille d'entrée sans me retourner, de peur qu'ils soient revenus. Je ne savais pas où aller, mais plus je m'éloignais plus je me sentais libre. Je me suis mise à courir, courir, courir… J'étais heureuse, madame.

Camille va mettre fin à l'interrogatoire quand la jeune fille s'exclame :

— Madame, j'ai oublié une chose. Je crois que cela peut être important pour vous…

— Dis-moi. On verra bien…

Elle donne l'impression de réfléchir avant de se lancer :

— Il y a eu des coups de feu, pas très loin de la ferme.

— Des coups de feu ! Combien ? Quand ?

— Quatre, je crois. Je n'ai pas trop fait attention. Cela arrivait parfois que des chasseurs passent près de la ferme. Qu'est-ce qu'il les engueulait ! Il criait si fort que je l'entendais depuis ma cave.

— Ces coups de feu, tu les as entendus quand ?

— Le jour où a commencé le remue-ménage dans la bergerie. Enfin juste avant, en fin d'après-midi. Mais cette fois, je n'ai pas entendu monsieur crier après les chasseurs, seulement le bruit des coups de fusil.

Camille veut poursuivre, tirer le fil de ce qu'elle pressent capital pour son enquête, mais la sonnerie de son portable l'interrompt. Elle décroche.

— Surtout vous ne touchez à rien, ordonne-t-elle, j'arrive !

Chapitre 46

L'adjudant-chef Cathelin semblait soulagé quand il a prévenu la major qu'il avait enfin trouvé la maison.

— De l'extérieur, elle ressemble en tous points à la description faite par la gamine.

Elle lui avait aussitôt demandé s'il voyait un banc sous des arbres fruitiers près de la bergerie.

— Oui. Il est au pied de trois pommiers. Il y a même un poirier.

Camille avait réitéré son ordre de ne plus rien toucher, de ne pas entrer dans le bâtiment, de l'attendre, et avait foncé, emmenant la jeune fille avec elle. Celle-ci avait refusé d'emblée.

— Trop peur de retourner là-bas…

La gendarme ne lui avait pas laissé le choix.

Elle se résout à abandonner sa Megane de fonction au milieu de la piste qui mène à la propriété. Impossible de s'engager plus en avant dans le périlleux chemin de terre et de pierres aiguisées qui s'enfonce dans la colline au milieu d'une forêt de conifères. Camille comprend aussitôt pourquoi ses collègues ont mis autant de temps à dénicher cet endroit totalement isolé. Elle appelle Cathelin pour qu'il vienne les récupérer.

Installée à l'avant du vétuste Land Rover de la gendarmerie, elle se retourne de temps en temps vers la fille dont l'angoisse est palpable. Cramponnée à son siège, elle fixe le paysage sans prononcer un mot, comme si elle en scrutait chaque centimètre carré. À l'orée de la forêt apparaît une demeure en grosses pierres, au toit en ardoises défraîchies. L'endroit est ceinturé de fil de fer grillagé. Une barrière métallique, poussée sur le côté, en interdisait l'entrée.

À peine sorti du 4 × 4, l'adjudant-chef Cathelin étale tout son savoir, fait le tour du propriétaire avec Camille, qui l'écoute d'une oreille distraite. Trop occupée à observer la réaction de l'adolescente, restée à l'arrière du véhicule. Prostrée.

— Dans le coin, on appelle ça un buron. Une sorte de ferme dans les montagnes pour accueillir le bétail pendant l'été, et stocker le fromage l'hiver. Il n'en reste plus beaucoup dans le Cantal. Celui-là est tellement paumé qu'on a eu du mal à le trouver. D'ailleurs, mes hommes sont passés plusieurs fois dans le coin sans même l'apercevoir.

Il désigne un puits relié à un récupérateur d'eau accolé au bâtiment, un enclos avec des poules et un vaste potager. Des tomates, des salades, des haricots… Plus loin le verger avec les trois pommiers et le poirier.

— Les gens qui habitaient là pouvaient vivre en totale autarcie.

Comme pour le prouver, il pousse la porte d'un garage. Aucun véhicule, mais un générateur d'électricité au milieu de nombreux outils parfaitement rangés.

— Ils étaient équipés, commente Cathelin qui évoque alors la difficulté pour vivre dans ce genre d'endroit.

— Caniculaire l'été, glacial l'hiver. Voilà pourquoi les gens n'en veulent plus des burons. Il faut être un peu fou pour vivre ici.

Camille décide qu'il est temps de pénétrer dans la bergerie pour l'examiner. Elle retourne vers le véhicule et tend la main à la jeune fille pour qu'elle en sorte enfin.

— Non. Je ne veux pas y retourner, dit-elle. J'ai trop peur…

— Peur de quoi ?

— Qu'ils soient encore là.

— Allez, ne fais pas l'enfant. Tu vois bien qu'il n'y a que des gendarmes, tu ne risques rien.

Elle demeure scotchée à son siège.

— S'il vous plaît madame, laissez-moi là, supplie-t-elle.

— Ça suffit ! Maintenant, tu descends, ordonne la gendarme d'un ton si ferme qu'elle finit par obéir.

La major guide ses pas mal assurés et lui demande de lui décrire la propriété. De l'index, elle lui montre les endroits qu'elle n'avait pas le droit de dépasser. Une frontière composée d'arbres, d'un ruisseau et d'une imposante réserve de bois. Elle désigne enfin la montagne au loin.

— La nuit, je rêvais d'y monter et de voir le monde, murmure-t-elle.

Camille enfile des gants en latex, ainsi que des protections en nylon sur ses chaussures, et l'oblige à faire de même. À peine entrées, une puissante odeur de javel les agresse. Après avoir hésité à pénétrer dans l'étroit et sombre buron, elle guide la gendarme. Il n'y a pas d'étage, seulement un rez-de-chaussée. La pièce principale est composée d'une grande cuisine avec un coin aménagé de fauteuils défoncés autour d'une cheminée qui apparaît immense, disproportionnée.

— L'hiver, ils passaient leur journée là.

La major constate l'absence de poste de télé.

— Ils disaient que c'était un truc de débiles. Pourtant, moi, j'aimais bien la regarder avec ma maman, avant…

Sur les étagères, Camille relève des bibelots bon marché et de mauvais goût, quelques romans policiers, et des livres scolaires écornés.

— Madame nous faisait la classe tous les matins, de 9 heures à midi. Cela se passait sur la grande table de la cuisine.

La major détaille chaque appareil électroménager. Ils ont tous un certain âge, au moins plus de quinze ans, et pourtant ils sont rutilants. Tout a été astiqué avec maniaquerie. Aucune trace de gras dans le four, sur les feux de la gazinière, sur le plan de travail… Comme la fille le lui a dit, le réfrigérateur, le congélateur et les compartiments de nourriture sont absolument vides. L'ensemble est parfaitement ordonné, rangé de manière clinique. Camille est de plus en plus intriguée.

La fille évolue désormais dans les lieux avec plus d'assurance. Elle désigne une porte.

— C'était leur chambre. À gauche, c'était celle de l'autre, mais je n'avais pas le droit d'y entrer !

La major ouvre en grand et lui fait signe d'y pénétrer la première. Elle s'y précipite comme si elle prenait soudain une revanche sur le passé. La chambre est quasi monacale, à l'exception d'une PlayStation reliée à un écran plat. En découvrant la pile de jeux vidéo et de DVD, elle s'exclame :

— C'est dingue, elle avait tout ce qu'elle voulait… Alors que moi…

Son visage se durcit d'un coup.

— Tu viens ? On va dans la chambre des parents et puis après on descendra.

Camille n'a pas le temps de finir que la fille hurle :

— Pas question ! Je ne retourne pas dans la cave !

La major n'insiste pas. Elle comprend qu'elle vient de lui demander l'impossible.

Camille compte les marches, des planches de bois craquelant : dix. Le nombre exact indiqué par la jeune fille. Elle pousse la porte en fer, dont la serrure est arrachée. Elle gît sur le sol à côté d'une grosse pierre. La pièce est sombre, seulement éclairée par une lucarne obstruée de barreaux rouillés. Camille vérifie qu'il est effectivement impossible de s'y faufiler. Elle actionne l'interrupteur, la lumière crue de l'ampoule qui pend au plafond renforce l'ambiance sinistre du lieu. Cela ressemble exactement à la geôle qu'elle lui a décrite, avec la lourde armoire contenant quelques vêtements, le large matelas posé à même le sol en terre, le lavabo émaillé. La gendarme remarque aussi le trou dans le mur d'où la pierre a été descellée. Elle inspecte le ciment gratté, émietté. Un cintre tordu est par terre. Tout ce qu'elle a dit était donc vrai. Qu'elle soit la fille des Lenglet ou non, Camille ressent au plus profond d'elle-même le calvaire que cette petite a enduré pendant toutes ces années. Elle se dirige vers la lucarne, en efface la poussière. Devant elle, à travers les barreaux, elle devine de profil la fragile silhouette de l'adolescente. Elle est debout, pensive, le regard fixé en direction de la haute montagne qu'elle rêvait un jour de gravir.

Camille remonte, s'étonnant elle-même d'être aussi bouleversée. Elle croise Cathelin :

— C'est bien l'endroit que nous cherchions… Faites venir la Scientifique. Même si tout a été passé à la javel, on cherche des empreintes digitales et de l'ADN. Avec un peu de chance…

Elle s'isole dans la chambre des ravisseurs. Comme celle de « l'autre », elle est parfaitement nettoyée. Plus de draps ni de couvertures, l'armoire a été vidée, il n'y a aucune serviette ni aucun effet personnel dans la salle de bains attenante. C'est dans ce décor intrigant que Camille appelle le juge pour l'informer de la découverte du buron et lui transmettre ses premières constatations.

— Il ne fait aucun doute que son témoignage est crédible en tous points. Elle a bien été séquestrée ici et les ravisseurs ont effacé toute trace d'eux avant de filer.

— Vos conclusions, major ? C'est la fille des Lenglet ?

— Monsieur le juge, aujourd'hui, nous avons la preuve qu'elle ne nous a pas menti. Pourquoi le ferait-elle sur son identité ? Nous ne pouvons pas écarter l'hypothèse que ce soit Amélie.

Le juge s'agace :

— Il ne peut y avoir deux Amélie Lenglet, major ! Ne me parlez pas d'hypothèses. Je veux des faits.

— Je m'y applique, monsieur le juge, mais avouez que la situation n'est pas banale.

— Voilà ce que nous allons faire. Transférez cette fille en Vendée et dans le même temps vous informez les Lenglet de son existence. Il faut sortir de ce merdier le plus vite possible. Et pour cela, on a besoin qu'ils la voient.

— Déjà ? tremble-t-elle. Ça va les détruire…

— Je n'en doute pas, hélas. Mais si vous avez mieux à proposer, n'hésitez pas. Allez, faites ce que je vous dis. Et puis, pour l'instant rien ne nous dit que vous vous êtes plantée de fille !

Camille n'a pas le temps de lui répondre qu'il est gonflé de tout lui mettre sur le dos, que lui aussi s'est trompé, qu'il lui a forcé la main, que déjà le juge a raccroché.

— Major ! Venez voir !

L'adjudant-chef Cathelin l'entraîne en lui montrant de l'index un imposant amas de branches, de déchets et de tissus carbonisés. Camille comprend aussitôt. Avant de quitter les lieux, les ravisseurs ont brûlé tout ce qui pouvait les trahir. En remuant la montagne de cendres à l'aide d'un bâton, elle met au jour la carcasse calcinée d'une moto.

Chapitre 47

— Hervé, parle moins fort, s'il te plaît, tu vas la réveiller !

Le ton entre eux s'enflamme, il finit par s'exclamer :

— Je te dis que c'est une énorme connerie ! Cette gendarme veut juste foutre la merde, une fois de plus !

Hervé Lenglet ne digère toujours pas l'appel qu'ils ont reçu en fin de journée.

Au dîner, ils ont fait comme si de rien n'était pour ne pas l'alerter en exposant leur désarroi. Laetitia a même plaisanté sur le dernier achat d'Amélie, un bustier qu'elle a tenu à enfiler pour passer à table. Puis, pour rompre le silence, devenu oppressant, Laetitia a allumé la télé, regardé les infos régionales, sous prétexte de vouloir savoir comment évoluait la grève à l'usine de découpe de dindes. Quand la jeune fille s'est étonnée de l'ambiance, Hervé a soupiré d'agacement tandis que sa femme a monté le son et répondu que savoir ce qui se passait dans cette usine était important pour elle.

— J'ai des amis qui y travaillent, a-t-elle dit pour seule explication.

Le spectre de ce que la major Desjeunes leur a appris a plané jusqu'à la fin du dîner. Amélie s'est levée en emportant une orange :

— Décidément, ce soir, vous n'êtes vraiment pas drôles. Je monte dans ma chambre.

Une fois seuls, Hervé a voulu aussitôt évoquer le sujet en attirant Laetitia au salon. Elle l'a coupé dans son élan.

— Pas maintenant. Attendons qu'elle dorme.

Il est alors parti courir pendant plus d'une heure dans les rues du bourg pour évacuer ses frustrations enfouies le temps du repas. Il est rentré en sueur, à bout de souffle, tant il a tiré sur son corps. Il ne s'en est pas trouvé apaisé pour autant. C'est alors qu'il a explosé et que sa femme, assise sur le canapé, lui a demandé de parler moins fort.

Elle reconnaît qu'elle aussi est dévastée par l'appel de l'enquêtrice.

— Tout cela est insensé… soupire Laetitia.

Camille a beau avoir cherché les mots justes, le ton approprié avant de leur téléphoner, elle s'est, une fois encore, montrée abrupte.

— Une autre jeune fille affirme être Amélie, leur a-t-elle asséné sans le moindre préambule.

Puis, sans leur laisser le temps de réagir, elle a enchaîné en narrant par le menu, comme si elle faisait un rapport, tout ce qu'elle savait et avait découvert. Les souvenirs précis livrés par celle-ci, sur sa vie avec eux, sur les circonstances de son enlèvement, la bergerie où elle a été séquestrée, et dont chaque détail correspond à son témoignage. La major Desjeunes a conclu que face à tous ces éléments, et en accord avec le juge, elle devait les en informer, avant d'ajouter :

— Que les choses soient claires entre nous, je ne dis pas que c'est votre fille. À date, rien ne le prouve.

Hélas, le mal était fait. Hervé a senti que la major accordait du crédit aux propos de cette fille, noté que Laetitia posait trop de questions. Elle semblait vouloir tout savoir de cette inconnue. Comme souvent, quand il est sous pression et qu'il a peur, Hervé a haussé le ton.

— Je n'en ai rien à foutre, de votre histoire. Si vous saviez le nombre de filles qui, en dix ans, se sont fait passer pour Amélie !

— Peut-être comme celle qui vit actuellement chez vous ? lui a répondu sèchement la major.

Hervé a accusé le coup et soupiré :

— C'est dégueulasse de dire ça…

— Monsieur Lenglet, croyez-moi, j'ai autant envie que vous de voir cette histoire se terminer. C'est pour cela que je vous demande de venir demain à la gendarmerie pour la rencontrer et pour permettre de lever les derniers doutes.

— Moi, des doutes, je n'en ai pas. Je ne suis pas comme vous à changer d'avis toutes les cinq minutes. Ma fille, Amélie Lenglet, va rentrer du lycée dans quelques minutes et vous ne gâcherez pas notre soirée en famille avec vos hypothèses grotesques ! Nous ne viendrons pas.

— Monsieur Lenglet, ce n'est pas une invitation. C'est une convocation. Je vous attends demain à 11 heures.

Camille avait raccroché brusquement, mais n'était pas certaine qu'Hervé Lenglet ne l'ait pas déjà fait avant elle.

« C'est un cauchemar », se lamente Hervé en rejoignant son épouse sur le canapé. Il n'a pas pris le temps de se changer ni de se doucher. Il a juste une serviette autour du cou avec laquelle il s'éponge le front. Il parle à voix basse, comme le lui a demandé Laetitia :

— Tu ne vas quand même pas croire à ça ! Ma chérie, notre fille est là, chez nous, en train de dormir, ne détruisons pas ce bonheur, ce miracle.

Laetitia lui prend la main, la caresse. Hervé pousse l'avantage.

— Vois comme ses souvenirs lui reviennent de plus en plus. Tiens, ce matin elle s'est enfin rappelé nos vacances aux sports d'hiver ! Tu te souviens, le premier jour de son retour comme on a flippé ? Elle m'a dit qu'elle avait adoré skier, m'a demandé si nous pourrions y retourner à Noël.

— C'est une bonne idée, concède Laetitia avant de lâcher, allons-y quand même demain.

— Quoi ? À cette convocation ? Pour entendre une usurpatrice qui veut nous voler notre Amélie ? Non, j'aurais l'impression de la trahir…

— Moi, j'ai besoin de la voir. C'est important pour moi.

Il se penche pour déposer un tendre baiser sur sa bouche avant de la prendre dans ses bras.

— D'accord, je t'accompagnerai. Je le fais pour toi. Mais je n'entrerai pas.

— Comme tu voudras.

— Je t’aime, dit-il.
— Moi aussi.

Sur le palier, Amélie, attentive et silencieuse, n’a rien perdu de leur échange. Elle comprend pourquoi le dîner a été si tendu. Elle est anéantie. Elle se mord le poing. Elle a tant envie de hurler.

Chapitre 48

Laetitia résiste à l'envie de saisir la main de cette inconnue qui se tient debout face à elle. Parmi les sentiments qui l'assaillent se mêlent tristesse, compassion et une esquisse de soulagement. Elle est la promesse de tant d'espoirs. Si elle se laissait aller, elle la prendrait dans ses bras, la serrerait de toutes ses forces. Elle est si touchante, si vraie. Mais Laetitia reste figée, réprime toute démonstration d'affection. Hervé ne le supporterait pas. En retrait, dans un coin de la salle d'interrogatoire, il n'a pas prononcé un mot depuis qu'il a pénétré dans la pièce, contraint par la major. Elle ne lui a pas laissé le choix. Il était impératif qu'il participe à cette rencontre.

— Une mascarade, oui, avait-il maugréé avant de s'exécuter. On y va ? lâche-t-il au bout d'une vingtaine de minutes pendant lesquelles il s'est contenté de fixer la jeune fille qui d'une voix d'abord hésitante, puis de plus en plus assurée, a raconté son calvaire avec des mots enfantins, ce qui le rendait d'autant plus insoutenable. Évidemment, son récit l'a bouleversé, mais il tentait de le cacher en s'agaçant de ses minauderies. Notamment quand elle a dit vouloir retourner au bord du lac, savoir si son papa a amélioré son record d'il y a dix ans.

— Hervé ne court plus là-bas, a éludé Laetitia.

L'adolescente a répété qu'elle se réjouissait de les retrouver, de bientôt pouvoir enfin revivre « comme avant ».

— Je vous aime plus que tout au monde, leur a-t-elle lancé avant d'avouer que c'était grâce à eux si elle a trouvé la force de survivre, notamment durant ces semaines interminables où elle a cru mourir dans sa cave.

— À chaque fois que je voulais abandonner, je pensais à vous… Et du coup, je m'acharnais à nouveau sur cette maudite pierre.

Contrairement à son épouse, Hervé semble imperméable à la précision de ses nombreux souvenirs, comme si toute raison se refusait à lui. La jeune fille n'a cessé de les replonger dans leur passé. Elle a même demandé des nouvelles de Scoopy.

— Il fallait me l'amener pour que je l'embrasse, a-t-elle souri.

Laetitia a murmuré :

— Une autre fois, lui cachant que le chien était mort quelques mois seulement après l'enlèvement d'Amélie.

Formel, le vétérinaire avait imputé son décès à la disparition de l'enfant.

Quand le couple sort de cette pièce sans âme où a eu lieu la rencontre, Laetitia lance à l'adolescente un sourire réconfortant, comme si elle voulait lui signifier « À bientôt ». La porte est à peine refermée que lui parviennent les sanglots déchirants que la jeune fille a si longtemps retenus. Hervé les entend lui aussi. Il saisit le bras de sa femme, accélère le pas. Il refuse de se laisser gagner par l'émotion qu'il sent monter en lui, veut échapper au débriefing que va leur imposer Desjeunes. Laetitia serait bien restée plus longtemps pour discuter avec la major et le psychiatre. Elle voudrait comprendre, partager sa confusion, mais comment résister à la volonté de fuir de son mari ?

Camille, derrière la vitre sans tain de la pièce adjacente, n'a rien raté. Le rejet immédiat d'Hervé, ses agacements, son émotion aussi. Elle a surtout noté les regards bouleversés de Laetitia, l'empathie spontanée qu'elle a manifestée. Elle a senti qu'elle se retenait de la prendre dans ses bras. À ses côtés, Meignan livre déjà ses premiers commentaires.

— La mère est clairement perturbée par tout ce que lui a dit notre cliente.

— Notre cliente ? s'est étonnée la gendarme. Vous avez de drôles de mots, professeur !

— Ça m'est venu comme ça, plaisante-t-il. Comment voulez-vous que je l'appelle ? Amélie ? Nous en avons déjà une !

La major réfléchit un instant :

— Pourquoi pas Amélie 2 et l'autre Amélie 1 ?

— Pourquoi pas… Par ordre d'apparition ! Disons donc que notre Amélie 2 a marqué des points avec la mère. C'est évident. Hervé Lenglet en revanche est dans le déni total. Il ne s'en cache même pas. Je crains que nous ne soyons à la veille d'un conflit majeur entre les Lenglet…

Camille partage son point de vue, elle soupire :

— Nous aurons pourtant besoin de la collaboration des deux, sinon nous courons à la catastrophe.

Tandis que Meignan rejoint la jeune fille en larmes qui ne cesse de demander pourquoi ses parents sont partis en l'abandonnant, Camille file rattraper le couple au bas des marches de la gendarmerie. Hervé hoche la tête de dépit en l'apercevant. Il se sent épuisé.

— Major, épargnez-moi vos commentaires, vos analyses à n'en plus finir… J'ai juste envie de rentrer chez nous, de retrouver mon Amélie. La seule, la vraie…

Camille ne relève pas et leur propose de poursuivre cette conversation dans son bureau.

— C'est encore un ordre ? Non ? Alors, on s'en va. Je n'ai rien à dire sur cette fille.

— Moi, si.

Laetitia lâche alors ce qu'elle n'osait pas avouer :

— Hervé, cette enfant m'a bouleversée. Ses souvenirs sont si précis, si justes…

— Mieux qu'Amélie, c'est ça que tu veux dire ? souffle-t-il. Cette fille a simplement récité par cœur ce qu'elle a lu dans les journaux.

— Peut-être… Ou pas, ose Laetitia.

Le couple se regarde un long moment en silence, comme si chacun cherchait à sonder les sentiments les plus profonds de l'autre. À comprendre tout ce qui les sépare en cet instant. Camille les observe avec attention, puis interrompt ce tête-à-tête muet.

— On y va ? On monte dans mon bureau ?

Hervé, presque résigné, soupire.

— Ma chérie, si tu veux rester, reste… Mais moi je ne peux pas. C'est au-dessus de mes forces.

Tandis qu'il s'installe déjà dans sa voiture, Laetitia s'adresse à la major :

— Je suis désolée. Je ne veux pas le laisser seul. Je rentre avec lui. Pardonnez-nous, mais ce que nous vivons est tellement difficile.

— Je comprends. Aucun problème. Cependant, madame Lenglet…

— Oui ?

— Vous avez dit à votre mari qu'elle vous avait bouleversée. Et c'est vrai qu'il y a de quoi. Sinon, je ne vous aurais pas imposé cette torture. Alors faites quelque chose d'important.

Laetitia affiche une surprise teintée d'inquiétude.

— Le docteur Meignan et moi, poursuit Camille d'un ton ferme, allons informer celle qui vit chez vous de l'irruption d'une autre fille qui prétend être Amélie. Nous lui proposerons de la rencontrer. Cette confrontation est essentielle pour l'enquête. Parfois, il ne faut pas craindre de donner un grand coup de pied dans la fourmilière.

Elle fixe Laetitia :

— J'ai vraiment besoin de vous pour la convaincre d'accepter.

— Impossible ! la coupe Laetitia. Ce que vous me demandez est trop dur. Et puis, elle ne voudra jamais et Hervé refusera, lui aussi !

— Je vous en prie, essayez quand même. Sinon, nous la forcerons à le faire. Il vaut mieux qu'elle soit volontaire.

— Je ne vous promets rien, soupire Laetitia en lui serrant la main. En tout cas, merci major pour tout ce que vous faites pour nous… conclut-elle avant de rejoindre Hervé.

Il lui sourit, persuadé que sa femme s'est finalement rangée de son côté.

Chapitre 49

— Mais c'est moi, votre fille !

Son cri est déchirant. Ses mots sonnent plus comme une supplication, une lamentation, que comme une affirmation. Elle saisit leurs mains.

— Je suis Amélie, murmure-t-elle, je vous le jure.

— Bien sûr, répond Hervé en l'attirant dans ses bras où elle se blottit, les yeux clos, retenant un torrent de larmes.

Toujours serrée contre lui, elle tourne son visage vers Laetitia :

— Et toi, Maman ? Je t'en supplie, dis-moi que tu me crois !

C'est lorsqu'il s'est garé devant leur maison qu'Hervé a finalement accepté la proposition de Laetitia. Du bout des lèvres. Jusque-là, tout au long du trajet qui les ramenait de la gendarmerie, il ne voulait pas en entendre parler, convaincu que cela ne servirait à rien et surtout que cela anéantirait Amélie, qui commence à peine à se reconstruire. Il n'a cédé que lorsque Laetitia l'a convaincu que c'était « pour le bien de leur fille ».

— Fatalement, l'information va finir par fuiter, lui a-t-elle dit. Et il vaut mieux qu'elle l'apprenne par nous que par les gendarmes ou, pire, dans les journaux. Tu imagines le choc ? Ce serait catastrophique, autant pour elle que pour nous.

L'argument a porté, mais Hervé a tenu à lui annoncer lui-même.

Quand ils sont arrivés, Amélie était allongée dans son lit. Elle a juste eu le temps de glisser le quatrième cahier intime d'Hervé sous le matelas avant qu'ils ne poussent la porte de sa chambre.

— Tu dors encore ? À cette heure-là ? s'est étonné Hervé.

— Non, je lisais.

Elle leur montre la revue qu'elle a attrapée à la hâte.

— Qu'est-ce qui se passe ? Vous en faites une tête !

L'adolescente feint la surprise alors qu'elle sait depuis la veille qu'une nouvelle Amélie est apparue.

— On a quelque chose d'important à te dire, a répondu Laetitia.

Hervé ne cache rien des événements survenus ces derniers jours dans le Cantal, de leur rencontre ce matin avec cette autre fille. Cependant, il prend soin de passer sous silence les nombreux souvenirs d'enfance avec eux que celle-ci a évoqués. D'une exactitude déroutante. Comme s'il ne les avait pas entendus, ou déjà oubliés. Il doit protéger Amélie, quitte à se mentir à lui-même. Quand elle commence à paniquer, il la rassure aussitôt.

— C'est une gamine paumée qui prend ses rêves pour la réalité.

— Tu n'as encore rien dit, Maman, s'inquiète-t-elle.

— J'ai préféré laisser ton père parler. Tu sais, si cela peut te tranquilliser, ce n'est ni la première ni la dernière à se faire passer pour notre fille. Nous voulions juste t'informer de son existence.

Hervé s'illumine en regardant son épouse :

— Tu te souviens de la Chinoise ?

Laetitia, malgré les circonstances, ne peut réprimer un sourire. Il raconte alors qu'il y a trois ans, une femme asiatique prétendait être Amélie.

— La pauvre… Elle me faisait de la peine, se rappelle Laetitia.

— En plus, elle avait au moins trente ans ! éclate de rire Hervé.

Il se reprend aussitôt en contemplant le visage sérieux et triste de son Amélie.

— Mais elle est comment cette fille ?

Laetitia avoue qu'elle est touchante.

— Elle a tellement souffert, précise-t-elle.

— C'est vrai, reconnaît Hervé à la grande surprise de son épouse. Son histoire est terrible… Mais ce n'est pas la nôtre.

Pas question pour lui de s'apitoyer sur le sort de cette inconnue. Contrairement à Laetitia.

— Ce qu'elle a vécu est horrible. Elle a été séquestrée dans une cave, a subi des sévices… Ils ont même tenté de la laisser mourir de faim.

La jeune fille est sous le choc. Au point de vaciller. Hervé la retient par le bras, l'aide à s'asseoir sur le lit.

— Je ne comprends rien… Elle aussi a donc été enlevée ?

Hervé répond aussitôt dans un soupir :

— Oui, c'est triste pour elle, mais je le répète, cela ne nous concerne pas.

Après un long silence, l'adolescente, d'un ton rageur, lâche :

— Mais pourquoi elle fait ça ! Vous n'allez pas la croire ? Cette fille est une dingue ! Elle veut juste me voler ma vie, c'est Papa qui a raison ! Maman ? Putain, dis quelque chose !

Laetitia ne peut contenir ses pleurs. Cette situation est trop cruelle. Elle balbutie quelques mots de réconfort avant de la prendre dans ses bras en la serrant de toute sa détresse. Hervé les regarde longuement, profite de cette scène rare de tendresse entre les deux femmes de sa vie. Puis, comme convenu avec sa femme, il annonce à regret que la gendarme va organiser une rencontre entre les deux filles.

— Quoi ! Jamais ! Je ne veux pas la voir !

Face au silence gêné du couple, elle comprend qu'elle n'a pas le choix, et finit par s'écrier, les yeux pleins de larmes :

— Mais, c'est moi votre fille !

Chapitre 50

Camille s'est fait violence. Même si elle déteste passer ses soirées dans sa chambre sordide à la caserne de La Roche-sur-Yon, elle est rentrée tôt, en fin de journée. Elle a dîné d'un sandwich acheté à la boulangerie du coin en vidant une bière, puis une seconde. Elle ne se laisse pas le temps de décompresser. Elle a en tête la confrontation de la fille avec les Lenglet, et surtout sa dernière discussion avec Meignan.

Le professeur s'est déclaré, ce sont ses propres mots, « soulagé » par l'irruption de celle qu'ils nomment désormais Amélie 2.

— J'aurais dû vous le dire, major, a-t-il avoué, mais, ces dernières semaines, plus je faisais des séances avec Amélie 1, plus elle me désorientait… et plus j'étais gagné par le doute. À mes yeux, elle régresse. D'une grande confusion, elle est de moins en moins cohérente. La dernière fois, elle a reconnu ne plus savoir qui elle était…

Face à l'inquiétude naissante sur le visage de Camille, le professeur se reprend :

— Rassurez-vous, ce ne sont pas des aveux, ce n'est qu'une expression, une façon de parler. Mais cela a une autre résonance avec l'apparition d'Amélie 2. Celle-ci présente qui plus est un profil psychologique beaucoup plus conforme à son vécu. Avec une stabilité affective vis-à-vis des Lenglet, une résilience hors du commun.

— Pourquoi parlez-vous de soulagement ? demande Camille.

— Parce que cela fait un moment que je m'interroge sur une erreur éventuelle de notre part. Aujourd'hui, Amélie 2 me prouve que mes doutes sont peut-être fondés…

— Vous êtes sérieux ? Ça y est ! L'affaire est bouclée, pour vous, Amélie 2 est la bonne ?

— Probablement, murmure-t-il. Mais ce n'est que mon avis, celui du psy. Reste à votre enquête de le confirmer ou non.

Camille relit le rapport de la Scientifique. La bergerie a été si bien nettoyée, de fond en comble à l'eau de javel, que seules les empreintes digitales et traces d'ADN d'Amélie 2 ont été relevées. Il ne fait aucun doute qu'elle a vécu là, séquestrée. L'examen des cendres du brasier trouvé à proximité de la ferme n'a fait que confirmer ce qu'elle pensait. Avant de disparaître, les ravisseurs ont éliminé tout ce qui pouvait permettre de les identifier. Rien d'exploitable. Pas plus que la carcasse de la moto dont la plaque d'immatriculation a été retirée, et le numéro de série est introuvable. Leur départ a été soigneusement planifié, se dit-elle. Reste à comprendre pourquoi ils ont abandonné Amélie 2. En l'enfermant dans la cave, ils la condamnaient.

Le rapport médical indique chez elle un léger retard de croissance. Sa maigreur n'est que passagère, due aux semaines de privation. L'examen gynécologique révèle qu'elle est vierge. Dans ses confidences renouvelées au psychiatre, elle dit seulement que l'homme descendait pour la tripoter, la caresser. Parfois, a-t-elle fini par avouer, il l'obligeait à toucher son sexe.

— Pas plus ! s'est-elle empressée d'ajouter.

Dans son compte rendu, Meignan en a conclu qu'elle le masturbait, au minimum. Il parle de souffrances physiques et psychologiques dont les prochaines séances permettront « de définir plus précisément l'impact traumatique ».

Camille mise sur les actes notariaux du buron pour remonter jusqu'aux ravisseurs, à ce salaud de violeur. Cela risque de prendre du temps, car les premières recherches n'ont rien donné. Cette bergerie ne semble appartenir à personne. Le seul propriétaire connu est décédé, sans héritier, il y a quinze ans. Enfin, les gendarmes ont exploré en vain la piste des coups de feu. Aucune cartouche n'a été retrouvée et encore moins une arme.

La major regarde sa montre, presque 21 heures. Elle interrompt son travail, finit sa troisième bière au goulot, se lève en embarquant son ordinateur. Allongée sur son lit, face à l'écran, elle attend. Les appels résonnent enfin. Simultanément. Le moment est venu du FaceTime quotidien avec ses filles. Un rituel qu'elle a mis en place depuis sa séparation avec Tom. En attendant qu'elle revienne, Emma et Léa vivent chez leurs pères respectifs. C'était la seule solution possible.

Hier, après leur longue conversation, Camille s'est dit que finalement l'éloignement avait du bon. Pas de querelle pour un rien, ni entre les sœurs ni avec elle, aucun excès d'adolescentes. Elle ne s'est jamais sentie aussi proche, aussi complice avec ses deux filles qu'en ce moment, séparée d'elles par des centaines de kilomètres. Elle réalise à quel point elles sont indispensables à son équilibre, combien elle les aime. Quand elle reviendra, elle se promet de tout faire pour préserver cette dynamique.

L'aînée, avec qui les relations ont été les plus tendues ces derniers mois, semble enfin s'intéresser à son enquête. Emma trouve *ouf* que cette fille ait pu s'échapper et retrouver ses parents. Elle veut savoir comment elle s'adapte à sa nouvelle vie.

— Bien, bien… Elle prend ses marques, refait surface…

Camille reste évasive, ne parle pas à ses filles de cette Amélie 2 qui remet tout en question. Pipelettes comme elles sont, dans l'heure, toutes leurs copines seraient au courant. Camille leur cache également la vérité à propos de Tom, quand elles lui demandent de ses nouvelles :

— On l'aime bien celui-là, s'exclame la cadette.

Comment leur dire qu'ils sont séparés, qu'elle n'a plus de nouvelles de lui ?

Ce soir, aucune ne veut interrompre la conversation la première et c'est après des embrassades à n'en plus finir qu'elles se quittent. Camille se sent heureuse, confiante en l'avenir. À tel point que pour la première fois depuis leur *break*, elle va sur le compte Instagram de Tom. Il y a posté de nombreuses images de ses derniers tatouages. Plus bas, elle découvre une photo d'eux prise de dos, main dans la main. Ils étaient ensemble depuis quelques jours seulement. Un cœur l'accompagne pour seul commentaire. Camille sourit, émue. Cette photo, il ne l'a pas effacée.

Chapitre 51

Il est plus de deux heures du matin. Laetitia ne trouve pas le sommeil. Elle déserte la chambre pour descendre lire dans le salon. En allumant la lumière, elle surprend la jeune fille. Celle-ci ne marque aucune gêne.

— Maman ! Tu ne dors pas ?

— Non, je vais lire un peu. Et toi, qu'est-ce que tu fais là ?

— J'avais soif. Et je me suis perdue dans le noir…

— Fallait allumer.

— Je ne voulais pas vous réveiller.

Laetitia ne lui demande pas pourquoi elle a eu l'impression, presque la certitude, qu'elle sortait du bureau d'Hervé. Elle se contente de lui souhaiter une bonne nuit.

— Il faut que tu te reposes, demain sera une journée difficile.

— Je sais. J'angoisse pas mal à l'idée de la rencontrer. C'est pour ça que, comme toi, je n'arrive pas à dormir, lui répond-elle en l'embrassant sur la joue.

L'adolescente est parfaitement calme. Pourtant, il s'en est fallu de quelques secondes. Si Laetitia était descendue plus tôt, elle l'aurait prise sur le fait en train de remettre à sa place le sixième et dernier cahier d'Hervé.

À peine a-t-elle disparu dans l'escalier que Laetitia se précipite dans le bureau. Tout semble à sa place. Elle s'arrête net devant l'étagère en constatant que les six carnets intimes de son mari dépassent de la pile de livres où ils sont d'habitude si soigneusement rangés.

Chapitre 52

Tout commence par un interminable silence. Un instant suspendu avant l'affrontement. Celle que la major surnomme Amélie 2 est assise sur une chaise en plastique blanc, l'autre reste debout. Celle-ci semble particulièrement agitée, fuit sans cesse son regard. Au plafonnier de cette salle d'interrogatoire, qui a pour seule décoration des affiches de recrutement pour la gendarmerie, une petite caméra enregistre tout.

Desjeunes et Meignan sont présents dans la pièce, et non dissimulés derrière leur glace sans tain. Ils se sont promis de ne pas intervenir, de ne pas interférer dans le dialogue qu'ils souhaitent le plus spontané possible.

— C'est la meilleure façon de découvrir leurs vraies personnalités, a suggéré le professeur.

Ils se tiennent sur le côté, un peu en retrait, sans que rien leur échappe. Les Lenglet, eux, n'ont pas eu l'autorisation d'assister à la confrontation. Hervé fait les cent pas dans la cour, alors que Laetitia cache son angoisse, assise dans la voiture.

À l'invitation de la major, Amélie 1 finit par s'asseoir. Elle rompt le silence la première, sur un ton qu'elle veut le plus neutre possible.

— Alors, c'est toi qui veux prendre ma place ?

— Prendre sa place ? murmure l'autre d'une voix plaintive en se tournant vers Camille.

Le regard perdu, elle s'adresse à la gendarme :

— Mais madame… Moi, je ne veux prendre la place de personne. Je veux seulement retrouver la mienne, revoir mes parents. Reprendre ma vie d'avant.

Amélie 1 la fixe, impassible.

— Moi aussi, je veux retrouver ma vie d'avant. Et c'est ce que je suis en train de faire. Si j'ai bien compris, comme moi, tu as beaucoup souffert, et j'en suis désolée. Mais ce n'est pas une raison pour te faire passer pour moi. Pourquoi tu fais ça ?

Amélie 1 cherche à installer une relation complice.

— Mais parce que je suis Amélie Lenglet !

D'un seul coup, les masques tombent. Les deux jeunes filles haussent le ton.

— Ah, tu veux la jouer comme ça ! rétorque Amélie 1 avant de se lancer dans une litanie interminable de souvenirs qu'elle exhibe comme autant de preuves irréfutables de son identité.

Le professeur Meignan rompt sa promesse de ne rester qu'un simple spectateur :

— Je ne comprends pas. D'un seul coup, tu en dis plus qu'au cours de toutes nos séances. Il va falloir m'expliquer.

Elle donne pour seule raison qu'elle a tellement eu peur que cette inconnue lui vole sa vie que le passé lui a sauté au visage par rafales ces dernières heures.

— Je n'en ai pas dormi de la nuit !

La moue dubitative du professeur n'échappe à personne, surtout pas à Amélie 1. Elle prend Camille à témoin :

— Vous me croyez, n'est-ce pas ?

— Ce n'est pas la question. Nous sommes là pour confronter le récit de chacune, se contente de répondre la major. Il ne s'agit pas de vous croire ou non, ni de vous départager, mais juste d'essayer de comprendre, de vous comprendre et de vous aider.

— Vous ne voyez pas qu'elle récite sa leçon par cœur ?

Amélie 2 est intervenue sans agressivité mais avec détermination.

— Puisque tu te souviens de tout, comment s'appelait la maîtresse en CM2 ?

— Quelle importance ?

— Sylvie Tramont !

Amélie 2 prend la gendarme à témoin :

— Vous pourrez vérifier !

Elle poursuit, toujours aussi calmement :

— Et le plat que Maman préparait tous les dimanches ?

— Du poulet grillé avec des frites ! sourit Amélie 1.

— Non, une escalope panée avec des nouilles. Ça aussi c'est facilement vérifiable.

Sans lui laisser le temps de reprendre le contrôle des débats, Amélie 2 la bombarde de questions précises : les attractions qu'ils ont faites à Disneyland, le temps qu'il faisait ce jour-là, le surnom pourri que lui donnaient ses « copines » d'école quand elles se moquaient d'elle, le nombre précis de poupées Barbie qu'elle possédait, de quoi raffolait Scoopy quand ils rentraient de promenade… La rafale incessante de questions sonne peu à peu Amélie 1, comme un boxeur coincé dans les cordes. Quand elle répond, c'est toujours à côté. Elle se trompe sur les lieux, les dates, les noms. Sinon, elle se contente de hocher la tête d'impuissance, puis elle finit par ne plus répondre du tout. Par se murer dans le silence, laissant son adversaire continuer seule à porter ses coups. En sanglots, elle supplie le professeur de mettre fin à ce calvaire. Meignan pose la main sur l'épaule d'Amélie 2 :

— Arrête, on a compris, dit-il. N'insiste pas…

Amélie 1 est anéantie, recroquevillée sur sa chaise :

— Je ne comprends pas comment elle a fait… Comment elle peut en savoir autant sur ma propre vie, alors que moi je ne me souviens de rien. Du coup, c'est elle que vous croyez, c'est sûr.

Au contraire, Desjeunes et Meignan ne l'ont jamais trouvée aussi désarmante de sincérité. Ils ne savent plus quoi penser quand, brusquement, elle enrage :

— Dis-moi ton secret ! Comment tu as tout manigancé pour me voler ma vie ! Espèce de sale sorcière !

Elle s'est levée et a empoigné violemment le col de chemise de sa rivale, tétanisée. Elle est sur le point de la frapper quand Camille les sépare, les repoussant chacune dans un coin de la pièce. Protégée dans les bras du professeur, Amélie 2, en sanglots, s'écrie, comme si elle avait une illumination :

— C'est elle ! Je la reconnais ! C'est l'autre !

Chapitre 53

Le juge Garrigues s'est déplacé en personne à la gendarmerie de La Roche-sur-Yon, tant l'affaire prend une tournure qui nécessite une décision urgente. Après des heures de route depuis Bourges, il salue rapidement Desjeunes et Meignan. Il demande aussitôt à voir la jeune fille. Après l'avoir détaillée quelques instants, il lui assène sur un ton abrupt :

— C'est très grave ce que tu as fait !

Amélie 2 a la tête baissée, le regard au ras du sol. Le juge poursuit :

— Tu l'as accusée d'être la fille de tes ravisseurs sans la moindre preuve et tu t'es rétractée aussitôt. Soyons précis. Tu n'étais pas sûre ou tu as délibérément menti ?

Elle balbutie, tente de se justifier :

— L'autre me disait toujours que je n'étais qu'une sorcière… Alors, quand elle m'a hurlé dessus en me traitant ainsi, j'ai… Mais ce n'est pas vrai. Oui monsieur, j'ai menti.

— Tu es donc une menteuse ! Comment veux-tu alors que l'on te croie quand tu dis être Amélie Lenglet ?

La jeune fille, pour seule protestation, hoche la tête en répétant d'une voix brisée :

— Je ne suis pas une menteuse.

Installé au bout de la longue table de réunion, à la place du chef, le juge interpelle Desjeunes et Meignan.

— Bon. Pour vous, malgré son mensonge grossier, c'est celle que vous appelez Amélie 2 qui mène au score ?

Le juge Garrigues est connu, souvent moqué, pour commenter ses affaires en utilisant un vocabulaire sportif. « Balle au centre », dit-il quand aucune des parties ne prend l'avantage. « Carton rouge », quand il estime qu'un participant dépasse les bornes. La major rentre dans son jeu, lui répond que le match n'est pas encore terminé.

— Pour l'instant, j'ai du mal à faire la part des choses entre leurs deux versions. Je dirai, pour citer Pirandello : « à chacune sa vérité ».

— Ce Pirandello, il joue dans quel club ? En Italie ? ironise-t-il dans un large sourire, ravi de son bon mot. J'espère qu'on ne va pas être obligé de les départager par une séance de tirs au but.

Camille reconnaît que beaucoup d'éléments abondent dans le sens d'Amélie 2, mais qu'elle ne peut se résoudre à trancher. Il reste des zones d'ombre. Elle ne veut pas se tromper une deuxième fois.

— Quelles zones d'ombre, major ?

— Pourquoi les ravisseurs ont déguerpi en toute urgence ? C'étaient quoi ces coups de feu entendus par Amélie 2 ? Son obsession vis-à-vis de l'autre, au point d'accuser Amélie 1 d'être cette fille maudite, et de se rétracter aussitôt ?

Camille prend un moment de réflexion avant de lâcher :

— Et si elle nous avait dit la vérité ? Si Amélie 1 était bien la fille des ravisseurs, cette Juliette. Cela pourrait expliquer beaucoup de choses. Amélie 2 semble tellement sous son emprise qu'elle a peut-être eu peur de maintenir son accusation…

Camille annonce alors au juge qu'elle a demandé à l'adjudant Messaoui de creuser cette piste à fond, d'aller dans le Cantal, faire une enquête de terrain avec la photo d'Amélie 1, visiter les écoles, les commerces, les médecins…

— Si c'est leur fille, les ravisseurs ne l'ont peut-être pas cachée, coupée du monde… tente-t-elle de se convaincre.

En revanche, elle ne dit pas au juge qu'elle a ordonné à Yannis, le seul en qui elle a une totale confiance, de fouiller chaque mètre carré des vingt hectares de terrain qui entourent le buron. S'il y a quelque chose à trouver, elle sait qu'elle peut compter sur sa pugnacité.

— Et sur les ravisseurs ? Du nouveau ? demande le juge.

— Nous avons bien avancé. À force de recoupements, nous sommes remontés aux anciens propriétaires de la bergerie, monsieur et madame Espinasse. Ils vivent en région parisienne, tous deux sont employés à la RATP. Ils n'ont jamais mis les pieds dans cette propriété qui appartenait à des cousins et dont ils ont hérité à leur mort. Ils déclarent en avoir donné l'usage, il y a quinze ans, à un jeune couple, Antoine et Constance Fourcade, contre trente mille euros en liquide. Au *black*, bien sûr. Fourcade, c'est hélas une fausse identité. En revanche, leurs prénoms correspondent à ceux que nous a livrés Amélie 2. Sans grand espoir, nous essayons de dresser leurs portraits-robots… Car, quinze ans après, les souvenirs des Espinasse sont très vagues…

— C'est bien, major. On va peut-être pouvoir remonter jusqu'à eux. Sinon, il n'y a aucun doute pour vous, le buron est bien le lieu de séquestration de la deuxième jeune fille ?

— Oui, monsieur le juge. Tous les éléments corroborent cette version.

— Question idiote, mais vous êtes sûre que l'une des deux, au moins, est Amélie Lenglet ?

Camille demeure silencieuse. Jamais elle n'aurait imaginé un scénario avec deux usurpatrices. Le juge remarque son trouble.

— Ne faites pas cette tête-là, je vous charrie. Bien sûr que l'une d'elles est Amélie Lenglet ! Et à vous entendre, major, tous les éléments de votre enquête sont en faveur de la fille du Cantal. Donc, je résumerai ainsi la situation, à ce stade du match : Amélie 2 : 2 ; Amélie 1 : 1 ! J'aime bien quand c'est logique ! Et puis, les chiffres ne trompent jamais ! N'est-ce pas, docteur ?

Le juge Garrigues adresse un clin d'œil à Meignan, et lui demande :

— Et le psy, lui ? Qu'est-ce qu'il en pense ?

Le professeur se racle la gorge, consulte ses quelques notes et dresse le diagnostic psychiatrique des deux filles.

— Vous recevrez dès demain mon rapport circonstancié. Mais pour résumer, et cela s'est confirmé à l'occasion de leur face-à-face, la personnalité de celle que nous appelons Amélie 1 est complexe. Elle souffre d'un trouble de la personnalité à la limite de la schizophrénie et présente une pensée désordonnée qui la distancie de toute réalité. C'est sans doute dû à son amnésie traumatique. Enfin, je dois avouer que j'ai décelé chez elle une tendance à la manipulation. Attention, je ne dis pas pour autant qu'elle ment. La seconde, en revanche, et en dépit d'une évidente souffrance qu'elle a du mal à exprimer, me semble plus équilibrée, beaucoup plus en conscience. Elle est structurée, déterminée, j'ose dire pas truqueuse. Je constate cependant chez elle un déficit de maturité affective. Elle semble restée prisonnière dans l'enfance. D'ailleurs, elle se comporte et s'exprime comme une gamine de quatorze ans. Notez, monsieur le juge, que toutes les deux ont un QI très au-dessus de la moyenne.

— Et donc ? Vous penchez en faveur de la seconde fille ?

Meignan regarde Camille, l'air désolé, avant de répondre :

— Oui.

Le juge sourit. Dans sa tête, il fait évoluer le score au tableau d'affichage à 3-1.

Il prend quelques secondes avant de poursuivre :

— Il ne reste plus que vous, major ! Selon vous, laquelle est Amélie Lenglet ? Et pas de faux-fuyants…

Camille ne répond pas. Elle se rappelle que l'empressement du juge les a déjà obligés à statuer au plus vite il y a quelques semaines… Bien trop vite. Elle ose le lui rappeler, réclame du temps. Le magistrat s'emporte.

— Justement, major ! Il faut savoir réparer ses erreurs le plus rapidement possible ! Et croyez-moi, cela ne m'amuse pas plus que vous de reconnaître qu'on s'est peut-être trompés. Alors, laquelle, major ?

— La seconde, finit par lâcher Camille, comme à regret.

Le juge referme théâtralement le dossier, il fait mine de réfléchir avant d'annoncer :

— Je vais vous livrer ma décision, elle n'est pas facile, mais au vu des éléments dont nous disposons, c'est la seule qui s'impose. Je vous demande, major, de la faire appliquer. Et le plus tôt sera le mieux. Je siffle la fin du match !

Chapitre 54

Hier, Hervé est rentré rassuré de la gendarmerie. Quand il l'a accueillie dans la cour, lui a demandé si cela s'était bien passé, son Amélie a répondu, avec un timide sourire :

— Je crois que oui…

Bien sûr, il a vu ses yeux rougis.

— J'ai un peu pleuré en entendant ses mensonges…

Ces mots ont suffi à le satisfaire, à le persuader que le cauchemar était derrière eux. C'est à peine s'il a prêté attention aux silences soucieux de Laetitia.

— Et si nous allions au Futuroscope ? Ce n'est pas loin et ça nous permettra de prendre de la distance avec tout ça !

La jeune fille a soupiré qu'elle préférait rentrer à la maison, qu'elle était épuisée.

Et puis, il y a eu cet appel de la major Desjeunes qui a plongé Hervé dans un abîme d'anxiété. Laetitia et lui devaient passer le lendemain, « aussitôt que possible », pour un point très important. La gendarme n'a pas voulu en dire plus, indiquant seulement :

— Venez sans elle !

Camille a hésité entre le cadre formel de la gendarmerie ou celui plus serein de leur maison. Elle a opté pour son bureau. L'instant a besoin de solennité, a-t-elle pensé. Elle a aussi demandé au professeur Meignan d'être présent.

— J'aurai certainement besoin de vous, a-t-elle dit.

C'est un Hervé tourmenté qui lui fait face. À voir ses traits tirés, Camille devine qu'il a dû se prendre la tête toute la nuit. Elle le sent sur le qui-vive. Elle craint déjà sa réaction. En revanche, à ses côtés, Laetitia semble plus réceptive, comme déjà préparée au rebondissement qui va suivre. La major connaît ses doutes, doit en faire son alliée. Ils s'assoient, Camille leur propose un café qu'ils refusent, puis sans attendre davantage elle se lance prudemment :

— Monsieur et madame Lenglet, les derniers éléments nous imposent de considérer cette affaire sous un nouvel angle. Nous avons…

Hervé l'interrompt immédiatement comme s'il devinait déjà ce qui l'attendait, comme s'il voulait retarder la terrible échéance, avec sa colère pour seule et dérisoire arme.

— Qu'est-ce que vous allez encore nous balancer ? Vous ne pouvez pas nous laisser en paix ?

Laetitia pose sa main sur son bras pour le calmer.

— J'en ai plus que marre ! Le face-à-face d'avant-hier ne vous a pas suffi ? Ma fille m'a dit que cela s'était bien passé. Qu'est-ce que vous voulez de plus ?

— Monsieur Lenglet, c'est important, tente Meignan.

— Ah, vous ! Vous feriez mieux de la fermer ! Vous et vos théories fumeuses n'avez pas assez fait de dégâts ?

Soudain, la voix ferme de Laetitia s'élève :

— Hervé, tu te tais ! On écoute ce qu'ils ont à nous dire. Je ne te le répéterai pas deux fois : TAIS-TOI ! Ou tu t'en vas !

Hervé regarde sa femme, interloqué.

— Comme tu voudras… Je vous écoute, lâche-t-il, dépité, pressentant qu'il a déjà perdu la partie.

— Nous avons commis une grave erreur. Je suis désolée. Tellement désolée… conclut Camille.

Les yeux baissés sur le dossier qu'elle vient de refermer, elle n'ose affronter le regard du couple. Durant d'interminables minutes, d'un ton qu'elle veut assuré, la voix neutre, sans leur laisser une seule seconde le temps de réagir, elle leur expose les faits, rien que les faits. Hervé est en larmes dans les bras de sa femme. Anéanti, il murmure inlassablement :

— Que va-t-elle devenir ? Qu'allons-nous devenir ?

Laetitia, tremblante, lui caresse la tête, comme elle le ferait avec un enfant inconsolable. Elle aussi est sonnée, malgré les suspicions qui n'ont cessé de la hanter.

— Mais comment est-ce possible de faire une erreur pareille ? Vous vous êtes VRAIMENT trompés ?

— Oui, madame Lenglet… Une fois encore, je suis désolée. Mais tout laissait croire que cette jeune fille était bien Amélie. Ce qui est impardonnable, c'est que je ne vous ai pas fait suffisamment part de mes doutes. Nous sommes allés trop vite pour vous la rendre…

— Qui est-elle, alors ? s'inquiète Laetitia d'une voix brisée.

La major refuse d'évoquer l'hypothèse selon laquelle Amélie 1 serait la fille des ravisseurs. Trop incertaine, trop difficile surtout à entendre pour le couple qui l'a considérée comme leur enfant jusqu'à cet instant.

— À ce stade, nous l'ignorons. J'ai cependant la certitude que l'enquête que nous menons aidera à percer ce mystère.

Groggy, Hervé se détache lentement de sa femme, se lève et se dirige tel un automate vers la sortie en murmurant, presque pour lui-même :

— Personne ne m'enlèvera ma fille.

Puis il quitte la pièce. Il n'a même pas la force de claquer la porte. Il la laisse grande ouverte.

— Il faudra vous montrer très persuasive avec lui, intervient le professeur Meignan. Le choc est brutal pour votre mari. C'est pourtant la vérité et il faudra qu'il l'accepte.

— Et moi alors ? s'insurge Laetitia.

— Mais vous, vous aviez des doutes sur elle, vous m'en avez souvent parlé, tente la major.

— Et alors ? Cela ne voulait pas dire que je ne l'aimais pas pour autant… Comme ma fille…

Gênée, Camille lui tend l'ordonnance du juge. Laetitia la lit attentivement. Quelques larmes perlent sur ses joues.

— Amélie nous est donc retirée ? C'est ça ?

— Pas Amélie, précise la gendarme, mais celle qui s'est fait passer pour elle. C'est l'autre jeune fille qui est votre enfant. Vous allez enfin retrouver votre vraie fille.

Camille se lève. Elle se rapproche au plus près de Laetitia pour lui apporter son soutien.

— Je comprends que ce soit dur, très dur…

Laetitia se replie sur elle-même, la rejette :

— Vous ne comprenez rien du tout. Ce que vous nous faites vivre est insupportable. Qui nous dit que vous ne vous trompez pas une seconde fois ?

Chapitre 55

— Viens, tu es chez toi.

Laetitia prend la main d'Amélie 2. Elle ne peut s'empêcher de penser qu'elle est en train de vivre la même scène, à presque deux mois d'intervalle. Si elle constate que son émotion est moins intense, Laetitia se sent bien plus sereine.

— C'est joli, s'exclame-t-elle, à peine entrée, d'une voix enfantine qui tranche avec son physique d'adolescente.

Elle porte un jean slim, un sweat délavé et des tennis blanches que sa mère vient de lui acheter. Ainsi vêtue, elle affiche son âge. Laetitia la trouve si belle, un brin sauvage. Elle crie :

— Hervé, nous sommes là !

Installé dans le salon, il ne se lève pas du canapé. Il a refusé d'accompagner son épouse chercher la fille à la gendarmerie.

— J'ai entendu, se contente-t-il de répondre.

Hier soir encore, ils ont longuement discuté des événements de ces derniers jours. Ils ont beaucoup pleuré. Hervé est dévasté. D'autant que son Amélie ne s'est pas démontée face aux accusations d'usurpation d'identité prononcées par la major. Bien que les conclusions de l'enquête semblent l'accabler, elle a maintenu sa version : elle est la seule, la vraie Amélie Lenglet, enlevée il y a dix ans et séquestrée non loin de Sainte-Foy. Elle soutient que l'autre fille lui a volé sa place.

Rien n'y a fait, elle a été assignée à résider dans un foyer pour mineurs en attendant qu'une décision définitive soit prise. La justice, comme les enquêteurs, est bien embarrassée par son cas. Nul ne sait d'où elle vient, ni ne parvient à remonter le fil de son histoire. Camille mise désormais sur les seules recherches dans le Cantal menées par l'adjudant Messaoui.

— Je ne veux pas de cette usurpatrice chez nous ! Tu as bien vu qu'Amélie ne s'est pas rétractée malgré la pression de dingue que les gendarmes ont exercé sur elle !

La veille, Hervé a tenté de convaincre Laetitia qu'ils étaient en train de faire l'erreur de leur vie. Patiemment, elle a repris chaque élément de l'enquête. Elle savait que sa démarche était vouée à l'échec, tant son mari refuse, depuis des jours, de voir la vérité en face. Laetitia lui a alors révélé les secrets de son Amélie et l'origine de ses fameux flashes de mémoire. Elle fouillait dans ses cahiers pour y puiser ses souvenirs. En vain encore. Alors, à bout d'arguments, elle lui a confié :

— Mon cœur de mère me dit que c'est elle, notre fille… Je n'ai jamais ressenti cela avec… avec…

Laetitia n'a pas osé dire « l'autre ». Elle a fondu en larmes.

— Cette situation est tellement déchirante, cruelle…

Hervé l'a prise dans ses bras et d'une voix douce lui a confié :

— Moi, c'est mon cœur de père qui sait qu'on m'a retiré notre Amélie. Je n'y peux rien, ma chérie, je suis désolé… Quand elle est partie hier, j'ai eu le sentiment que tout s'effondrait, qu'on m'arrachait une partie de moi. Mais je te promets de faire tous les efforts possibles. Pour toi. Seulement pour toi.

Il y avait tant d'amour dans le baiser qu'ils ont échangé que Laetitia y a cru.

Mais, maintenant, alors qu'*elle* arrive, il a du mal à se lever du canapé. Il se force enfin. Quand la jeune fille l'aperçoit, elle se précipite vers lui, souriante, heureuse.

— Papa !

Elle se jette dans ses bras, se blottit contre lui. Hervé se laisse faire. La tête contre son torse, elle hume l'air comme si elle cherchait à s'enivrer de son odeur. Restée à l'écart, Laetitia esquisse un sourire. Elle craignait tellement cet instant. Elle se persuade qu'avec le temps, il l'acceptera comme il se doit. Comme leur fille.

— Nous te faisons visiter ? propose-t-elle.

— Avec grand plaisir, Maman.

Soudain, sans qu'ils lui aient demandé, elle décrit avec précision la maison de son enfance, sa chambre. Elle parle du grand tableau dans la salle à manger, une scène de ripaille dont les détails l'amusaient tant. Elle demande où ils ont mis la vieille pendule qui tintait tous les quarts d'heure.

— C'est Mamie qui nous l'avait donnée…

Elle s'enflamme :

— Vous m'emmenez voir ma chambre ? Vous avez gardé mes vingt-sept Barbie ? Mon dinosaure ?

Face à tant de souvenirs précis et vrais, le couple échange un regard plein d'espoir.

— Non, ma chérie, désolée, lui répond Laetitia.

— C'est à l'étage ? demande-t-elle. Elle est grande, notre maison ! Bien plus belle que l'ancienne !

Au pied des marches, elle se tourne vers Hervé :

— Tu viens avec nous, Papa ?

Il s'engage à leur suite dans l'escalier, sans enthousiasme. N'a-t-il pas promis à Laetitia de faire tous les efforts possibles ?

Chapitre 56

Ils sont assis sur un tronc d'arbre, face à l'étang. L'endroit est animé, bien plus qu'autrefois. Plusieurs dizaines de promeneurs en font le tour sous un soleil automnal. Une échoppe toute neuve propose des gaufres et des crêpes. Les lieux ont à peine changé en dix ans, depuis le jour funeste où Amélie a disparu. Seule la cabane derrière laquelle Hervé disparaissait pendant son jogging a été détruite. Celui-ci lui avoue qu'au début il revenait tous les jours.

— Je priais pour que tu réapparaisses. J'espérais un miracle… Ensuite c'est devenu trop dur.

— Maintenant, je suis de retour. Enfin presque… soupire-t-elle.

Cela fait des jours qu'Hervé et Amélie 1 se voient en secret de tous et bien sûr du foyer social où elle a été placée. Quand l'emploi du temps d'Hervé le lui permet, ils se retrouvent durant deux heures, le temps de sa seule sortie quotidienne autorisée. La jeune fille reconnaît que, sans ces moments d'intimité avec lui, elle ne tiendrait pas le coup, ferait peut-être une bêtise, tant les idées noires la submergent depuis qu'elle a été arrachée à « sa famille ».

— Je ne me souviens pas encore de tout, murmure-t-elle mais qu'est-ce que j'aimais jouer ici avec Scoopy, ça je ne l'ai pas oublié !

Il passe son bras autour de son épaule, dépose un léger baiser dans ses cheveux. Il lui montre le nouveau panneau d'interdiction de se baigner planté en bordure d'étang.

— Scoopy s'en moquerait. Tu te rappelles combien il adorait poursuivre les canards dans l'eau ?

D'un coup, le visage de la jeune fille s'assombrit :

— Comment ça se passe à la maison avec l'autre ?

— Mal, ment Hervé. Pas bien du tout.

— Vraiment ?

— C'est l'enfer…

Il ne peut lui avouer que celle qui est désormais considérée comme leur fille a trouvé ses marques, qu'elle affiche un éternel sourire, qu'elle semble nager dans le bonheur, se fait des amies, qu'elle a trouvé en Jordan un complice… Et surtout, comment lui dire qu'elle est devenue très proche de Laetitia. Leur connivence est totale et cela l'insupporte.

— Elle est comment avec toi ?

— Hypocrite ! Mielleuse ! Et vas-y des « Mon Papa », des « Je suis tellement heureuse de vous avoir retrouvés ». Je n'en peux plus de ses « Je vous aime ». Mais je ne suis pas dupe de ses simagrées. Je fais semblant de jouer son jeu, mais tôt ou tard, je la coincerai et tu reviendras.

Hervé s'effondre :

— J'ai tellement de peine après ce qui s'est passé. Je n'ai pas su te défendre… Tu me pardonnes ?

— Bien sûr. Tu n'y es pour rien. Non, tout est de sa faute à elle ! Elle a berné la gendarme, le psy, elle m'a embrouillée avec toutes ses questions. Elle est vraiment très forte.

— Je ne sais pas comment elle fait pour tout savoir de notre vie, mais son cirque ne tiendra pas longtemps, je vais la démasquer, assure-t-il.

— Et Maman ? J'espère que, comme toi, elle n'est pas tombée dans son piège !

Face au silence embarrassé d'Hervé, elle ne peut masquer sa profonde tristesse. Sa colère aussi. Elle se lève d'un bond pour lui faire face.

— Elle la croit ! C'est ça ? Pour elle, c'est moi la menteuse ! Comment Maman peut me faire ça ! Comment elle peut l'aimer ? M'oublier ?

Hervé tente de la calmer, dit qu'il faut la comprendre, que cette situation est un supplice pour sa mère, comme pour lui.

Elle fond en larmes.

— Et pour moi alors ? Je vais tout arrêter, je n'en peux plus…

Hervé s'inquiète aussitôt, redoute le pire. Il la serre dans ses bras.

— Surtout ne fais pas de bêtises. Tu me promets ? Sois forte. Il faut que tu aies confiance en moi. Je vais tout arranger.

— Je ne sais pas ce que je ferais sans toi… Tout cela est tellement dur à vivre. Sans parler du foyer avec tous ces gamins en difficulté… Ils sont si agressifs que je reste tout le temps enfermée dans ma chambre. Cet endroit, c'est pire qu'une prison.

Hervé se lève et lui prend la main.

— Je sais. Allons-y, ma chérie. Pour toi, c'est l'heure de rentrer et moi j'ai bientôt cours.

— On reviendra ? demande-t-elle.

— Évidemment. C'est notre endroit à nous deux.

— Notre secret…

Ils se dirigent vers la voiture d'Hervé, garée dans un recoin, invisible derrière un bouquet d'arbres touffus. Comme le jour où Amélie Lenglet a été enlevée.

Chapitre 57

Elle hésite à se lancer, puis balbutie :

— C'est Papa…

— Quoi, Papa ?

— Rien… Rien.

— Parle-moi, ma chérie, je t'écoute. Qu'est-ce qui se passe avec ton père ?

— Je crois qu'il ne m'aime pas.

— Mais non, ne dis pas n'importe quoi. Bien sûr qu'il t'aime et qu'il est heureux de t'avoir retrouvée. Tu sais, ton père est un vieil ours, il a souvent du mal à exprimer ses sentiments.

Amélie 2 fait une moue dubitative. Laetitia ne peut le lui reprocher. Elle non plus n'est pas dupe. Sa fille dit vrai. En dépit de ses efforts apparents, Hervé a la même attitude qu'elle avec l'autre fille : ses émotions sont feintes. Tous deux évitent le sujet, de peur sans doute qu'un conflit majeur n'éclate dans leur couple. Mais elle le connaît si bien, elle le sent au plus profond d'elle, Hervé n'a pas changé d'avis d'un iota. Il reste convaincu de vivre avec une usurpatrice, que son Amélie lui a été volée.

Laetitia aussi pense souvent à elle. Elle a menti, s'est jouée d'eux, a profité de leur désarroi infini, mais elle n'arrive pas à la détester. Parfois, il lui arrive de la plaindre, de la comprendre presque. C'est une fille perdue, tellement malheureuse que, par besoin d'affection, elle s'est fabriqué cette histoire. Peut-être même, se dit Laetitia, a-t-elle fini par y croire. Elle est curieuse de son passé, inquiète pour son avenir, au point qu'hier elle a appelé la major pour savoir si l'enquête sur cette fille mystérieuse progressait.

— Nous n'avons rien de nouveau. Notamment sur son éventuel lieu de détention dans la région, a reconnu Camille avant de lui annoncer qu'elle repartait à Vierzon.

— Je n'ai plus de raison de rester ici.

Laetitia regarde l'adolescente dévorer sa part de gâteau au chocolat. Elle n'attend pas qu'elle réclame pour lui en servir une seconde. Comment Hervé peut-il ne pas être touché par cette enfant ? se demande-t-elle, conquise, comme le sont tous ceux qui la côtoient. Sa fille s'étonne de tout, joyeuse, curieuse, toujours désireuse de croquer la vie à pleines dents, refusant de ressasser son douloureux passé. À la fois séduisante et attendrissante, elle fait l'unanimité, jusqu'à Jordan. Laetitia se souvient des mots de Solène, sa mère. Ne lui a-t-elle pas confié qu'à peine avait-il rencontré la première fille qu'il avait aussitôt conclu qu'elle n'était pas Amélie ? Cela l'a confortée dans ses certitudes. Comme elle, le meilleur ami de sa fille ne pouvait se tromper. Aujourd'hui, elle le soupçonne d'être en train de tomber amoureux de sa fille. Quand elle le lui dit, l'adolescente gonfle sa poitrine de fierté.

— Normal, comment me résister ?

— Quand vous étiez enfants, vous étiez inséparables. Avec Papa, on disait même que vous vous marieriez quand vous seriez grands…

— Oh, Maman, pas si vite ! s'amuse-t-elle.

— Tu sais que, pendant toutes ces années, il n'a cessé de parler de toi…

— Je lui ai vraiment manqué ?

— Oui, beaucoup…

Coupant court à cette conversation, la jeune fille se lève, prend les assiettes et couverts sur la table et les empile dans l'évier.

— Aujourd'hui, c'est à mon tour de faire la vaisselle ! Et pour cela, je n'ai pas besoin de mari ! claironne-t-elle en enfilant des gants de caoutchouc.

Laetitia ne peut s'empêcher de la trouver légère, positive. Si lumineuse. Tout le contraire de l'autre qui semblait porter les malheurs du monde sur les épaules.

— On va se balader en ville, lance-t-elle.

— Encore ! s'exclame Laetitia. Tu vas nous ruiner !

— C'est juste pour se promener. Je t'interdis de m'acheter quoi que ce soit !

— Promis !

— Menteuse !

— Alors, allons prendre le café à ma pizzeria. C'est gratuit…

Il fait beau, elles s'arrêtent à l'ombre de la pergola du restaurant situé sur la rue principale. En quelques jours, Amélie 2 a conquis les serveurs qui viennent l'embrasser les uns après les autres. Hier, Silvio, le vieux pizzaïolo, a dit à Laetitia :

— C'est tellement touchant de vous voir ensemble, si proches. On a retrouvé notre petite Amélie, j'ai l'impression qu'elle ne t'a jamais quittée, c'est fou !

Attablées en terrasse, elles se moquent de la dégaine des passants. Ce n'est pas méchant, c'est juste un jeu. Amélie 2 sourit quand soudain son visage se ferme.

— Jamais Papa ne s'amuse avec moi… On ne partage rien, lâche-t-elle, comme si elle ne parvenait pas à se sortir le sujet de la tête.

— Ne parlons plus de ça, s'il te plaît. Je te l'ai déjà dit. Il t'aime à sa façon.

— Non, non, et non… Il me déteste, je le sens… Je le sais.

— Arrête, ma chérie.

— Il n'aime que l'autre, sanglote-t-elle. Il ne me croit pas.

— Ne pleure pas, s'il te plaît. C'est vrai qu'il s'est attaché à cette fille. C'est normal, on lui a dit que c'était la sienne. Et puis, il s'est tellement battu pendant des années que cela l'a aveuglé. Mais ne t'inquiète pas, bientôt il l'aura oubliée, il va se rendre compte de son erreur, et tout ira mieux.

Soudain, des promeneurs ralentissent le pas en les reconnaissant, en la voyant pleurer. Ils la dévisagent comme une bête curieuse. L'histoire des deux Amélie passionne le bourg, alimente toutes les conversations. Sans même s'en cacher, ils la prennent en photo avec leur portable. Dans les regards de certains, Laetitia perçoit de la défiance, parfois de la réprobation. Ce sentiment est si insupportable qu'elle se lève d'un coup.

— Allons faire les boutiques, ma chérie. Et ensuite, on passera se faire dorloter à l'institut de Solène. Peut-être que l'on croisera Jordan…

— Maman, arrête avec ça ! Je rêve ! Mais c'est vrai que je ne suis pas contre un petit massage…

En un instant, elle a retrouvé sa joie de vivre.

Chapitre 58

Jamais la discussion entre eux n'a été aussi tendue. Jusqu'à présent, ils n'y faisaient que des allusions détournées. Il n'y avait que des escarmouches, jamais d'affrontements. Depuis des jours, ils feignaient l'unité familiale retrouvée, la bienveillance. Mais au fond d'eux-mêmes ils savaient qu'une explication allait finir par être inévitable. Ils en repoussaient seulement l'échéance. Elle a lieu un peu avant minuit après une soirée ordinaire, sans éclat particulier, à échanger des banalités.

Le dîner a été vite expédié : un hachis parmentier et une salade de fruits. Laetitia a parlé de leur balade en ville, de ce bon vieux Silvio qu'Amélie adore.

— C'est mon second papa, a-t-elle lancé en caressant la joue d'Hervé.

— Mais t'inquiète. C'est toi, bien sûr, mon papa préféré ! a-t-elle ajouté.

Celui-ci n'a rien montré de sa profonde exaspération. Il a même fait semblant de s'intéresser à leurs achats de l'après-midi. Si elles savaient ce qu'il avait fait pendant ce temps-là…

Il l'a laissée l'embrasser quand, une fois la vaisselle rangée, elle a regagné sa chambre. En apparence, rien ne présageait la suite. L'incendie couvait.

Laetitia a regardé la télé, Hervé a relu ses cours du lendemain. Puis, ils sont montés se coucher, ils se sont allongés sans prononcer les mots « bonne nuit, mon amour » qui les accompagnent tous les soirs sans exception depuis toujours. Pour l'instant, la soirée promet de s'achever comme la précédente. Dans l'indifférence.

C'est une question de Laetitia qui déclenche le chaos. Jusqu'à la haine qui apparaît soudain sur le visage d'Hervé sans qu'elle devine encore si elle lui est destinée ou si elle vise celle qu'il surnomme « l'inconnue de la maison ».

— Pourquoi es-tu si distant avec Amélie ? Elle a besoin de ton affection. Elle a tellement souffert…

Hervé affiche un sourire narquois, avec une envie d'en découdre à peine masquée.

— Pourquoi je suis DISTANT ? Tu as d'autres questions aussi stupides ? La réponse est évidente, c'est parce qu'elle n'est pas notre fille !

Laetitia sait qu'elle devrait lâcher l'affaire, se tourner dans le lit et se taire. Mais non, elle se redresse, décidée à faire face. Elle le regarde comme un adversaire. Hervé ne lui laisse pas le temps d'engager le combat. Toutes les frustrations qu'il a accumulées en lui ces quinze derniers jours sortent d'un coup.

— Tu es sa proie, lâche-t-il. Elle te balade, ma pauvre, et toi, tu ne t'en aperçois même pas.

Encore enivré par ces instants si courts et pourtant si intenses volés auprès de son Amélie cet après-midi, bouleversé aussi par sa détresse de voir sa mère accorder son amour à une autre, Hervé se sent la force de rompre sa promesse de faire des efforts, de hurler à quel point il en a marre de faire semblant.

— C'est fini ! Plus question de dire combien je suis heureux d'avoir enfin retrouvé ma fille. Que ce soit à nos amis, au lycée, à la presse… J'en ai ma claque de ces mensonges ! Et puis surtout, je ne peux plus la supporter ! Je ne veux plus qu'elle m'appelle Papa à tout bout de champ. Ce n'est pas ma fille ! Merde !

Il fixe son épouse méchamment :

— Continue si ça t'amuse, mais moi je n'ai plus envie de faire le clown. TERMINÉ !

Laetitia ne cherche pas à le convaincre, à le ramener à la raison, comme elle sait si bien le faire. Plus envie. Elle s'énerve à son tour.

— Tu es pathétique ! C'est toi qui as été manipulé. Comme envoûté. Tu n'es qu'un pauvre type qui se croit fort parce qu'il gueule sur tout le monde ! Mais en réalité, tu es faible.

— Dis que je te dégoûte ! s'indigne-t-il.

— Non, Hervé. Mais je te plains.

— Tu me plains ? Et de quoi ?

— De ton entêtement ridicule à nier l'évidence. Tu sembles oublier que le juge, la major, le psy, tout le monde est arrivé à la même conclusion. Amélie est celle qui dort chez nous, dans la chambre à côté. Pas l'autre. Mais non ! Monsieur sait mieux que tout le monde ! Pour une fois, affronte la vérité en face. Tu t'accroches à une menteuse, à une voleuse de vie.

— Je suis d'accord avec toi sur un point. C'est vrai que moi, je sais ! Et mieux que tes amis, les pseudo-enquêteurs et surtout que toi qui gobes tout ! Si quelqu'un doit se reprendre, c'est toi, pas moi !

— Qu'est-ce qu'on fait maintenant ? soupire Laetitia à bout d'arguments.

— Si tu veux que je me barre, je m'en vais !

Elle s'apprête à répondre qu'ils n'en sont pas là, que leur couple a tenu face à des tempêtes bien plus fortes. Qu'il n'a pas le droit, qu'elle ne veut pas… Quand la porte s'ouvre.

Amélie 2 est en pleurs. Elle les supplie :

— Ne vous disputez pas à cause de moi, s'il vous plaît !

Laetitia tend les bras vers elle pour l'accueillir, la rassurer, mais elle reste sur le pas de la porte.

— C'est moi qui vais partir, dit-elle de sa voix douce. Je ne veux pas être responsable de votre séparation, je vous aime trop.

Chapitre 59

— Contente d'avoir retrouvé le bordel de votre bureau, major ?

Yannis Messaoui constate que le règne du Post-it a repris ses droits depuis que Camille est revenue à Vierzon. Elle lui sourit.

— Tu m'avais manqué ! Des gendarmes comme toi, ça ne court pas les rues en Vendée.

— Dans le Cantal non plus, je peux vous dire. Oh, les boulets !

Desjeunes lui demande aussitôt de lui faire un point détaillé sur ses recherches.

— Vous ne m'offrez même pas un petit café de retrouvailles ? Non, comme d'hab, direct le boulot ! Vous ne changerez jamais…

Camille pose négligemment ses pieds sur son bureau, s'étire d'aise sur sa chaise, les mains derrière la tête.

— Non. Jamais. Alors ce rapport ? J'attends.

Son adjudant s'exécute. À sa manière.

— Déjà, c'est bien paumé comme région… Que des bleds. Vierzon à côté c'est Las Vegas !

Camille ne peut s'empêcher de penser, avec tendresse, que Yannis, lui non plus, n'a pas changé.

— T'as fini avec tes considérations touristiques ? C'est bon ? On peut avancer ? sourit-elle.

Messaoui détaille alors ses recherches dans tous les villages environnants du buron, son travail de fourmi de porte-à-porte auprès des commerçants, des écoles, des médecins, avec la photo des deux jeunes filles, celle d'Amélie Lenglet enfant, et les portraits-robots des Fourcade.

— Une bonne galère ! Que dalle du côté des gamines et de la petite Lenglet. Rien non plus pour la femme. En revanche…

La major s'illumine :

— En revanche ?

Il lui annonce que l'homme a été formellement reconnu par le pharmacien de Saint-Jacques-des-Blats.

— Je vous jure que ça existe ! Trois cents habitants ! Mais une pharmacie ! Où le ravisseur avait ses habitudes depuis une quinzaine d'années. Il y renouvelait régulièrement un traitement contre le diabète – il disait que c'était pour son épouse – mais se procurait aussi pas mal de médocs pour enfants, notamment des antibiotiques qu'il achetait en double. Il disait au pharmacien qu'il avait deux gamines, qu'il en avait marre qu'elles soient toujours malades ! Qu'il n'en ferait jamais de troisième.

— Une carte Vitale ? Une adresse ? s'enflamme Camille.

— Bien sûr ! J'ai même son 06 ! ironise-t-il.

Yannis lui révèle que l'homme payait en cash et que les ordonnances étaient toutes rédigées par le même médecin. Il a vérifié, ce sont des faux, le docteur en question est décédé depuis plus de dix ans. Camille ne peut dissimuler sa déception :

— Super ! La femme avait du diabète…

— Vous êtes dure ! s'insurge Messaoui. Je vous apporte la preuve que les soi-disant Fourcade vivaient au buron depuis des années, bien avant l'enlèvement d'Amélie Lenglet, qu'ils n'ont pas bougé après le drame. Et en plus, qu'il y avait deux enfants avec eux. Des filles ! Et encore je ne vous ai pas tout dit ! Le pharmacien est formel. L'homme circulait à moto. Une vieille Honda comme celle que nous avons retrouvée dans le brasier. Pas mal non ?

— Pas mal… reconnaît Camille.

— Et cerise sur le gâteau, le pharmacien dit ne plus avoir revu l'homme depuis des mois alors que le traitement de sa femme était épuisé. Il avait peur que les médicaments qu'il avait commandés lui restent sur les bras. Votre Amélie 2 a dit la vérité sur toute la ligne…

Yannis marque une pause, songeur.

— C'est con. Je l'aimais bien l'autre…

Messaoui interroge sa cheffe à son tour sur l'avancée de l'enquête au sujet d'Amélie 1.

— Un fantôme… répond-elle d'un ton laconique.

Les recherches la concernant sont désormais nationales mais ne donnent aucun résultat.

— Un fantôme, je te dis… Comme est fantôme aussi la maison où elle prétend avoir été séquestrée pendant dix ans. Après avoir fouillé en vain dans un périmètre élargi à une cinquantaine de kilomètres autour de Sainte-Foy avec les équipes dirigées sur place par le lieutenant Laurent, nous avons décidé de cesser nos investigations. Ce lieu de détention n'existe pas, sauf dans l'imagination de cette gamine. Je pense qu'elle a tout inventé.

— Et du côté de l'adoption ? En Lettonie ? insiste Messaoui qui n'arrive pas à se résoudre à la culpabilité de celle qu'il a accueillie chez lui, qui l'avait tant touché.

— Oublie ! C'est mort ! De toute façon, c'était perdu d'avance, soupire Camille.

L'adjudant, comme le lui avait demandé Camille, a inspecté dans le moindre détail le buron et les terres alentour. Il confirme que le grand ménage a été fait dans la maison et qu'il n'a rien trouvé de plus que la Scientifique, tant à l'intérieur qu'à l'extérieur.

— Alors, vous me connaissez ? J'ai fait du zèle. Je me suis aventuré hors des limites du terrain… sourit Messaoui avec fierté.

Il montre son smartphone à la major et fait défiler plusieurs photos sur l'écran.

— Regardez au fond. Vous voyez le petit ravin derrière ces arbres ? Il y a comme un tas de pierres. Je n'y ai pas prêté attention dans un premier temps, mais sa dimension, sa forme m'intriguent… Cela n'a rien de naturel, quelqu'un a fait ça. J'y retournerais bien. Juste pour voir.

Camille examine de près le cliché.

— Tu repars là-bas dès demain avec les gars de la Scientifique, ordonne-t-elle soudain.

Chapitre 60

Elle baisse le son de « Tout oublier » d'Angèle qui sort des enceintes reliées à son ordinateur. Un cadeau de Laetitia qui n'a déjà plus aucun secret pour elle. À la grande surprise de tous, elle en a tout de suite maîtrisé la technologie. Elle y regarde des séries, parcourt avec gourmandise les réseaux sociaux. Elle s'enivre de *stories* sur TikTok. Elle s'est abonnée à Deezer et passe en boucle les tubes du moment. Surtout de la variété française. Toujours avec cette envie de vivre dans le présent, de refuser d'être plongée dans le formol de son passé :

— Mon père me saoule avec son heavy metal. Je déteste ça ! dit-elle à Jordan, qui a renoncé à la convaincre de sa préférence pour le rap.

Ils sont côte à côte, assis en tailleur, sur l'épaisse moquette de sa chambre au premier étage. Ils sont seuls dans la maison.

— Il faut bien que mes vieux bossent pour me gâter, a-t-elle plaisanté.

Devant eux s'étalent quelques photos apportées par Jordan. Celles du temps où ils étaient inséparables, main dans la main, comme deux petits amoureux.

— Qu'est-ce qu'on était vilains ! s'amuse-t-il.

— Ah non, je te trouve très beau ! sourit-elle.

Il pose l'index sur une photo :

— Non mais regarde ma tronche !

— Moi je t'aime bien avec tes cheveux en pétard et ton short jaune citron, ironise-t-elle.

— T'es pas mal non plus avec tes couettes et ta salopette rose.

Jordan se rappelle avec précision le jour où le cliché a été pris, une fin d'après-midi.

— Quelques jours seulement avant que tu ne disparaisses…

Il se retient de dire que c'est cette photo qui a paru le premier jour dans le journal en guise d'avis de recherche.

— Oublie tout ça, c'est le passé. Je suis là, maintenant ! s'exclame-t-elle en lui prenant la main.

— Si tu savais à quel point tu m'as manqué. Ma mère dit que je t'appelais pendant mon sommeil.

Elle se fait grave.

— Moi aussi tout au long de ces années, je ne t'ai jamais oublié. Bien sûr, je m'accrochais au souvenir de mes parents, mais, je te jure que je pensais tous les jours à toi.

— Tu n'as pas besoin de jurer, Amélie…

— Si j'ai tenu c'est aussi grâce à mon Jordan !

— Je suis un héros alors ? s'amuse-t-il.

— MON héros !

Elle rit en ramassant les photos :

— Je les garde toutes !

Jordan a pleuré le jour où elle lui a confié ses dix années de calvaire. Elle ne lui a rien caché. La cave sordide, la cruauté de l'autre fille, les repas immangeables, le froid, les coups… En revanche, elle n'a pas eu la force de lui parler des attouchements que l'homme lui faisait subir. C'est son seul secret pour celui qui est devenu son confident. Elle lui raconte tout, de sa complicité avec sa mère aux difficultés avec son père.

— Ça va mieux avec lui ? demande Jordan.

— Tu parles ! C'est pourri ! lui répond-elle sur un ton dur. Cette nuit, il m'a bien énervée.

— Raconte !

— Je dormais à moitié mais ils parlaient si fort que ça m'a réveillée. Je me suis demandé ce qu'il se passait. Ils s'engueulaient. Ma mère lui reprochait de ne pas s'intéresser assez à moi. De me négliger, disait que je n'existais pas à ses yeux.

— Et lui, qu'est-ce qu'il disait ?

— Que je ne suis pas la vraie Amélie. Tu parles d'un scoop ! Je le sais depuis le début, qu'il ne me croit pas. Mais jamais, avant hier soir, j'avais ressenti autant de haine de sa part. J'aurais regagné ma chambre sans rien dire s'ils n'avaient pas parlé de se séparer.

— De divorcer ?

— Oui, à cause de moi, et ça je ne l'ai pas supporté… Je suis entrée dans leur chambre et je les ai suppliés de rester ensemble. J'ai même dit que j'étais prête à partir.

Elle ajoute dans un demi-sourire :

— Ils étaient scotchés !

— Ça s'est terminé comment ?

— Je suis restée dormir avec maman, tandis que lui est descendu dans le salon. Mais ce matin, il s'est platement excusé. J'ai compris qu'elle lui avait fait la leçon et qu'il avait cédé.

— C'est le principal, non ?

— Bof… J'ai fait semblant de le croire. Mais quand je me suis serrée contre lui, j'ai bien senti qu'il résistait. Je ne sais pas pourquoi, mais il n'arrive pas à m'aimer, à me considérer comme sa fille…

Elle tente de se reprendre, de faire bonne figure auprès de son ami :

— Mais après tout, je m'en fous ! C'est son problème ! dit-elle, avant de lui murmurer, comme résignée, ce sera toujours impossible avec lui, tant qu'il y aura l'autre fille…

Jordan devine qu'elle va s'effondrer. Il tente de la rassurer.

— Ton père, c'est un obstiné, il est têtu à un point que tu n'imagines pas. Il fallait voir comment il s'est battu pendant toutes ces années pour…

— Je sais, on me l'a dit mille fois ! l'interrompt-elle, agacée. J'en ai marre de son image de père courage depuis dix ans ! Je veux juste qu'il soit un père normal aujourd'hui !

— Je pense comme ta mère, c'est une question de temps.

— Non. C'est mort…

— Je vais lui parler ! Car moi, je la connais la vraie Amélie. Je le sais au plus profond de moi, depuis la première seconde où je t'ai vue.

Jordan lui tape affectueusement le dos.

— Elle est là, assise à côté de moi… Il n'y a aucun doute là-dessus, AMÉLIE !

Elle lui sourit, dépose un tendre baiser sur sa joue, puis, à sa grande surprise, l'embrasse sur la bouche, avec passion. Fiévreusement. Jordan, ferme les yeux, se laissant emporter par la fougue de la jeune fille qui l'entraîne déjà vers le lit.

— Tu es tellement belle, murmure-t-il. Ses mains se glissent sous son T-shirt. Quand il caresse ses petits seins, Amélie gémit doucement, puis retire prestement son haut, découvrant sa poitrine comme une offrande, une invitation. Jordan en fait autant avec son polo et s'allonge sur elle. Soudain, il sent une main le saisir par l'épaule, l'arracher des bras d'Amélie. Si violemment qu'il tombe au pied du lit.

— Va-t'en ! hurle Hervé. Espèce de petit salopard ! Je ne veux pas de ça chez moi !

— Monsieur Lenglet… bredouille Jordan qui s'est relevé.

Affolé, il enfile son polo à l'envers. Elle, en revanche, ne se démonte pas. Seins nus, face à Hervé, elle le défie de sa colère. Elle éructe :

— Qu'est-ce que tu fais ici ? Tu ne respectes même pas mon intimité ! C'est ma chambre ! J'ai droit…

— Droit à rien ! la coupe Hervé. Ici, c'est chez moi et je fais ce que je veux dans MA maison. Ce n'est pas une petite garce qui va faire la loi ! Et puis rhabille-toi !

Jordan, incapable de bouger, tant il est tétanisé par l'intrusion violente d'Hervé, l'entend dire, le doigt pointé sur elle :

— Je te déteste ! Tu détruis ma vie…

Il n'oubliera jamais les mots terribles que Lenglet lâche avant de sortir en claquant la porte :

— Continue comme ça et un jour je te massacrerai !

Chapitre 61

Le portable coincé entre son oreille et l'épaule, tandis qu'avec son bras droit elle s'applique à faire sauter une poêlée de légumes bio, Camille s'efforce de répondre du mieux possible à Hervé Lenglet. Elle a hésité à décrocher quand elle a vu son nom s'afficher. Elle voudrait souffler, profiter en paix de cette soirée à l'appartement en compagnie de ses filles, revenues de chez leurs pères. Leurs éclats de rire complices lui parviennent depuis la chambre où elles se sont enfermées. Elles sont si heureuses de se retrouver.

Et voilà que cette putain d'affaire la rattrape. Hervé, comme à son habitude, ne s'embarrasse pas de formule de politesse. Ni d'un simple bonjour.

— Vous avez changé d'avis depuis tout à l'heure ?

Camille l'a appelé deux heures plus tôt pour l'informer qu'avec l'accord du juge, les recherches en Vendée pour retrouver où Amélie 1 a été séquestrée étaient suspendues, faute de nouveaux éléments. Elle n'a pas osé lui dire qu'elles étaient abandonnées. Sans surprise, Hervé s'est énervé, l'a une fois de plus traitée d'incompétente, « comme tous ceux qui ont mené cette enquête avant elle ». Camille ne relève même plus. Elle se fout de ce qu'il pense d'elle. Hervé l'a adjurée de reprendre les recherches, « dans l'intérêt de sa fille, Amélie ». Elle s'est tue, renonçant à lui faire admettre l'évidence, qu'il faisait erreur. Comment ne voit-il pas qu'aucun élément, dans le dossier, ne plaide en faveur de ses certitudes ? Elle a seulement répondu qu'elle allait voir ce qu'elle pouvait faire, sachant d'avance qu'elle ne tenterait rien.

— Monsieur Lenglet, je ne sais plus comment vous le dire. Nous avons exploré toutes les pistes possibles, lui répète-t-elle, en prenant garde que sa poêlée n'attache pas. Mais comme je vous l'ai indiqué tout à l'heure, aucun lieu de séquestration correspondant à la description faite n'a été retrouvé dans un périmètre de cinquante kilomètres. Cet endroit n'existe pas.

— C'est impossible ! J'exige que vous poursuiviez les recherches. Mon avocat m'a confirmé que c'était mon droit.

— Très bien. Je ferai part de votre demande dès demain matin au juge. C'est lui qui décide…

Camille croit s'en tirer en s'abritant derrière l'autorité de Garrigues, mais sa réponse l'excite davantage.

— Dites-lui qu'il a intérêt à le faire, vous entendez ? Sinon j'alerte la presse et, croyez-moi, ça va faire du bruit !

— Monsieur Lenglet, je vous répète que nous faisons le maximum dans cette enquête…

Il la coupe :

— Le maximum, bien sûr ! Mais pour prouver que ma fille n'est pas ma fille !

Dans un ultime effort, tandis qu'elle éteint le feu et sort le poisson du four, Camille tente de le persuader du sérieux de leur travail :

— Toutes nos investigations mènent à la même conclusion : la vraie Amélie est bien celle qui vit chez vous.

— Foutaises ! C'est une inconnue qui vous a bien roulée dans la farine, comme tout le monde ! Mais ça ne marche pas avec moi !

Alors qu'elle s'était promis de rester calme, Camille craque.

— Je commence à en avoir ras le bol de vos insultes et de vos menaces. Depuis des mois, je prends sur moi, mais là je n'en peux plus. Vous ne voulez toujours pas admettre que celle que vous pensez être votre fille est une manipulatrice, eh bien, tant pis pour vous ! Ce soir je dîne en famille, et moi, je compte bien profiter de MES filles ! Dommage, qu'à cause de votre entêtement, vous ne vouliez pas en faire autant avec la vôtre !

Un brouhaha détourne son attention. Inquiétées par ses cris, Emma et Léa la rejoignent dans la cuisine. Camille leur sourit, les rassure, avant de clore sa conversation d'un cinglant :

— Au revoir, monsieur Lenglet ! et elle raccroche.

Elle prend ses filles dans ses bras, et s'exclame :

— Je me suis défoulée… Ça fait un bien fou.

Hervé rappelle aussitôt, mais cette fois, elle ne décroche pas, se débarrassant de son portable sur le comptoir.

— C'était qui ? demande Léa, la cadette.

— Un mec malheureux, répond-elle. Vous mettez le couvert ? Je vais nous ouvrir une petite bouteille de sancerre pour fêter votre retour ! Vous aurez le droit à un verre chacune. Pas plus !

— Un verre ? C'est la super grande fête ! ironise l'aînée.

Le téléphone retentit à nouveau. Elle le met sur silencieux, puis l'éteint définitivement quand elle voit l'écran s'éclairer sans discontinuer.

— Ce soir, c'est notre soirée et y'en a marre du boulot et des emmerdeurs. Je ne suis là pour personne !

— Même pas pour Tom ? la taquine Emma.

— Pour personne ! Je ne suis là que pour mes filles adorées !

— Du coup, Maman, on attend quoi pour goûter ce vin blanc ?

Plus tard dans la pseudo-intimité de son salon-chambre, Camille savoure les retrouvailles avec ses filles. Au final, j'ai de la chance, se dit-elle. Elle rallume son portable. Il est saturé de messages, vocaux comme écrits, envoyés par Hervé Lenglet. Elle les efface un à un, sans les écouter ni les lire. Au milieu de ce qu'elle imagine un flot d'insultes, elle découvre soudain un texto de Tom :

Et si nous parlions ? Moi, ça me manque de t'entendre...

Elle écrit, sans réfléchir davantage :

Pourquoi pas... Tu as des choses à me dire ?

À peine deux secondes plus tard, son téléphone s'éclaire dans l'obscurité. C'est Tom. Enfin.

Quand ils raccrochent après presque une heure de mise au point, faite d'excuses, de regrets, de désirs et aussi de promesses, ce n'est pourtant pas avec l'image de l'homme qui lui manque tant que Camille cherche à trouver le sommeil. Mais c'est celle d'Amélie 1 qui s'impose à elle. Comme une obsession. *Qui es-tu vraiment ?* La question la hantera toute la nuit.

Chapitre 62

Hervé est assis sur un banc public, dans une rue discrète, à quelques pâtés de maisons du foyer social pour mineurs. De là, il a une vue dégagée sur la sortie de l'établissement. Il guette son Amélie. D'un coup il se lève, estomaqué, en découvrant « l'autre » franchir le grand portail de cette maison centenaire.

— Qu'est-ce qu'elle fout là ?

Hervé ne peut s'empêcher d'exprimer sa surprise à voix basse. Il se cache dans l'encadrement d'une porte d'immeuble pour l'observer passer à quelques dizaines de mètres de lui, en direction de l'arrêt de bus. Il voudrait l'alpaguer, exiger des explications, mais il ne bouge pas, la laisse s'éloigner. Lui aussi doit protéger ses secrets, ses rendez-vous quotidiens avec *sa* fille.

— Tu l'as vue ?

À peine l'a-t-il embrassée qu'il l'interpelle.

— Qui ça ? lui demande Amélie 1, surprise.

— L'autre folle ! Je l'ai vue sortir du foyer ! Qu'est-ce qu'elle te voulait ?

Elle répond ne rien comprendre à ce qu'il lui dit, affirme qu'elle n'a vu personne.

— Tu es sûr que c'était elle ?

— Certain !

— Mais pourquoi elle viendrait ici ? s'angoisse-t-elle.

— Je n'en sais rien… Mais cette fille me fout de plus en plus la trouille…

Ils s'éloignent de l'établissement, s'arrêtent dans le premier café. Hervé déroge à la règle qui veut que leurs rencontres soient le plus discrètes possible. Elle s'en inquiète.

— Tu es sûr ? Il ne vaudrait pas mieux aller au parc ?

Sans répondre, Hervé s'installe d'office en terrasse, à la vue des passants. Très vite, il repère une connaissance qu'il salue ostensiblement de la main. Il l'invite même à se joindre à eux, mais la femme décline de loin, accélérant le pas.

— Mais qu'est-ce que tu fais ? C'est qui, cette dame ?

— Une collègue du lycée, prof de maths, elle habite juste à côté. C'est une vraie concierge. On peut compter sur elle pour que l'info fasse le tour du lycée…

— Mais qu'est-ce que t'as aujourd'hui ?

— J'ai décidé d'arrêter de mentir et de me cacher.

Elle n'insiste pas pour connaître les raisons de ce revirement, elle préfère changer de sujet :

— Tu as fait comme je t'ai dit ?

— Bien sûr !

— Alors ? Tu l'as trouvé ?

Elle lui avait donné pour mission de fouiller la chambre de « la voleuse ». C'est ainsi qu'ils l'appellent désormais.

— Tu avais raison. Elle tient bien un journal intime.

— Je te l'avais dit ! C'est un truc de filles ! jubile-t-elle.

— Il était caché sous le matelas.

— Tu parles d'une planque ! Et alors ? Qu'est-ce qu'elle raconte ?

— Elle se plaint beaucoup de moi. Évidemment ! Il paraît que je ne l'aime pas !

— Fine psychologue, ironise-t-elle.

— Dans l'ensemble, elle n'évoque jamais sa vie d'avant. Elle ne parle que de sa vie avec nous aujourd'hui. Et c'est violent ! J'ai relevé quelques phrases, ici ou là. Tu vas voir, de vraies pépites !

Hervé sort un petit carnet de la poche de sa veste et commence à lire, le sourire aux lèvres :

— Écoute bien ce que j'ai noté !

Lui, c'est un gros bourrin ! Il me déteste, et je le lui rends bien. C'est la guerre entre nous, mais il sera bien obligé de m'accepter comme sa fille. » « *Elle, ma maman chérie, me couvre de cadeaux. Je lui fais acheter tout ce que je veux... J'adore ! Mais elle me colle tellement qu'il y a des moments où ça me saoule !*

— Pas mal, non ? lui dit-il.

Son Amélie l'écoute, attentive, à l'affût de chaque détail. Il poursuit la lecture de ses notes :

C'est tellement marrant de jouer à la petite fille modèle. C'est ce qu'ils attendent de moi ! Alors, je fais semblant d'être parfaite. Ça les rend heureux. Surtout elle. Il n'y a que lui qui est malheureux... Tant mieux ! Il n'a que ce qu'il mérite !

— La garce ! l'interrompt-elle. On a la preuve qu'elle joue la comédie ! Montre le cahier aux flics ! Cela les fera changer d'avis.

Hervé fait la moue :

— J'ai peur que ce ne soit pas suffisant. À part dire que c'est une fille sans cœur, qui fait semblant d'être une gentille, cela ne prouve rien. Et je vois déjà la réaction de la gendarme et du psy… Ils diront que ce journal n'exprime que le mal-être d'une ado sortie de dix ans d'enfer.

— Je suis foutue, soupire-t-elle.

Pour la première fois, Hervé ne la contredit pas. Silencieux, il semble rongé par ses propres angoisses.

— Elle est dangereuse ! finit-il par lâcher. Il y a ce passage que je ne t'ai pas encore lu… Tu ne m'as pas laissé terminer quand elle écrit que je n'ai que ce que je mérite…

— Elle dit quoi sur toi ?

Hervé, gêné, finit par lire ce qu'il a griffonné en rouge :

Il a tellement fait de mal autour de lui. Je vais tout balancer ! Il faut que tout le monde connaisse enfin la vérité !

— Je ne comprends rien… lâche-t-elle. Papa, dis-moi ! De quoi elle parle ?

Hervé ne répond pas, perdu dans ses sombres pensées. Face à son désarroi, elle pose sur lui un regard tendre, apaisant.

— Et si nous nous enfuyions tous les deux ? lui propose-t-elle, le plus simplement du monde.

— Qu'est-ce que tu racontes… Et pour aller où ?

Elle l'embrasse longuement sur la joue et se blottit contre lui.

— Tu te souviens ? On se disait que personne ne pourrait nous séparer. Ne laissons pas cette fille nous détruire. Moi aussi, elle me fait peur…

Hervé reconnaît en son for intérieur que l'idée de fuir avec elle l'a effleuré ces dernières heures, mais il l'a repoussée, tant il se sent incapable d'abandonner Laetitia.

— Partir loin d'ici est la seule solution. Ou alors débarrassons-nous d'elle ! assène-t-elle avec une pointe de folie dans le regard.

Hervé est stupéfait. Après un long silence à jauger le sérieux de sa proposition assassine, il lui caresse les cheveux. Puis lui murmure à l'oreille :

— Fais-moi confiance, Amélie, je vais faire éclater la vérité, nous n'aurons pas besoin de nous enfuir.

Chapitre 63

Laetitia et Amélie 2 s'affairent en cuisine quand Hervé rentre. Il pense encore à cette folle envie de fuite avec sa fille, à leur ultime étreinte. Il est torturé à l'idée qu'elle veuille éliminer sa rivale.

— Tu étais où ? demande Laetitia.

— Au lycée, une réunion de profs, ment-il.

— On a encore fait un repas de ouf pour ce soir ! s'exclame la jeune fille en voyant Hervé s'approcher de la table déjà dressée.

Laetitia sourit à son mari :

— Tu sais que depuis qu'elle est revenue, Amélie a repris quatre kilos… Plus que deux ou trois et ce sera parfait.

— Les petits plats de Maman sont si bons !

Si Laetitia savait… ne peut-il s'empêcher de penser en la voyant embrasser sa « mère » d'un baiser appuyé, théâtral. Pour l'instant, il garde la carte de son journal intime pour lui. Il sait que Laetitia sera dévastée quand il la sortira. Pourquoi la faire souffrir alors qu'il doit encore rassembler d'autres preuves ? Chercher aussi à savoir ce que « la voleuse » manigance à son égard. Qu'est-ce qu'elle va balancer sur lui ? Il se sent menacé. Hervé s'échappe vers le salon où il se sert une vodka. Alors que Laetitia est au téléphone, l'adolescente le surprend en train de boire, et lui sourit. Tout en provocation, sur un ton très mature, elle demande :

— Dure journée ?

Hervé, muet, hausse les épaules. Laetitia surgit soudain dans le salon, le visage blême. Elle ordonne :

— Amélie, monte dans ta chambre. Il faut que je parle à ton père en tête à tête.

L'adolescente se penche vers lui et murmure à son oreille, sardonique :

— Tu devrais te resservir un autre verre, tu vas en avoir besoin.

Puis, se tournant vers Laetitia d'un air innocent :

— Mais Maman, qu'est-ce qui se passe ? Rien de grave j'espère ? fait-elle mine de s'inquiéter d'une voix à nouveau enfantine.

Laetitia attend que sa fille ait disparu avant d'éclater de rage :

— Tu t'es bien foutu de moi et d'Amélie !

— Pourquoi, qu'est-ce que j'ai encore fait ? se défend-il, sentant monter la tempête. Qu'est-ce qu'il t'arrive ?

— Il m'arrive que Nathalie Castex vient de m'appeler…

Hervé ne pensait pas qu'elle serait aussi rapide pour le dénoncer. Malgré sa surprise, il n'est pas mécontent que tout ce cinéma se termine enfin.

— Nathalie ? feint-il de s'étonner.

— Oui, ta collègue prof de maths… qui, pour ta gouverne, est aussi une de mes clientes à la pizzeria.

— Et alors ?

— Alors ? Elle t'a vu à la terrasse d'un café avec l'autre. Cela semblait lui faire tellement plaisir à cette conne de se mêler de notre vie, de me faire du mal. Je déteste cette ville, ces gens qui ne cessent de nous épier, nous juger…

Laetitia marque une pause, puis le fixe, agressive :

— Mais qu'est-ce que tu as dans le crâne pour t'afficher avec elle ? Tu ne vois pas que cette fille te manipule ? Tu es en train de tout bousiller ! Moi, Amélie, notre famille…

— Ça va ! Et si tu veux tout savoir, je lui rends visite quasiment tous les jours ! Et tu sais pourquoi ? Parce que c'est NOTRE VRAIE FILLE ! Et qu'elle me manque…

Hervé désigne l'escalier par où a disparu Amélie 2 :

— Je ne sais par quel tour de passe-passe elle a volé sa place, mais elle a vraiment bien joué. Si je dois lui reconnaître une qualité, une seule, c'est d'être très, très forte.

— Tu n'en as pas marre de me balancer toujours la même rengaine. Moi, je n'en peux plus… Chaque jour de nouveaux éléments démontrent qu'elle est Amélie et que l'autre a menti, mais non, rien n'y fait. Quand est-ce que tu vas ouvrir les yeux ?

Hervé n'y tient plus :

— Viens avec moi, on monte. Moi, je vais te les ouvrir les yeux !

— C'est quoi encore ton délire ?

— Tu veux des preuves ? Alors, viens !

— Si ça t'amuse…

— Non, ça ne m'amuse pas, Laetitia. Mais il est temps que tu sois confrontée à la réalité.

Elle le suit jusqu'à la chambre d'Amélie au fond du couloir. Hervé entre sans frapper, elle visionne une série sur son ordinateur. Il dit sur un ton qui ne souffre aucune contestation :

— Montre-nous ton journal intime.

Laetitia proteste :

— Ce sont ses affaires, nous n'avons pas le droit, Hervé…

— Ton journal !

— Je n'en ai pas, lui répond-elle sèchement.

Il souffle en prenant Laetitia à témoin.

— Encore une preuve de ses mensonges. Il est caché là, dit-il en soulevant d'autorité le matelas. Il n'y est pas.

— Où tu l'as mis ? s'énerve-t-il.

Il fouille dans les tiroirs, sur les étagères. Aucun recoin n'échappe à sa recherche effrénée. Laetitia console sa fille en larmes. Excédée, elle tonne :

— Arrête ! Tu es pathétique, Hervé !

Il insiste, s'approche de la jeune fille, menaçant :

— Il est où ?

Elle se serre un peu plus fort contre Laetitia. Il s'écarte spontanément, comme s'il prenait conscience qu'il est allé trop loin. Le regard baissé, il soupire :

— Je te promets mon amour qu'elle a un journal. Il faut que tu me croies. Elle écrit des horreurs sur moi, sur nous…

— Je t'en supplie, Maman, dis-lui d'arrêter…

— Non, je n'arrêterai pas. Tu es une menteuse. Tiens, tu as dit à ta mère, à qui soi-disant tu ne caches rien, que toi aussi, tu étais au foyer cet après-midi ? Qu'est-ce que tu faisais là-bas ?

— Oui. Elle me l'a dit, répond froidement Laetitia. Elle voulait la voir, lui parler, lui dire de cesser de te faire croire qu'elle est ta fille… Parce qu'elle est malheureuse que tu ne l'aimes pas ! Tu entends ? Mais au dernier moment, elle n'a pas eu le courage d'entrer.

Hervé est K-O debout. La jeune fille implore sa mère.

— Dis-lui d'arrêter de me torturer… Je ne veux plus qu'on me fasse du mal !

Laetitia dépose un long baiser sur son front et ordonne à son mari de sortir. Hervé s'exécute en silence. Il quitte la chambre, vaincu.

Toujours blottie dans les bras de Laetitia, elle ne pleure plus et lui murmure, sur un ton grave :

— Maman, je dois te dire quelque chose d'important.

— Important ? s'inquiète Laetitia.

— Très important.

Chapitre 64

Laetitia met du temps à réaliser. Comme statufiée, elle semble rassembler ses esprits, mûrir ce qu'elle vient d'apprendre. Impossible. Elle ne peut imaginer Hervé capable de lui faire cela. Soudain, elle vacille, comme si le sol se dérobait sous ses jambes en prenant conscience de la sinistre réalité. Elle se laisse tomber sur le lit.

— Il m'a trahie.

La jeune fille s'assoit à ses côtés en passant le bras autour de son cou.

— Je n'aurais jamais dû t'en parler… Je suis désolée, Maman. Pardonne-moi !

Laetitia se ressaisit, effaçant du revers du bras quelques larmes.

— Il ne faut pas t'en vouloir, ma chérie. Au contraire, il fallait que ça sorte. Ce secret, tu l'as gardé trop longtemps en toi.

— Tu sais… Cela m'a hantée toutes ces années… Mais j'avais si peur d'en parler. Et puis ce soir, il a vraiment dépassé les bornes et montré son vrai visage…

— Peur ? De la réaction de ton père ? De me faire de la peine ?

— Oui. Un peu tout ça. Mais surtout peur que vous vous sépariez et que je sois responsable de votre divorce, alors que l'on vient à peine de se retrouver tous les trois.

— Tu n'es responsable de rien du tout ! C'est lui le seul fautif ! Ce qu'il a fait est grave… Très grave, tu m'entends ?

— Non, non, ce n'est pas complètement de sa faute. C'est moi. J'aurais dû lui obéir.

— Tu es trop gentille, Amélie. Tellement naïve. Mais lui… quelle ordure ! Je me sens tellement salie…

Laetitia se reprend aussitôt, retient sa haine. Ne surtout pas la montrer à sa fille :

— Ne t'inquiète pas. Toutes les deux, ensemble, on est assez fortes pour affronter toutes les tempêtes. On l'a déjà prouvé, non ?

La mère et la jeune fille échangent un sourire désenchanté.

— Maman, promets-moi de ne rien lui dire. Ce sera notre secret… ajoute-t-elle, comme perdue.

Laetitia la prend dans ses bras. Elle ne l'a jamais serrée aussi fort, autant aimée.

Chapitre 65

Camille ne pensait pas revenir ici de sitôt. Elle progresse difficilement dans la pente, au milieu des ornières. Au détour d'un virage, elle aperçoit la bergerie sur les hauteurs, fantomatique dans la brume automnale. Elle abandonne la voiture là, à plus d'un kilomètre du bâtiment. Les rubans qui le ceinturent pour en garantir l'interdiction d'approcher ont été arrachés et volent au vent.

C'est à pied qu'elle rejoint les hommes en combinaison blanche qui s'affairent dans un contrebas, bien au-delà des fils barbelés qui entourent la propriété. La Scientifique est à l'œuvre depuis l'aube, sous le regard de Yannis Messaoui. En apercevant la major, il lui fait de grands signes pour qu'elle le rejoigne vite. Yannis ne peut masquer son impatience, son enthousiasme à l'idée de montrer à sa cheffe ce qu'ils ont découvert grâce à lui. Il lui serre rapidement la main et s'accroupit pour pointer le sol de son index :

— Regardez, major, j'avais raison. C'est là-bas qu'on les a trouvés. Ils étaient bien sous des pierres. La terre a été à peine creusée. Elle est trop dure. Celui qui les a tués s'est contenté de les recouvrir.

— Celui ou celle, rectifie aussitôt Camille.

Yannis se fait grave en lui prenant le bras.

— Pour l'instant, nous n'avons pas trouvé d'arme ni de douilles. Venez, les deux corps sont là-bas. Je vous préviens, ce n'est pas beau à voir.

Camille fixe les cadavres, étendus sur des bâches vertes, les vêtements en lambeaux, les chairs rongées. Un homme, penché au-dessus d'eux, est affairé à nettoyer au pinceau brosse ce qui reste du visage d'une des dépouilles.

— Bonjour… Jean Pauchon, je suis le légiste, dit-il sans interrompre son travail méticuleux.

— Quelles sont vos premières conclusions ?

— Il s'agit d'un homme et d'une femme. Elle est à gauche, c'est le corps avec les longs cheveux noirs.

Il désigne du doigt les restes d'un soutien-gorge blanc agrafé à son torse décharné.

— Sans doute mari et femme. Regardez, ils portent chacun la même alliance. Il est encore difficile de leur donner un âge. Je dirais moins de la cinquantaine. J'affinerai à l'autopsie.

— Et les circonstances de leur mort ? demande la gendarme.

— Par balles. Elles sont logées dans leurs squelettes. Lui a sans doute été tué d'un tir en plein cœur. Elle a été touchée au ventre. Je suis quasiment certain qu'elle n'est pas morte sur le coup. Elle était peut-être encore vivante quand le ou les tueurs l'ont enterrée. Là encore, seule l'autopsie nous le dira.

Pour preuve, il écarte délicatement sa mâchoire avec une pince :

— Elle a ingéré de la terre avant de mourir, conclut-il froidement.

— On peut dater leur mort ? interroge Camille.

— Oh, n'allons pas trop vite ! gronde le légiste.

Il se penche sur les cadavres, tâte ce qui reste du pull de l'homme, examine les lambeaux de peau à l'aide de lunettes loupe. Il réfléchit.

— Je peux vous donner une fourchette… Mais attention, c'est à affiner, bien sûr… Je dirais, au vu de l'état de décomposition des corps, de la nature du sol, et du froid dans la région… Je dirais… Entre deux et trois mois.

Camille ne peut cacher sa satisfaction. Les dates matchent. Ils ont potentiellement été tués en août, période où Amélie 2 a entendu les coups de feu et où Amélie 1 est brusquement apparue dans le Cher. Elle prend Messaoui à part et lui ordonne :

— Prends tous les hommes avec toi, et fouillez partout. Je veux être certaine qu'il n'y a pas une autre tombe !

— À quoi pensez-vous, major ? demande Yannis avec une fausse candeur.

— À la même chose que toi ! Reconnais que c'est un point qui mérite d'être vérifié…

Assis sur un tronc d'arbre, deux ambulanciers attendent, en dévorant un sandwich, pour emporter les corps à l'institut médico-légal. Plus loin, Messaoui et un maître-chien explorent le terrain escarpé, examinant chaque recoin. D'autres gendarmes tentent de dénicher des indices. Pour l'instant sans résultat.

Toujours auprès des corps, Camille réclame sans cesse plus de précisions au légiste :

— Ils étaient dans quelles positions quand vous les avez trouvés ?

— Ils étaient l'un sur l'autre, comme si on les avait jetés sans ménagement avant de les recouvrir, répond-il avant de désigner un fourré dense tout en bas de la pente.

— Mes hommes ont retrouvé une brouette dissimulée dedans. Elle était pleine de sang séché. Il est probable que le couple n'ait pas été tué ici et qu'elle ait servi pour transporter les corps. On l'a emportée pour analyse.

De sa main gantée, le légiste indique avec aplomb :

— Juste là, il y a un petit chemin qui monte jusqu'à la bergerie. Finalement, le plus dur a probablement été de creuser un peu et de les recouvrir de pierres, pas de descendre les cadavres jusqu'ici.

Camille garde pour elle que le plus difficile a été surtout de les tuer, et lui demande s'il a fouillé les victimes.

— Non, je pensais faire ça au labo…

— S'il vous plaît, faites-le maintenant, insiste-t-elle.

Le légiste s'exécute. Avec délicatesse, il manipule les corps, les retourne, extirpe ce qu'il peut de leurs poches. Il dépose ainsi un maigre butin dans un bac en plastique. Une clé de moto, des pièces de monnaie, une feuille en papier pliée en quatre, imbibée d'humidité. Camille lui demande aussitôt de la déplier avec la plus grande précaution. À l'aide d'une fine pince, il découvre une ordonnance au nom de Constance Fourcade.

— Docteur, vous pouvez retirer leurs alliances ? Un nom y est peut-être gravé ? demande Camille.

Pauchon s'accroupit auprès des corps et s'applique à ouvrir la main gauche décharnée de la femme.

— Major, regardez ! s'exclame-t-il soudain tandis qu'il montre des cheveux blonds, qu'elle tient encore fermement dans sa paume.

Chapitre 66

Hervé est affalé dans le salon, face à la télé. Elle est branchée, sans le son. À se demander s'il la regarde et pourquoi il l'a allumée. Il est 11 heures, samedi matin, Hervé n'a pas bougé du canapé depuis qu'il s'est réveillé, il a juste jeté la couette en boule, à même le sol. Cette nuit, le couple a fait chambre à part. Hier soir, alors qu'il était déjà couché dans leur lit, Laetitia a pénétré dans la pièce et lui a aussitôt intimé l'ordre d'aller dormir ailleurs. Sans autre explication. Elle ne lui a rien dit au sujet du cirque qu'il avait fait dans la chambre de leur fille, et encore moins du secret que celle-ci venait de lui confier. Elle lui avait promis. Et surtout, elle n'en avait pas la force.

Hervé ne se retourne pas en entendant Laetitia approcher. Il n'ose affronter son jugement concernant son comportement d'hier et ses rencontres clandestines avec son Amélie. Il a tant de choses à se faire pardonner. C'est à peine s'il lève la tête quand elle se plante devant lui :

— Je sais tout, Hervé.

Sans même lui laisser le temps de réagir, Laetitia lui assène d'une voix dure, empreinte de mépris et de haine :

— C'est de ta faute si notre fille a été enlevée !

Chapitre 67

Ils se font face, dans un silence interminable. Insoutenable. Commence alors le procès d'Hervé. Sans aucune circonstance atténuante.

— Amélie m'a tout raconté, tout ce qu'elle enfouissait au plus profond d'elle-même. Tu étais avec une autre femme quand elle a été kidnappée !

— Mais…

— Surtout ne dis rien, n'aggrave pas ton cas ! Je me fous de savoir qui c'était, pourquoi tu me trompais ! C'est tellement dérisoire par rapport au drame que tu as provoqué !

Laetitia lui tourne le dos, s'éloigne pour mettre le plus de distance possible entre eux. Hervé est dévasté, sans réaction, les yeux plantés au sol.

— Tout me dégoûte en toi ! Et ne crois pas que c'est à cause de cette maîtresse ! Rien à foutre ! Mais apprendre que tu te servais de notre fille comme alibi pour aller la retrouver… C'est monstrueux ! Tu disais que c'était important d'avoir des moments rien qu'à vous, de passer du temps seul avec cette enfant que tu aimais tant… Et moi, quand je pense que je vous regardais partir attendrie, que je vous disais de bien respirer l'air des bois et de l'océan, d'en profiter à fond. Quelle conne ! Et elle, pauvre enfant, complice malgré elle des turpitudes de son enfoiré de père. Tu l'obligeais à rester jouer à l'écart, tu abandonnais ta fille, sans surveillance, tu la mettais en danger juste pour baiser cette femme, comme un sale clébard, à l'arrière d'une voiture. C'est à vomir… Mais, il y a pire encore, et ça, tu ne le sais pas !

— Laetitia, je t'en prie… tente-t-il dans un souffle.

Elle poursuit, imperturbable :

— Ce maudit jour, la pauvre gamine t'a désobéi. Elle s'est éloignée de la couverture qu'elle ne devait pas quitter. Elle voulait te faire la surprise de venir courir avec toi autour de l'étang. Bien sûr, tu n'y étais pas, espèce de salaud ! Elle t'a alors cherché, a marché jusqu'à ta voiture, et elle t'a vu en train de sauter cette femme ! Tu entends ? Elle vous a vus ! Alors elle a fui en courant, en larmes, loin de toi, loin de ce spectacle qu'elle ne comprenait pas. Et c'est là qu'elle est tombée sur ses ravisseurs… Est-ce que tu te rends compte ? Tout est de ta faute ! Tu m'as volé ma fille ! Tu as bousillé sa vie ! La mienne… Et ne me dis pas que ce n'est pas vrai, Hervé !

— C'est la vérité, lâche-t-il, d'une voix étouffée avant de plaquer ses mains sur son visage comme pour dissimuler sa honte. Je ne savais pas qu'elle nous avait vus… C'est terrible… C'est moi qui l'ai jetée dans les bras des ravisseurs…

— Je n'ai pas les mots pour dire ce que je ressens…

Hervé lève lentement la tête en direction de sa femme. Il est anéanti. Depuis dix ans, il se reprochait d'avoir laissé sa fille sans surveillance, et cela lui était insupportable. Aujourd'hui, il découvre que c'est bien pire. C'est parce qu'elle les a surpris qu'Amélie a fui vers son malheur.

— Quelle erreur j'ai fait… se lamente-t-il.

— Une erreur ? Un crime oui ! Tu es aussi coupable que les ravisseurs ! Aussi monstrueux !

Après un long silence, Hervé tente de justifier ce qu'il reconnaît lui-même comme injustifiable.

— Cette femme, je n'étais pas amoureux d'elle… C'était seulement une aventure, une parenthèse. Peut-être qu'à l'époque j'avais besoin d'attention. Toi, tu étais tellement accaparée par l'ouverture du restaurant. Je l'ai quittée aussitôt après le drame…

— Arrête ! l'interrompt Laetitia. Je te l'ai déjà dit, je m'en fous, de cette femme ! Du pourquoi du comment ! On parle de notre fille, des dix années insupportables que tu nous as fait vivre !

— Je ne t'ai plus jamais trompée depuis… se défend-il comme pour mettre un point final à ce supplice.

— Si, tous les jours, avec tes mensonges. D'ailleurs, tu as menti à tout le monde ! Aux gendarmes, à la presse, à nos amis. Tu t'es fait passer pour le petit papa parfait, tellement courageux, qui remue ciel et terre pour retrouver sa fille chérie ! Des conneries, oui ! Tu avais honte de ce que tu avais fait. Je comprends mieux ton acharnement. Tu voulais juste réparer ton erreur comme tu dis… Mais c'est irréparable !

— Je sais… À plusieurs reprises, j'ai pensé à me suicider… lui avoue-t-il.

— Tu y as pensé ? Seulement ? Mais il fallait le faire ! assène Laetitia. Je ne t'aime plus, Hervé. C'est fini. Je veux divorcer et je vais partir loin d'ici avec

Amélie. *Ma* fille. Après ce qu'elle a subi par ta faute, je dois la protéger de toi, lui épargner d'avoir un tel père !

— Ne me fais pas ça, supplie-t-il. Par pitié…

— Il n'est plus question de la moindre pitié entre nous. C'est fini, terminé ! Tu peux rester ici, le temps de te trouver un point de chute. Mais je te le dis, le plus tôt sera le mieux !

Laetitia s'éloigne vers l'escalier pour retrouver sa fille, puis revient sur ses pas :

— Une dernière chose…

Vaincu, Hervé lève ses yeux humides sur sa femme. Elle lui fait face, avec autorité.

— Cette sordide histoire, Amélie n'a pas pu l'inventer. Tu avoues toi-même que c'est la vérité. On est d'accord ?

Il acquiesce en hochant la tête.

— Alors, je te remercie du fond du cœur, ironise-t-elle. Grâce à ta saloperie sans nom, cette histoire est enfin terminée. Nous avons maintenant la preuve irréfutable qu'elle est notre fille ! L'autre, celle que tu vois en cachette, que tu vénères, n'est qu'une sale petite menteuse. Décidément, mon pauvre Hervé, ta vie misérable n'est qu'une erreur colossale.

Chapitre 68

Il n'est pas encore 17 heures quand le soleil disparaît derrière le mont, plongeant d'un coup la bergerie dans l'obscurité. Camille se souvient des mots d'Amélie 2.

— Dès l'automne, nous étions dans le noir au milieu de l'après-midi.

Elle lui a raconté à quel point elle souffrait du froid.

— Ils ne me donnaient qu'une couverture supplémentaire tandis qu'en haut la cheminée marchait à plein. L'autre, Juliette, m'interdisait de monter me réchauffer, me disant que je n'en avais pas besoin. Qu'une sorcière comme moi avait le feu en elle…

Camille s'apprête à repartir, tandis que les gendarmes et la Scientifique rangent leur matériel. L'endroit ne leur apprendra plus rien. Ils ont survolé les collines avec un drone. Aidés des chiens, ils ont méticuleusement patrouillé les contrebas du petit bois, comme l'ensemble de la propriété. Ils sont descendus dans les profondeurs du puits. La conclusion de Messaoui est tombée :

— Il n'y a pas de troisième cadavre dans le secteur. Aucune trace de leur fille…

Camille s'en doutait. Aussi, quand Yannis lui a proposé de revenir demain avec plus d'hommes afin d'étendre le périmètre des recherches, elle a décliné. Toute la journée elle est restée à l'écart de l'agitation. Besoin de réfléchir. Depuis la découverte des corps, elle a repassé le film des dernières semaines, confronté les témoignages à l'épreuve des faits. Ses suppositions sont peu à peu devenues des convictions. Camille en a profité aussi pour explorer longuement le bâtiment en grosses pierres. Des semaines après, l'odeur de javel y flotte toujours, démontrant l'acharnement avec lequel les lieux ont été nettoyés. Elle est redescendue dans la cave où la lucarne couverte de crasse ne laisse filtrer qu'un brin de lumière. Elle s'est assise dans un fauteuil défoncé, en face du matelas où dormait celle qu'elle nomme désormais Amélie, puisqu'il n'est plus nécessaire de la différencier de l'autre…

Camille a fermé les yeux de longues minutes, comme si elle cherchait à s'imprégner de l'atmosphère si particulière de ce lieu humide et sordide, à revivre le martyre d'Amélie durant toutes ces années, ses derniers moments quand elle a entendu les coups de feu, le bruit dans la maison, les meubles déplacés. Elle a éprouvé l'angoisse d'être livrée à elle-même durant des semaines. Camille a perçu au plus profond d'elle-même le désarroi de la malheureuse. Elle l'a entendue appeler à l'aide, supplier qu'on la laisse sortir. Elle l'a vue s'acharner des journées entières à tenter de desceller la pierre, jusqu'à ce qu'elle puisse l'arracher du mur. Puis, elle a remonté les marches, exploré à nouveau la pièce principale. Elle est sortie et, en ce bref instant, elle a ressenti le parfum de la liberté, comme celui qu'a dû éprouver Amélie avant de s'enfuir.

Camille s'engage dans la descente cahoteuse, dans le sillage de l'ambulance qui emporte les corps des Fourcade. De qui pourrait-il s'agir d'autre ? Les dates et lieux de leur mort, un couple sans doute marié, l'ordonnance… Tout lui indique que ce sont bien les ravisseurs d'Amélie Lenglet qui ont été déterrés. Enfin, elle a demandé en urgence les analyses des cheveux blonds retrouvés. Elle en entrevoit déjà les conclusions.

Entre deux soubresauts de sa Megane de fonction, elle appelle la directrice du foyer pour mineurs de Sainte-Foy. Camille s'angoisse quand elle lui dit que la fille n'est pas encore rentrée, mais qu'elle ne devrait pas tarder, car les portes ferment à 18 heures. Elle ajoute qu'elle est partie juste après le déjeuner.

— Et vous n'avez pas appelé la gendarmerie ? s'agace-t-elle.

— Si on devait les alerter à chaque fois qu'elle ne respecte pas les horaires… soupire la directrice. Cette gamine n'en fait qu'à sa tête. Elle est ingérable ! Vous allez nous la laisser encore longtemps ?

— Non… lâche la major. Dès qu'elle revient, veillez bien à ce qu'elle ne sorte plus !

— Aucun risque, major. Ici, une fois les portes closes, personne ne s'échappe !

Camille fait la moue, se retient de lui dire que son foyer est une vraie passoire, que des ados, sortis pour faire la fête, ont souvent été ramenés en pleine nuit par les gendarmes du coin. Elle se contente d'insister :

— Vous êtes certaine que personne n'est venu la chercher aujourd'hui ? Monsieur Lenglet ? Sa femme m'a dit qu'ils se voyaient…

— L'éducatrice est formelle : elle est sortie seule.

— Vous n'avez rien remarqué de particulier dans son comportement ces derniers jours ?

— Non… Toujours les mêmes histoires, dit la directrice. Elle pique des colères noires dès qu'on la nomme mademoiselle, comme vous nous l'avez demandé quand vous nous l'avez confiée. Elle exige toujours qu'on l'appelle Amélie. Il faudra bien un jour, major, que vous lui trouviez un prénom !

Camille ne répond pas. Elle en est incapable.

— Vous n'avez vraiment aucune idée de l'endroit où elle est allée ? Vous avez interrogé ses camarades ?

— Ici, elle ne parle à personne. Et pour tout vous dire, aucun de nos pensionnaires ne l'approche. Certains ont bien essayé au début, mais ils ont vite abandonné. Elle rembarre tout le monde. Même les éducatrices l'évitent. Elles lui servent à manger et ça s'arrête là. Moins elles ont de contact avec elle, mieux elles se portent…

Camille s'agace :

— Vous auriez dû me prévenir que ça se passait mal avec elle !

La directrice s'excuse :

— Je voulais le faire, mais nous sommes débordés. Je manque de personnel qualifié. Mais vous avez raison, j'aurais dû vous appeler. J'ai pourtant l'habitude d'accueillir des gamins qui ne sont pas faciles, mais elle… J'ai rarement vu ça…

— À ce point ? s'inquiète Camille.

— Vous voulez vraiment mon avis ? Avec mon équipe, nous pensons qu'elle est…

— Qu'elle est quoi, madame la directrice ?

Camille sent que la femme hésite à se lancer. Elle le fait à sa place :

— Qu'elle est folle, c'est ça ?

— Non, major… Folle, je ne sais pas. Mais nous pensons… Nous pensons qu'elle est dangereuse…

— Qu'est-ce qui vous fait dire ça ?

— Ses accès de colère. Elle peut devenir une vraie furie.

— Elle n'est pas si impressionnante que cela ! tempère Camille.

— Parce que vous ne la connaissez pas vraiment, major… Avec vous, elle prend son petit air de sainte-nitouche. Mais, en réalité, derrière cette façade, on la sent capable du pire.

Camille double l'ambulance dès qu'elle débouche sur la départementale et accélère. Les heures de route qui l'attendent ne l'effraient pas. La major pourrait alerter ses collègues de Vendée. Elle y renonce. Non par orgueil. Elle seule détient les clés de l'affaire. Tout lui semble désormais si évident.

Chapitre 69

Hervé a longtemps erré dans les rues de Sainte-Foy. Sans but. Il a renoncé à s'attabler au café des Sports quand il a aperçu deux collègues au comptoir. Il n'avait pas envie d'exposer son désespoir. Il a acheté une bouteille de vodka à la supérette et s'est enfermé dans sa voiture, dans une petite rue derrière la mairie. Il pensait que boire lui ferait oublier sa détresse. Cela n'a fait que l'attiser et le torturer davantage.

Le jour du drame, il avait prétendu aller courir autour de l'étang. Comme souvent, Amélie avait insisté pour l'accompagner. « Je serai sage », avait-elle promis. Pourquoi avait-il de nouveau cédé à sa fille ? Pour être à l'abri des soupçons ? Se servir d'elle comme alibi ainsi que l'accuse Laetitia ? Peu importe, s'il avait refusé, rien ne serait arrivé, se lamente-t-il en portant la bouteille à ses lèvres. Il s'était mis à courir autour du plan d'eau, laissant Amélie et Scoopy installés sur une couverture avec ses poupées. La savoir avec leur chien le rassurait. Après son premier tour, il avait rejoint sa maîtresse qui l'attendait sur le parking, à deux cents mètres. Ils étaient montés dans sa voiture, s'étaient embrassés, caressés. Cela faisait des jours qu'ils ne s'étaient pas vus. Ils avaient fait rapidement l'amour, sans se soucier d'éventuels promeneurs, d'Amélie…

D'habitude, Hervé aimait surtout discuter avec Chantal, de tout et de rien. Il avait besoin d'une oreille attentive, encore curieuse, gourmande de l'écouter parler de *lui*. Tout ce que lui refusait Laetitia, accaparée par son restaurant. Et puis, après tant d'années de vie commune, elle savait tout de lui, de son travail, de ses espoirs, de ses regrets, de ses envies d'aventures. « Moi aussi, je rêve de voyager, de découvrir le monde… » lui répondait Chantal avec un sourire désolé. Ils savaient que leur liaison était sans avenir. Tous deux avaient été clairs et honnêtes sur ce point. Jamais ils ne partiraient ensemble.

Chantal était une jolie femme brune d'une quarantaine d'années. Mariée, avec deux enfants, des jumeaux de douze ans. « Je reste à cause d'eux », reconnaissait-elle. Chantal se plaignait de sa vie qu'elle jugeait trop étriquée. Elle disait qu'elle se sentait coincée dans ce bled avec son homme, « un type bien, mais tellement casanier ». Elle rêvait de Paris, d'agitation, de vie. C'est ce qu'elle avait recherché et trouvé auprès d'Hervé. Rien de plus.

Lors de leurs rendez-vous, Hervé descendait souvent de la voiture pour vérifier que sa petite fille obéissait bien à ses ordres, ne bougeait pas de l'endroit où il l'avait consignée. Quand il l'apercevait jouer sagement, rassuré, il reprenait sa place auprès de Chantal. Mais, ce jour-là, Hervé n'est jamais sorti.

Il se revoit, après avoir quitté sa maîtresse, aller retrouver Amélie. Sans aucune culpabilité. Il se sentait si léger. Avant le choc. Cet instant terrible, où il a réalisé que sa fille n'était plus là. Seul Scoopy dormait sur la couverture au milieu des jouets. Il se souvient de tout, dans le moindre détail. De son affolement, de ses appels restés sans réponse. De ces heures passées à sillonner les bois autour du lac en hurlant son prénom. De son geste dérisoire, quand il avait fait sentir une poupée d'Amélie à son labrador en lui ordonnant : « Cherche, mon chien, cherche ! » Il était prêt à faire n'importe quoi plutôt que d'alerter Laetitia et les gendarmes. Comment avouer qu'il était avec sa maîtresse, laissant sa fille sans surveillance ? À bout de forces, ayant perdu tout espoir de la retrouver par lui-même, il s'était résolu à appeler son épouse et la gendarmerie. À leur mentir. Définitivement.

— J'ai perdu tellement de temps… Si je les avais avertis tout de suite… gémit Hervé en jetant par la fenêtre, de rage autant que de désespoir, la bouteille de vodka à moitié vide.

Il réalise alors que la nuit est tombée, que les rues sont désertes. Il consulte son portable. Desjeunes l'a encore appelé. À maintes reprises. Il efface ses messages sans même les écouter. À quoi bon ? Désormais, il en sait plus que la gendarme sur la vraie Amélie Lenglet. Il démarre la voiture et décide de rentrer chez lui. Cette nuit, il n'a nulle part ailleurs où se réfugier.

Chapitre 70

Camille a beau allumer le gyrophare, relancer la sirène, rien n'y fait. Elle ne progresse que lentement sur la voie d'urgence, occupée par de nombreuses voitures qui tentent de franchir le lieu de l'accident. Un important carambolage entre un camion-citerne et plusieurs véhicules bloque l'A89 à hauteur de Tulle. Camille rêve d'être au volant d'un camion-bélier et d'écraser ceux qui l'empêchent d'avancer. À commencer par la Volvo grise qui la précède et dont le conducteur lui adresse des signes d'impuissance. Il n'est pas bon de subir la pression de la sirène d'un véhicule de gendarmerie.

Camille s'en veut de ne pas avoir suivi son instinct quand elle a senti que la circulation ralentissait. Elle aurait dû quitter l'autoroute à la sortie précédente. Maintenant c'est trop tard. Elle est piégée. Elle fulmine, quand elle reçoit un appel de la directrice du foyer :

— C'est bon ! Elle est rentrée !

Camille ressent un profond soulagement.

— Parfait ! Surveillez-la jusqu'à demain matin. Je vous expliquerai. Je serai là à la première heure. Je suis en route, je vais bientôt arriver.

Camille lui cache qu'elle est bloquée dans un embouteillage. La Volvo s'écarte, la gendarme profite de l'espace libre pour gagner une centaine de mètres. Maintenant c'est une camionnette qui la freine.

Il est 22 heures. La major roule enfin. Elle est à nouveau au téléphone avec la directrice. Elle enrage.

— Ce n'est pas possible, putain ! Je vous avais dit de la surveiller comme le lait sur le feu !

— Je suis désolée… Pourtant, j'avais bien fermé sa porte à clé.

— Comment elle a fait pour s'enfuir alors ?

— Ici, major, c'est un foyer, se justifie la directrice, pas une prison ou un hôpital psychiatrique. Il n'y a pas de barreaux aux fenêtres…

Camille stoppe net la conversation. Pas besoin de la faire culpabiliser davantage. Elle a d'autres priorités, convaincue plus que jamais qu'elle a une fille dangereuse dans la nature. Une criminelle, sans doute.

Le téléphone coincé au creux de son épaule, elle rappelle Hervé. Elle tombe à nouveau sur sa messagerie. Jusqu'à présent elle s'est contentée de lui demander de la rappeler. Cette fois, elle laisse un message plus explicite :

— Bonsoir, monsieur Lenglet. Ici la major Desjeunes. La fille que vous considérez comme Amélie vient de s'échapper du foyer. Nous sommes très inquiets. Dans le cadre de notre enquête, nous devons la retrouver de toute urgence. Je sais que vous la voyez en secret. Ce soir, ce n'est pas mon problème. Dites-moi juste si elle est avec vous, c'est très important.

Camille ne dit rien de la découverte des corps des ravisseurs, assassinés, ni de ses soupçons sur Amélie 1.

Chapitre 71

Le pavillon face à lui est plongé dans le noir. Aucune fenêtre n'est éclairée. Il a attendu qu'elles dorment pour oser réapparaître. Planté sur le trottoir, il reste un moment à l'observer avant de se décider. Hervé est désormais considéré comme un paria dans sa propre maison. Ni Laetitia ni sa fille ne lui adressent la parole. À la seule lumière de son portable, il traverse le rez-de-chaussée jusqu'à la cuisine, ouvre le tiroir où sont rangés les médicaments. Il avale deux cachets de zolpidem, une dose de cheval qui va l'assommer, espère-t-il. « Je devrais tout avaler, je ne manquerai à personne… Même pas à moi… » se dit-il en refermant la boîte de somnifères. Il se traîne jusqu'au salon où il se laisse tomber sur le canapé.

Avant de sombrer, il regarde une dernière fois son portable. Encore un appel de la major Desjeunes. Las, il pose le téléphone au sol. Il n'a plus rien à lui dire, à lui reprocher. C'est lui et lui seul qui a mis le feu à sa vie.

Chapitre 72

Sous l'effet des anxiolytiques, elle aussi en a eu terriblement besoin, Laetitia ne l'a pas entendu rentrer. Elle n'a pas fermé sa chambre à clé, comme elle en a eu le réflexe les soirs précédents. Elle sait qu'il ne montera pas. Qu'il respectera son choix, ses règles. Elle le sent si abattu qu'il en a perdu toute sa combativité, sa superbe. Elle n'éprouve cependant aucune compassion. Aucun remords. Elle n'a pas d'autres choix que de le quitter, de refaire sa vie, loin de lui. Avec Amélie.

Avant de se laisser emporter dans un sommeil agité, empli de mauvais rêves, Laetitia s'est rendue dans la chambre d'Amélie pour vérifier que sa fille allait bien. Dans l'obscurité, elle l'a aperçue allongée dans le lit étroit. Sa respiration était régulière, elle dormait déjà paisiblement. Elle a posé un baiser affectueux sur son front avant de quitter la pièce.

Elle est assoupie depuis longtemps quand son portable s'éclaire sur la table de nuit. C'est Camille qui tente de la joindre.

En vain.

Jusqu'à présent, la major avait évité de l'appeler, de peur de l'affoler. C'était avec Hervé, et lui seul, qu'elle voulait régler le problème. Mais pourquoi ne répond-il pas ? Pourquoi ne la rappelle-t-il jamais ? Désormais, l'urgence est absolue. Les Lenglet sont en danger. Et leur fille, aussi.

TROISIÈME PARTIE

Chapitre 73

Camille ouvre en grand la fenêtre de sa voiture. L'air glacial de cette nuit de novembre la saisit. Néanmoins, elle roule ainsi de longues minutes, le visage fouetté par le vent. Elle ne cherche pas à lutter contre la fatigue, malgré le long trajet depuis le Cantal, mais elle a besoin d'évacuer le stress qui la gagne. La major vient de raccrocher avec la directrice du foyer. La jeune fille a bel et bien disparu.

Le quartier résidentiel est encore plongé dans la pénombre quand Camille gare sa Megane devant le pavillon des Lenglet. Emmitouflée dans sa parka bleu marine de la gendarmerie, elle se précipite au portail, sonne à maintes reprises, sans réponse. Camille redoute qu'il soit déjà trop tard. Elle escalade la haie du jardin et va tambouriner à la porte de la maison avec force. Hervé ouvre enfin. Les cheveux en bataille, les paupières lourdes, il a dormi tout habillé sur le canapé.

— Tout va bien ? s'inquiète aussitôt Camille.

Hervé ne saisit pas l'urgence qui habite la gendarme. Elle force le passage pour pénétrer dans le salon sans même attendre de réponse de sa part. Elle semble passer les lieux au scanner quand apparaît Laetitia, descendant l'escalier, vêtue d'un T-shirt et d'un bas de jogging. Elle est affolée :

— Qu'est-ce qui se passe ? Qu'est-ce que vous faites là ?

Camille ne peut masquer son soulagement en voyant le couple. Sain et sauf.

— Vous n'avez pas eu mes messages ? J'ai essayé de vous joindre mille fois depuis hier ! Oubliez… Cela n'a plus d'importance. Votre fille est dans sa chambre ?

— Où voulez-vous qu'elle soit ? demande Laetitia, inquiète.

— Allons vérifier ! ordonne la major.

Le couple monte à l'étage, suivi par Camille. Laetitia ouvre la porte, avec précaution, de peur de la réveiller. La chambre est vide. Le lit est défait. Des livres, des papiers, des stylos jonchent le sol, la chaise et le lampadaire sont renversés.

— C'est ce que je craignais… soupire Camille, en inspectant du regard le moindre recoin de la chambre.

— Vous n'avez rien entendu du tout, même pas un cri ? demande-t-elle aux Lenglet, restés dans l'embrasure de la porte, tétanisés par le spectacle de lutte qui a visiblement eu lieu dans la pièce, par sa disparition.

— J'ai pris des cachets hier soir… Et puis… Et puis, je dormais en bas dans le salon, confesse Hervé, gêné.

Laetitia confirme qu'ils ont fait chambre à part, qu'elle aussi prend des « trucs » pour arrêter de penser, de tourner des heures dans son lit, qu'elle a par ailleurs pris l'habitude, depuis des années, de dormir avec des bouchons dans les oreilles à cause des ronflements de son mari. D'un coup, elle explose.

— Mais major, tout ça, on s'en fout ! Non, je n'ai rien entendu ! Mais qu'est-ce qui est arrivé à ma fille ? hurle-t-elle enfin en pénétrant dans la chambre, en s'approchant de la table de nuit où sont posées ses boucles d'oreille, sa montre, son portable :

— Elle ne serait jamais partie sans… souffle Laetitia en tentant de saisir le smartphone.

Camille l'arrête net dans son geste :

— Ne touchez à rien ! S'il vous plaît.

La gendarme la prend par le bras avec précaution et empathie.

— Venez, redescendons. Je vais appeler les collègues. On doit faire vite, si on veut la retrouver ! Enfin… Les retrouver…

Hervé et Laetitia échangent un regard d'incompréhension et de stupeur.

Chapitre 74

Le couple se fait face dans le salon. Chacun enfermé dans son questionnement, sa détresse. Hervé n'ose pas s'approcher de Laetitia, la prendre dans ses bras, la réconforter. Impuissant, hors-jeu, il se contente de la fixer, de l'écouter en silence se lamenter en boucle :

— Pas encore… Qu'est-ce que j'ai fait pour mériter ça…

De la cuisine leur parviennent des bribes de conversation de la major, au téléphone avec le lieutenant Laurent. Les Lenglet tentent de les décrypter pour comprendre ce qui leur arrive. Barrages routiers, caméras de surveillance, relevés d'empreintes… L'effrayant puzzle se met peu à peu en place, même s'il leur manque encore les pièces maîtresses.

Dès qu'elle a raccroché, Camille les rejoint au salon, s'assoit sur le canapé, auprès de Laetitia.

— Ça va ? Vous tenez le coup ? lui demande-t-elle sur un ton apaisant.

D'un léger hochement de tête, elle répond que oui, avant de lâcher :

— Je ne comprends rien, sauf que ma fille a disparu.

La major Desjeunes leur révèle alors les événements survenus ces dernières heures. La découverte des corps des ravisseurs assassinés par arme à feu, la disparition d'Amélie 1.

— Monsieur Lenglet, vous l'avez vue hier ? Dites-moi la vérité.

— Oui.

— Elle ne vous a rien dit de particulier ?

Hervé s'exprime d'une voix blanche, en regardant le sol. Il ne peut affronter le regard de la gendarme. Encore moins celui de sa femme.

— Je suis allé la voir pour lui demander des explications. Laetitia venait de m'apporter la preuve qu'elle n'était pas notre fille, mais je ne savais pas quoi penser. Je voulais en avoir le cœur net. Elle est alors devenue comme folle, je n'avais jamais imaginé qu'elle puisse être aussi violente. Elle était en rage contre « l'autre, qui aurait dû crever dans sa cave », selon ses propres mots… Elle m'a insulté, a déballé tout ce qu'elle pensait de moi, qu'elle me détestait. Que je n'étais qu'un traître à qui on ne pouvait pas faire confiance. Que, de toute façon, personne ne pourrait jamais vraiment la comprendre, l'aimer comme elle le mérite. Elle semblait en vouloir à la terre entière. Un vrai délire ! J'ai même cru qu'elle allait me frapper.

— Et ensuite ? demande Camille froidement.

— J'ai essayé de la raisonner. Je lui ai dit que je l'aimais…

Hervé se tourne vers son épouse, cherchant son pardon, qu'il sait impossible.

— Je suis désolé, Laetitia, mais je lui ai dit que je la croyais… Qu'elle serait toujours ma fille. C'était pour qu'elle se calme, tu comprends ?

Camille ne laisse pas à Laetitia le temps de réagir.

— Vous vous trompez, monsieur Lenglet. Elle est la fille des ravisseurs et elle les a tués. Le test ADN ne fera que le confirmer.

Le couple écoute avec effroi la major leur développer ses déductions d'après les nouveaux éléments en sa possession. Elle leur avoue notamment qu'elle a toujours été persuadée qu'Amélie 2 avait dit la vérité en reconnaissant Amélie 1 comme la fille des ravisseurs. Selon Camille, elle s'est ensuite rétractée par peur.

— Elle a grandi sous ses menaces et son emprise. Elle la craint, sait à quel point elle est dangereuse. Nous n'avons pas retrouvé de troisième cadavre. Si elle a survécu au massacre du buron, j'ai de fortes raisons de penser que c'est parce qu'elle a assassiné ses parents. Puis elle a effacé toute trace de sa présence dans la ferme, fait croire à une fuite précipitée des ravisseurs. Il ne lui restait plus qu'à quitter les lieux, réapparaître à des centaines de kilomètres en se faisant passer pour votre fille… En laissant Amélie enfermée dans la cave, condamnée à mourir de faim…

— Mais pourquoi ? s'écrie Laetitia.

— Selon l'analyse du professeur Meignan, avec qui j'ai parlé hier au téléphone, elle a grandi avec des parents criminels qui ne lui ont donné que des repères d'une extrême violence et très peu d'amour. Elle s'est construite en faisant un transfert sur Amélie. En s'appropiant sa vie. Celle des jours heureux avec vous… Celle d'une famille normale. Selon le psy, elle était jalouse de votre fille au point de lui voler son identité, sa vie, pour avoir sa part de bonheur. Elle savait sûrement qu'Amélie était une enfant adoptée et donc qu'elle pouvait mener à bien son usurpation. La seule chose que l'on ne s'explique pas dans son passage à l'acte, c'est pourquoi elle ne l'a pas tuée elle aussi. Peut-être par cruauté extrême, pour le plaisir sadique de l'imaginer mourir à petit feu…

Hervé n'a pas prononcé le moindre mot durant l'exposé de la major. Apathique, il subit, encaisse sans broncher tous les coups assénés contre son Amélie. Il ne réagit pas non plus quand Desjeunes affirme que, si elle a disparu du foyer, c'était dans le seul but de s'attaquer à leur fille. Les traces de lutte, le portable laissé sur le chevet, tout indique qu'elle n'a pas fugué mais qu'elle a été enlevée.

— Votre fille est en danger, soupire Camille. Je ne sais pas ce que l'autre a derrière la tête, mais elle nous a montré qu'elle était capable du pire…

Laetitia semble manquer d'air. Elle étouffe de stress. D'une voix étranglée, elle implore :

— Promettez-moi que vous allez la retrouver ! Je vous en supplie…

Camille est embarrassée. Elle s'est toujours refusée à ce type de promesse qu'elle estime inconséquente et malhonnête. Elle pose sa main sur celle de Laetitia :

— Je fais tout pour, en tout cas… Soyez-en sûre. J'ai demandé qu'on mette en place un périmètre de sécurité d'une dizaine de kilomètres, qu'on dresse des barrages routiers, qu'on surveille les gares, les stations d'autocars… Je suis certaine qu'elles sont encore dans le coin. On va examiner toutes les caméras de surveillance ici, mais aussi aux Sables-d'Olonne, à Saint-Gilles-Croix-de-Vie… Toutes les villes à proximité… On va forcément…

Laetitia l'interrompt.

— Promettez-moi…

Face à la détresse de Laetitia, à ses larmes qui roulent lentement sur ses joues, Camille n'a pas la force de se dérober.

Elle lui donne sa parole.

Chapitre 75

En ce milieu d'après-midi pluvieux, la gendarmerie, aux fenêtres grillagées et sales, est plongée dans une semi-obscurité. Camille allume les néons du plafond quand elle accueille les Lenglet. Aucune trace pour l'instant des deux jeunes filles, disparues depuis désormais une quinzaine d'heures. La lumière blafarde crée une atmosphère sinistre, accentue les traits tirés du couple. Ils ne se sont pas adressé la parole depuis ce matin. Même lorsque la Scientifique a pris possession de leur maison. Cantonnés dans un coin du salon, côte à côte, ils sont restés muets face à cette fouille minutieuse de leur intimité. La major leur annonce que les empreintes d'Amélie 1, « la suspecte » comme elle l'appelle désormais, ont été retrouvées un peu partout dans la maison, dans la chambre.

— Rien de plus normal, puisqu'elle y a vécu, dit-elle.

L'examen du portable et de l'ordinateur d'Amélie ne leur a rien appris non plus.

— En revanche, assène-t-elle, les gendarmes ont découvert que votre arme, monsieur Lenglet, avait disparu. Quand avez-vous vu votre revolver pour la dernière fois ?

— Hier matin.

— Vous êtes sûr ?

Hervé jette un bref regard vers sa femme. Comment avouer qu'il a pensé à se suicider après que Laetitia a annoncé, sans appel, sa décision de le quitter.

— Oui. Certain. Régulièrement, je m'assure de son bon fonctionnement.

— Pourquoi avoir menti à votre épouse concernant votre revolver ? Vous lui aviez promis de vous en débarrasser.

— Un mensonge de plus, soupire Laetitia.

— Je ne sais pas, par habitude, peut-être. Pour me sentir tranquille…

— Cette arme est désormais entre les mains d'une meurtrière.

Hervé baisse la tête, Camille ne lâche pas.

— Comment expliquez-vous sa disparition ? Est-ce qu'elle savait que vous aviez un revolver ? Que vous le cachiez dans votre bureau ?

Le ton de la major devient peu à peu celui d'un interrogatoire sans concession. Depuis que Laetitia lui a confié le secret des circonstances de l'enlèvement, la responsabilité de son mari, son mensonge depuis dix ans, Camille ne fait plus aucune confiance à Hervé.

— Monsieur Lenglet, est-ce vous qui lui avez dit où il se trouvait ? Peut-être que vous le lui avez même donné ? Sincèrement, vous êtes sûr de vouloir continuer à affirmer que vous n'y êtes pour rien dans cette affaire ?

Hervé s'insurge :

— Ça ne va pas recommencer ! Vous n'allez pas me mettre cette folie sur le dos ! Vous ne croyez pas que je suis assez malheureux comme ça ? À vous entendre, celle que je croyais être ma fille est en fait une psychopathe, une criminelle qui a peut-être déjà tué ma vraie…

Hervé n'arrive pas à formuler qu'Amélie 2 est sa fille, encore moins qu'elle est peut-être morte à l'heure où on le soupçonne. Il s'effondre en larmes :

— Après tout, pensez ce que vous voulez… Ma vie est foutue…

Malgré son profond désespoir, la major continue à pousser Hervé dans ses retranchements, à lui lister les éléments en sa défaveur. Depuis ce matin, ses équipes ont recueilli de nombreux témoignages. Leurs voisins, ses collègues du lycée, le personnel du foyer social. Camille a elle-même interrogé Solène, l'amie de Laetitia, et surtout son fils.

— Monsieur Lenglet, c'est vrai que vous avez menacé Amélie de la tuer ?

— Jamais ! se défend Hervé.

— Jordan affirme pourtant le contraire.

Camille lit le procès-verbal :

Son père était devenu fou. J'ai cru qu'il allait la frapper. En quittant la chambre, il lui a hurlé qu'un jour il la massacrerait !

— C'était une façon de parler, se défend Hervé. J'étais hors de moi…

— Non ! C'est une menace ! Violente ! le reprend sèchement la major. Je vous ai suffisamment côtoyé pour savoir que vous avez du mal à vous contrôler, et que vous êtes le genre d'homme à mettre ses menaces à exécution…

Camille le fixe. Hervé ne soutient pas son regard. Elle le tient et tente son va-tout.

— Ai-je tort de penser que vous aviez toutes les raisons du monde de la haïr ? De lui vouloir du mal ? Pour vous, elle a volé la place de celle que vous n'avez cessé d'aimer, de considérer comme votre fille. Peut-être aujourd'hui encore, malgré les preuves qui démontrent le contraire. De plus, elle a détruit votre couple en dévoilant votre infidélité. Dans ces conditions, ai-je tort de vous soupçonner d'être impliqué dans sa disparition ? Monsieur Lenglet, qu'avez-vous fait hier soir ?

— Je vous l'ai déjà dit. Je suis rentré tard, je ne sais même plus à quelle heure. J'ai avalé des somnifères et j'ai dormi sur le canapé jusqu'à votre arrivée.

Hervé s'exprime sans colère, comme résigné.

— Ce n'est pas un alibi en béton armé, ironise la gendarme. Personne ne peut le confirmer. Pas même votre épouse. N'est-ce pas, madame Lenglet ?

Laetitia, qui est restée silencieuse durant tout l'interrogatoire, mais très attentive à la moindre réponse de son mari, sort enfin de sa réserve. Pour l'accabler.

C'est vrai qu'elle ne peut dire ce qu'il a réellement fait la nuit dernière. C'est vrai qu'il déteste Amélie, il le lui a avoué plusieurs fois. C'est vrai qu'il l'a menacée, elle en a été témoin lors de la scène violente qui les a opposés dans sa chambre à cause de son journal intime. C'est vrai qu'il est capable de mentir. Il le fait depuis dix ans.

Hervé est effondré face à ce déferlement de haine. Bien sûr, se dit-il, Laetitia est aveuglée par le drame qui se joue, par la peur qui la tenaille, mais de là à le charger à mort auprès de la gendarme, à le soupçonner elle aussi… Il n'imaginait pas que son amour pour lui puisse se volatiliser d'un seul coup. Hervé prend conscience qu'il l'a perdue définitivement. Il tente d'interrompre ce flot d'accusations, mais Laetitia ne lui laisse pas la moindre chance de se défendre et lui hurle d'avouer. Tout de suite.

— Dis-moi où est ma fille !

Sans force ni volonté pour affronter sa femme et la major, Hervé nie mollement toute implication dans cette affaire. Pire, il avoue même avoir envisagé un moment de fuir avec celle qu'il considérait comme sa fille, Amélie 1. Plus rien ne le retenait ici. Ils en ont encore parlé hier, mais il jure que ce n'était qu'une idée. Hervé n'ose pas révéler qu'elle lui a proposé de se débarrasser de l'autre, « la voleuse ». Il ment une nouvelle fois, comme s'il voulait encore la protéger. Il répète ne pas l'avoir revue depuis, ne pas savoir où elle se trouve, ni ce qu'elle a pu faire à Amélie. Face à tant de zones d'ombre et de contradictions, poussée par l'urgence de retrouver les filles, Camille Desjeunes, convaincue qu'Hervé Lenglet est un élément-clé de son enquête, lui annonce sa mise en garde à vue pour complicité d'enlèvement.

Elle est sidérée par son absence de réaction. Elle s'attendait à ce qu'il se révolte, à ce qu'il l'insulte comme il l'a si souvent fait.

Non, Hervé soupire seulement :

— Sauvez-les… Toutes les deux…

Laetitia se lève, quitte la pièce sans un seul mot, l'abandonnant aux mains des gendarmes.

Chapitre 76

Les volets roulants sont descendus à leur maximum. En cette fin d'après-midi, aucune lumière ne pénètre dans la spacieuse villa. Ni ne s'en échappe. Seule une petite lampe de table éclaire faiblement le salon de cette maison située dans une rue étroite, à une centaine de mètres de la plage des Sables-d'Olonne. Elle est assise dans un large fauteuil, les yeux mi-clos, et se laisse bercer par le bruit lointain des vagues de la marée montante et des rafales de vent qui surfent sur l'océan. Elle semble sereine. Elle a le revolver posé sur ses genoux.

Elle se saisit de l'arme. Vise différents objets de la pièce plongée dans la pénombre. Comme une ado le ferait avec sa manette dans un jeu vidéo de combat. Elle pointe longuement le canon du revolver sur un cadre photo où pose la famille propriétaire de cette résidence secondaire qu'ils ont délaissée pour l'hiver. Elle les trouve pitoyables, parents comme enfants, avec leurs pulls marins et leurs bottes en caoutchouc. Tellement conventionnels.

Lors de ses promenades en bord de mer, elle avait repéré la bâtisse aux volets clos et à la boîte aux lettres débordante de courrier et prospectus, dans ce quartier déserté hors saison. Un panneau « À VENDRE » sur le portail de l'entrée l'avait confortée dans son choix. Elle était sûre que la villa serait inhabitée, au moins jusqu'aux fêtes de Noël. Cela lui laissait bien assez de temps…

Elle sourit, semble savourer ces instants tant attendus depuis des mois, où elle a enfin toutes les cartes en main. Puis, elle se lève, et se dirige lentement dans la pénombre, descend les quelques marches qui mènent au sous-sol et s'arrête devant la porte close de la cave. Elle est cadenassée. Du bout du revolver, elle tape le montant d'acier.

— Comment ça se passe là-dedans ? demande-t-elle sur un ton ironique.

— Je t'en supplie, laisse-moi sortir… Ne me tue pas !

Chapitre 77

La cave de la villa est un bric-à-brac où sont entassés des meubles de jardin, des outils, des cartons, des accessoires de plage, et un vieux matelas posé contre le mur. À peine entrée, elle dépose un pack de bouteilles d'eau et une caisse de victuailles avec des paquets de gâteaux, des chips, des fruits. Elle referme la porte derrière elle et se saisit d'une pomme qu'elle croque à pleines dents.

— Je ne t'en propose pas. La bouffe, c'est pour moi… J'ai besoin de forces, alors que toi tu n'as plus besoin de rien ! Tu es foutue, ma pauvre…

Amélie 2 éclate d'un rire dément. Glaçant.

Prostrée à même le sol, les jambes et les bras entravés par un large ruban adhésif enroulé sur les manches de son pull et le bas de son jean, Amélie 1 est terrorisée, ne cesse de sangloter, de supplier.

— Décidément, tu n'as toujours été qu'une pleurnicharde ! lui crie Amélie 2. Cela fait des années que je supporte tes jérémiades. Mais cette fois-ci, c'est terminé !

Amélie 2 s'agenouille auprès d'elle, passe le canon du revolver sur son visage tétanisé. Comme si elle le caressait de son arme. Amélie 1 hurle.

— Tu peux crier autant que tu veux. Vas-y ! Fais-toi plaisir ! Personne ici ne pourra jamais t'entendre. Et puis, si cela peut te rassurer, je ne vais pas te tuer. Enfin pas tout de suite… J'ai envie de prendre mon temps, de te voir crever de peur. Toutes les deux, on a pas mal de choses à se dire, non ? Toi la première, j'imagine. Sinon pourquoi aurais-tu accepté notre rendez-vous ?

La veille, Amélie 2, après avoir suivi Hervé jusqu'au parc, a assisté à sa rencontre houleuse avec sa rivale. Cachée, elle n'a pu entendre les détails de leur discussion, mais a vu la colère de la jeune fille, ses grands gestes d'énervement. C'était tellement tendu qu'à un moment, Amélie 1 a semblé sur le point de le frapper, avant de s'enfuir à grandes enjambées. Amélie 2 l'a poursuivie sur le chemin du foyer, puis l'a accostée. Elle a résisté, et il a fallu qu'elle la retienne fermement par le bras pour la forcer à l'écouter.

— Je crois qu'il est temps qu'on arrête nos conneries, non ? Qu'est-ce que tu en penses ? Si on continue comme ça, on va finir par perdre toutes les deux. J'ai une offre à te faire. Tu vas être contente, je te laisse la place. Tu vas pouvoir redevenir Amélie Lenglet. Mais avant de disparaître, j'ai besoin de toi, d'un dernier service…

— Pourquoi je te ferais confiance ? lui a-t-elle sèchement répondu en tentant vainement de se dégager.

— Parce que je t'ai protégée pendant des années. Sans moi, tu n'aurais jamais survécu dans l'enfer du buron… Tu n'es pas amnésique au point d'avoir oublié que tu étais enfermée dans une bergerie avec moi ! Je sais pourquoi tu as inventé cette histoire de maison proche d'ici, de grenier de princesse, de ravisseurs si gentils avec toi. Pourquoi tu as réapparu au milieu de la France. Tu ne voulais pas qu'on fasse le moindre lien entre toi et la ferme dans le Cantal, qu'on retrouve ces salauds enterrés, et moi morte, enfermée dans la cave. Cela aurait fait désordre dans le CV de l'admirable Amélie Lenglet, la miraculée ne pouvait pas être une sale meurtrière. Le problème, c'est que moi, je sais tout ce que tu as fait et que tu as voulu cacher… Et…

— Et quoi ?

— Et, je ne suis pas morte !

— Si je comprends bien, je n'ai pas le choix… a soupiré Amélie 1, comme résignée.

— Écoute, si j'avais voulu tout balancer aux gendarmes, je l'aurais fait depuis longtemps. Mais je n'ai aucune envie de finir en taule. Je te jure que ce n'est pas un piège. Je vais me tirer, je n'en ai rien à foutre des Lenglet. Je te les laisse. Mais j'ai besoin de fric pour refaire ma vie. Et toi seule peux en soutirer à ton papa qui t'aime tant. Si tu veux les retrouver, fais-moi confiance.

— Laisse tomber, c'est foutu ! Pour elle comme pour lui, je n'existe plus…

— J'ai la solution. Rendez-vous ce soir, à minuit aux Sables-d'Olonne et je te dirai comment faire, a ordonné Amélie 2.

Elle a insisté :

— Viens ! Une fois que j'aurai mon pognon et avant de disparaître, je te jure d'écrire une lettre d'aveux pour dire comment j'ai manipulé tout le monde et que c'est toi, et toi seule, la vraie Amélie Lenglet !

Amélie 2 sourit franchement en contemplant son otage en larmes, impuissante.

— J'étais certaine que tu goberais mes salades ! Je te connais par cœur. Une suiveuse de première ! Je n'avais plus qu'à t'attendre à notre lieu de rendez-vous avec le revolver, et te forcer à me suivre pour t'enfermer ici. Trop facile !

— Et qu'est-ce que tu fais des flics ? Ils doivent nous chercher partout. Ils vont bien finir par te gauler ! tente Amélie 1.

— Moi ? Tu es sûre ? Je pense que c'est plutôt toi qu'ils recherchent. Tu t'es enfuie du foyer, tu es venue chez les Lenglet prendre le revolver d'Hervé et tu m'as kidnappée…

— N'importe quoi !

— J'ai oublié de te dire que j'ai fait un peu de ménage hier soir dans ma chambre… Une petite mise en scène de bagarre, juste de quoi montrer que j'ai résisté à ta folie.

— Et le bornage de nos portables ?

— Le mien, je l'ai laissé bien en évidence sur ma table de nuit. Le tien, si je me rappelle bien, je t'avais demandé de l'éteindre avant de quitter le foyer pour plus de sécurité pour notre petit rendez-vous secret. Et comme toujours, tu as suivi mes ordres ! Vérifier ton téléphone, c'est la première chose que j'ai faite quand je t'ai retrouvée et forcée à me suivre…

Amélie 1 est sous le choc. Pas encore vaincue, elle cherche comment échapper au piège dans lequel elle est tombée si naïvement.

Chapitre 78

Camille est arrivée la première à la gendarmerie. Aux aurores. Elle a peu et mal dormi. Cela fait déjà trente heures qu'elles ont disparu. Elle épluche les rapports déposés sur son bureau, tous plus désespérants les uns que les autres. Aucune trace d'elles, aucun indice valable. Avant de convoquer Hervé Lenglet, qui a passé la nuit en cellule, pour un nouvel interrogatoire, elle appelle Tom. Tant pis si elle le réveille. Elle a besoin d'entendre sa voix, ses mots toujours aussi réconfortants. Leur histoire d'amour a repris peu à peu vie. Cependant, ce n'est pas totalement comme avant. Camille se protège, elle et ses filles. Tom ne vient plus chez elle, ils se voient moins souvent, mais étrangement elle a le sentiment que leur relation est plus solide. Elle y perçoit même une promesse d'avenir. Tom est en train de lui parler d'un projet de week-end à Amsterdam, une escapade tous les deux une fois cette affaire terminée, quand le son strident signifiant l'arrivée d'un nouveau mail résonne sur l'ordinateur de Camille. Le courrier électronique provient du bureau de la Scientifique. Elle abrège la conversation, lui promet de réfléchir à son idée de voyage, et raccroche.

Camille relit plusieurs fois le mail. Elle est sous le choc. Ce sont les premiers résultats ADN prélevés sur les corps des ravisseurs, en attendant les conclusions de l'autopsie prévues pour la fin d'après-midi. Aucune des deux Amélie n'est leur fille biologique !

— Tu le crois ça ?

Camille est au téléphone avec Yannis Messaoui. Elle avait besoin de partager son désarroi avec un allié. Elle est perdue, retour à la case départ. Ses hypothèses concernant le parcours criminel d'Amélie 1 s'effondrent tel un château de cartes.

— Je suis nulle, soupire-t-elle.

— C'est pas faux, ironise Yannis, qui cherche à la sortir de la spirale négative dans laquelle les analyses de la Scientifique viennent de la plonger.

De multiples questions assaillent la major. Même les plus insensées. Elle les livre en vrac à Messaoui qui ne se départit pas de son humour, qu'il sait, par expérience, capable d'agir comme un calmant sur les angoisses de sa cheffe.

— Bon. Procédons par ordre. On va tout d'abord éliminer la piste des extraterrestres…

Elle sourit enfin :

— Je suis d'accord avec toi ! Pas de petits bonshommes verts !

Camille et Yannis explorent alors l'ensemble des hypothèses plausibles qui s'offrent à eux. Après une demi-heure d'échange, Messaoui lâche :

— Quel bordel, cette affaire !

— Affirmatif, soupire Camille. Allez, ramène-toi ici. J'ai besoin de toi. Il y a urgence à les retrouver !

Chapitre 79

Assise derrière son bureau, les yeux rivés sur l'écran, Camille serre un poing rageur, à la hauteur de son visage, en signe de victoire. Elle a envie de hurler un tonitruant « Yes ! », d'évacuer la pression accumulée ces derniers jours, mais se retient face au regard interrogatif et sévère du lieutenant Laurent. Elle se contente d'afficher un large sourire, de soulagement autant que de satisfaction. Camille se lève pour lui céder son fauteuil.

— Regardez, lieutenant, ce que je viens de recevoir de la Scientifique. Le rapport d'autopsie.

Tandis que l'homme commence à lire les conclusions du légiste, Camille perd son regard à travers la fenêtre, contemple la cour de la caserne, calme en cette fin de journée, pense à Yannis. Elle a hâte qu'il soit là, hâte de partager cette information capitale avec lui, et lui dire qu'ils vont pouvoir rayer de leur liste certaines hypothèses désormais superflues…

Le lieutenant Laurent lit à haute voix :

Rapport d'autopsie, affaire Lenglet le 15 novembre 2023.

L'homme présente trois impacts de balle, calibre 12, tirés par un fusil de chasse semi-automatique. Il s'agit de cartouches pour grand gibier avec balles en plomb expansives et non perforantes. Un projectile a pénétré dans sa cage thoracique par le dos, avec un angle de 45 degrés, du bas vers le haut. Une deuxième balle a été tirée en plein cœur, à bout portant. On constate enfin qu'un troisième impact, à bout touchant cette fois-ci, a été donné au niveau du bassin et des parties génitales...

L'examen nécropsique de la femme révèle des fêlures de l'os temporal et de la face supérieure du crâne. Ces blessures n'ont pas pu provoquer son décès. Tout au plus, une perte de connaissance. Des fragments de craie et d'argile ont été prélevés au niveau des impacts. On peut affirmer que la femme a été frappée avec une pierre. Nous n'avons retrouvé qu'une seule balle logée dans sa colonne vertébrale, et tirée par la même arme que pour l'homme. L'impact, au niveau du ventre, n'a sans doute pas touché d'organe vital et ne peut pas être la cause de sa mort. La femme a sans doute succombé par asphyxie. De la terre et des fragments de pierre ont été retrouvés au niveau de la trachée et de l'œsophage. On peut en déduire qu'elle était encore en vie quand elle a été ensevelie...

— Quelle sauvagerie, souffle Laurent en refermant le fichier.

Camille, impassible, lui tend un feuillet.

— Ce mail vient du laboratoire scientifique. Vous n'êtes pas au bout de vos surprises, lieutenant.

Selon notre méthodologie de recherche ADN, nous avons procédé à l'examen des cheveux, au nombre de vingt et un, trouvés dans le creux de la main de la femme. L'analyse révèle une correspondance incontestable avec le fichier référencé sous le numéro B 4758...

Laurent pianote aussitôt sur le clavier, à la recherche du fichier en question dans la base de données.

— Ne vous fatiguez pas, je connais ce numéro par cœur ! Depuis le temps… lâche la major, en prenant place sur le siège face à son collègue. C'est celui d'Amélie 1…

Voilà pourquoi Camille a soudain exulté.

Chapitre 80

Depuis plusieurs minutes, la major Desjeunes et le lieutenant Laurent tentent de reconstituer les circonstances des meurtres et de visualiser la scène grâce aux conclusions du travail du légiste.

— Selon l'angle et le sens de pénétration de l'une des balles, elle a dû tirer sur l'homme, dans le dos, alors qu'il était en hauteur. Peut-être sur une chaise ou sur une échelle. Cela sent le tir par surprise. Sans doute, le premier. Blessé, il est tombé au sol et elle l'a achevé d'une balle en plein cœur.

— Ça se tient. Et la balle dans les parties génitales ? s'interroge le lieutenant. Une vengeance personnelle ?

— Possible… En tout cas, avec la balle retrouvée dans le corps de la femme, ça fait quatre coups de feu ! Le compte est bon.

— Et pour la femme ?

— J'imagine qu'elle a dû vouloir s'enfuir pour sauver sa peau. Mais Amélie 1 l'a rattrapée. Elles ont dû se battre.

— C'est à ce moment-là qu'elle lui a arraché des cheveux, conclut le lieutenant.

D'un coup, Camille enrage :

— Quand je pense que moi, comme une imbécile, j'ai cru à ses salades ! Elle m'a menti tout le temps ! Sur tout et n'importe quoi, et ça, depuis le premier jour !

Maintenant qu'elle a la preuve irréfutable qu'Amélie 1 vivait au buron et peu importe son lien avec les ravisseurs, qu'elle les a assassinés, que depuis des semaines elle a inventé son histoire de A à Z, la major Desjeunes n'a qu'une idée en tête. Sauver la vraie Amélie Lenglet de sa folie meurtrière.

Elle encourage le lieutenant Laurent à motiver ses équipes pour qu'ils multiplient leurs efforts sur le terrain, à renforcer les effectifs. De son côté, dérogeant à ses principes, elle décide de convoquer la presse, de médiatiser la disparition des jeunes filles, de diffuser leurs photos, de lancer un appel à témoins. Elle appelle le juge pour obtenir son autorisation, prévient Laetitia avant de descendre à l'étage des cellules, pour en informer Hervé.

Face à sa détermination, personne n'ose s'opposer à Camille. À 19 heures, la major Desjeunes, en uniforme, est en direct et en simultané sur toutes les chaînes d'information continue.

Chapitre 81

— Putain ! s'exclame Amélie 2 en montant légèrement le son de la télévision du salon.

Un bandeau accrocheur s'affiche à l'écran.

Amélie Lenglet : Un nouveau drame ?

Comme à chaque heure précise, elle vient d'allumer la TV pour voir si on parle d'elles aux infos. Elle porte ses fins gants noirs en soie qui d'habitude la protègent du froid. Surtout ne laisser aucune empreinte. Elle est stupéfaite de découvrir la major Desjeunes, assise derrière une forêt de micros, sous le crépitement des flashes. L'air sévère, d'une voix monocorde, elle déclare que les deux jeunes filles ont disparu il y a une quarantaine d'heures et que des recherches d'une grande ampleur sont en cours. La gendarme se dit convaincue qu'elles sont encore dans la région et lance un appel à témoins, en s'appuyant sur leurs photos qui apparaissent à l'écran. Elle poursuit :

— Contrairement à ce que l'enquête et leurs témoignages mutuels laissaient penser, elles se connaissent. Peut-être depuis longtemps…

Amélie 2 semble déstabilisée, assaillie par les souvenirs douloureux de leur première rencontre.

*

La cave du buron est faiblement éclairée, malgré le soleil printanier qui perce le fenestron. Elle n'est encore qu'une fillette. Elle est assise sur le matelas, posé à même le sol en terre battue. Adossée contre le mur, elle lit un manuel scolaire de géographie, examine la carte de France, les tracés des fleuves. Elle les connaît par cœur. C'est l'un des rares livres dont elle dispose depuis son enlèvement, il y a plus d'un an. Quand elle entend la clé dans la serrure, elle se raidit. Un réflexe de peur qui ne l'a jamais quittée depuis ce maudit jour. Une femme, la trentaine, de grande taille, très maigre, pénètre dans la pièce en tirant sans ménagement une enfant. C'est Amélie 1. Elle a les mains liées derrière le dos, un morceau d'adhésif sur la bouche. Ses yeux sont rougis de larmes et de terreur. La femme défait ses liens, décolle le scotch d'un coup sec, et lui ordonne d'arrêter de chialer. Avec son ton brutal, son visage aux traits anguleux, son regard noir fiévreux, ses cheveux châtain foncé taillés à la garçonne, elle est intimidante, autoritaire. Pourtant, c'est d'une voix douce, presque maternelle, qu'elle s'adresse à la gamine debout à côté d'elle :

— Elle, c'est Juliette. Ta nouvelle sœur !

La femme désigne du doigt la gamine prostrée sur le matelas. Elle semble aussi effrayée que l'autre enfant.

— Juliette, ne fais pas cette tête ! Viens dire bonjour ! Toi qui te plaignais depuis des mois d'être toute

seule. Maman te fait le plus beau des cadeaux. Elle s'appelle Amélie et elle a exactement ton âge !

Juliette, effarée, ne bouge toujours pas du lit. La femme s'agace et la tire de force pour qu'elle se lève enfin.

— Allez, embrassez-vous !

Tétanisées, les enfants se regardent de longs instants, sans oser s'approcher, se toucher. La femme s'impatiente, les menace de sévir si elles ne s'exécutent pas immédiatement. Elles se font aussitôt une bise sur chaque joue, timidement. Satisfaite, la femme les examine, côte à côte. Elle sourit, avant de quitter la cave et refermer la porte à double tour. La nouvelle venue et Juliette s'effondrent en larmes. Dans les bras l'une de l'autre. Elles entendent alors la femme hurler à son mari :

— C'est dingue ! De vraies jumelles !

*

Chapitre 82

*

Les deux gamines soufflent leurs onze bougies dans le même élan joyeux. La femme applaudit, contemple avec tendresse les filles en train de s'embrasser, de rire en plongeant leurs doigts dans la crème Chantilly qui recouvre le moelleux au chocolat fait maison. Elle n'a jamais manqué de leur fêter leur anniversaire, tous les 23 mars. Elles n'ont pas compris pourquoi une seule et unique date pour toutes les deux. D'autant que le 23 mars ne correspond en rien à leurs dates de naissance respectives, ni à celles de leur enlèvement. Il y a quelques jours, Juliette, la plus dégourdie, la plus frondeuse aussi, avait osé demander à l'homme :

— Vous serez là pour notre anniversaire ?

Il n'avait jusqu'alors participé à aucune de leurs petites fêtes organisées dans la cave. Pour l'occasion, sa femme décorait la pièce en accrochant une guirlande de papier et quelques ballons roses. L'homme avait répondu en haussant les épaules :

— C'est son truc à elle, pas le mien.

— Pourquoi le 23 mars ?

— C'est pas tes oignons ! Continue de bêcher et ferme-la !

Juliette n'avait pas insisté et s'était activée sur les plants de tomates.

Elles ne savent pas pour quelle raison, mais l'homme leur fait bien moins peur que son épouse. Il est un peu plus jeune qu'elle, plus petit aussi. Tout aussi maigre, tout en nerfs, il ne paye pas de mine. Toujours en retrait, taiseux, il ne descend que très rarement à la cave, seulement pour y faire des réparations, des travaux de plomberie, d'électricité ou de maçonnerie. Il reste à distance des filles, laisse sa femme gérer les repas, leur scolarité et se consacre à l'entretien de la propriété, du potager et du verger.

— Tu parles d'un caïd ! C'est vraiment une petite chose ! Elle le fait marcher à la baguette ! ricanent souvent les deux filles à son propos, quand elles sont couchées dans le lit qu'elles partagent depuis plusieurs années.

— Un vrai toutou ! ajoute parfois Juliette.

Complices, inséparables, les deux filles avaient décidé de surnommer l'homme Scoopy.

Avec une certaine fierté, la femme découpe trois parts de gâteau.

— Il est parfait, vous allez vous régaler ! s'exclame-t-elle.

Les deux filles échangent un regard méfiant et moqueur. Elles retiennent un fou rire. Elles savent qu'elle est une cuisinière particulièrement médiocre. C'est elle, et elle seule, qui prépare leurs repas. Le déjeuner est pris dans la cuisine de la ferme, à midi précise. Juste après l'heure d'école quotidienne qu'elle leur délivre sur la grande table, avec exigence et sévérité. Si Amélie se révèle brillante et assidue, Juliette déteste en revanche les cours quelle que soit la matière, refuse d'apprendre ses leçons et, souvent, n'hésite pas à provoquer la femme :

— Tout ça, c'est du pipeau ! Ça va nous servir à quoi plus tard ? Vu qu'on va être prisonnières ici toute notre vie !

Juliette se prend souvent une gifle en retour. Les punitions et les sévices ne lui font pas peur. Elle n'a connu que ça durant son enfance difficile. L'heure d'école, puis le déjeuner avalé sur le pouce se font toujours en l'absence de l'homme. Un deal passé avec son épouse. Il refuse de voir les filles traîner dans « sa maison ». Elles ne sont autorisées à sortir de la cave que quand il travaille à l'extérieur, ou pour lui donner un coup de main au jardin, quand il descend seul en ville avec sa vieille moto, ou quand il s'isole dans « sa pièce » pour jouer sur sa console vidéo. C'est ainsi qu'elles passent le plus clair de leur temps enfermées toutes les deux, même pour le dîner que la femme leur apporte à la cave. Il est souvent froid et immangeable.

Elles lèvent le pouce en l'air en direction de la femme, en avalant leur moelleux. Finalement, il est plutôt bon. Elles en redemandent, cherchant à profiter au maximum de cet après-midi extraordinaire pour des enfants séquestrées, privées de tout le reste de l'année. Le couple ne fête pas Noël. La femme, souriante mais avec un voile de tristesse dans les yeux, regarde « ses filles » se régaler. Comme tous les 23 mars, exceptionnellement, elle s'est légèrement maquillée, a troqué son éternel jean pour une petite robe noire.

— Le cadeau ! Le cadeau ! scandent les fillettes, une fois le gâteau englouti.

Elles savent que, comme chaque année, il n'y aura pas de paquet à ouvrir, mais elles s'en moquent. Leur rituel est le plus beau des présents qu'on peut leur offrir : un moment de légèreté. De liberté. La femme installe un poste au milieu de la pièce, sur le sol. Elle glisse un CD et envoie la musique. Toujours les mêmes morceaux de son groupe préféré, les Rolling Stones. Aux premières notes de « Miss You », les larmes lui montent aux yeux. Amélie et Juliette, elles, se mettent aussitôt à danser, danser... À s'en étourdir.

*

Chapitre 83

— Ils ont été assassinés avec un fusil de chasse. Puis enterrés loin de la ferme, sous des pierres.

Les réponses de la major Camille Desjeunes sont brèves. Elle se sent bien moins à l'aise dans l'exercice des questions que dans celui de son exposé qu'elle avait minutieusement préparé. Elle en accepte une dernière avant de mettre fin au point presse. Une journaliste d'un quotidien national saisit sa chance.

— Major, pensez-vous que c'est elle qui les a tués ?

— Il est encore trop tôt pour affirmer qui a commis ces meurtres, répond Camille qui a choisi la prudence avec la presse.

— Mais vous nous avez dit que la jeune fille du foyer avait vécu au buron. Qu'elle avait menti depuis le début. Qu'elle était dangereuse. Que la vie d'Amélie Lenglet était en danger. Vous avez forcément des éléments qui vous laissent penser qu'elle a assassiné les ravisseurs ?

— L'enquête se poursuit…

Camille remercie l'assistance, se lève brusquement et quitte la salle, dans un brouhaha de journalistes frustrés. Elle indique seulement que le procureur tiendra une conférence de presse prochainement. Quand une question sort des rangs des journalistes :

— Pourquoi Hervé Lenglet a-t-il été placé en garde à vue ?

La major disparaît sans un mot.

Hervé en prison, sa rivale soupçonnée du meurtre de leurs ravisseurs… C'est plus qu'elle n'en espérait, pense Juliette en éteignant la télévision. Elle sourit en imaginant la gendarme se perdre en conjectures, se tromper sur toute la ligne. Malgré sa détermination, elle ne pourra jamais comprendre ce qu'elles ont vécu, dénouer le fil de leur drame.

*

Les deux adolescentes sont blotties l'une contre l'autre, près du mur du fond de la cave. Le plus éloignées possible de la porte. Elles n'ont pas encore quatorze ans. Amélie tremble de tout son corps qu'elle sent se dérober, Juliette la soutient. Le bruit des pas dans l'escalier s'amplifie, la clé tourne dans la serrure. Comme toujours, par réflexe depuis des mois, Juliette éteint la lampe et plonge la cave dans le noir de la nuit. Protection dérisoire qu'elle sait inutile. La porte s'ouvre, le faisceau de la lampe torche balaie la pièce et s'arrête sur les visages terrifiés des jeunes filles. L'homme actionne l'interrupteur. L'ampoule qui pend au plafond illumine la cave de manière crue. Il les fixe sans un mot. Il ne manifeste aucune expression. Son regard est vide. Puis, de son index, il désigne l'une des filles. Aucune ne bouge. Elles se serrent dans les bras, de plus en plus fort, comme si elles cherchaient à ne faire qu'une. L'homme agrippe violemment Amélie par le col de son pull et la tire vers le matelas. De l'autre bras, il repousse Juliette.

— Toi ! Ne commence pas à m'emmerder ! Reste là ! Sinon...

L'homme dresse un poing menaçant, puis se tourne vers Amélie qui, près du matelas, a déjà commencé à se déshabiller. Elle pleure mais s'exécute sans qu'il lui donne le moindre ordre. Elle connaît trop bien le déroulé de ces quelques minutes immondes. Elle a tellement peur de lui, de ses coups. Comment ont-elles pu penser qu'il était inoffensif ? Qu'est-ce qu'elles ont fait de mal pour qu'il puisse devenir ce monstre depuis quelques mois ? Entièrement nue, Amélie s'allonge sur le matelas. Elle fixe l'ampoule au plafond, puis elle ferme les yeux, et serre les dents. En silence, l'homme se couche auprès d'elle, la touche aussitôt. Ses gestes sont mécaniques quand il presse ses seins, descend jusqu'à son sexe. Très vite, il saisit la main de l'adolescente pour la glisser dans son pantalon. Juliette enrage. Elle a trop vu cette scène. Trop vécu aussi. L'homme abuse d'elles à tour de rôle. Les souille sans jamais les pénétrer. Il veut les mater, les toucher et qu'elles le masturbent. Il choisit l'une d'elles selon sa pulsion du moment. En voyant Amélie si fataliste dans sa détresse, si désarmée, Juliette se révolte. Pour la première fois. Elle se jette sur l'homme, l'éloigne de son amie, sa sœur.

— Laisse-la ! Espèce de salaud !

Il lui assène un violent coup de poing au visage et se lève d'un bond. Furieux, il se dirige vers la porte, réajuste son pantalon, et la pointe du doigt.

— Toi ! Tu ne perds rien pour attendre ! Tu vas voir, je peux me montrer beaucoup moins gentil !

Le nez en sang, Juliette le défie alors qu'il quitte la pièce.

— Rien à foutre de tes menaces ! C'est la dernière fois que tu la touches ! Tu entends ? Désormais, ce ne sera que moi !

L'homme ne répond pas. Il referme la porte à double tour. Amélie se précipite pour embrasser Juliette, la remercier.

— Tu es complètement folle… Regarde ce qu'il t'a fait. Tu pisses le sang. Tout ça pour me protéger… T'es une vraie dingue…

— Quand je pense que l'autre le laisse faire ses saloperies !

Juliette est encore sous l'emprise de sa rage.

— Comment elle peut fermer les yeux, alors qu'elle nous demande de l'appeler « Maman », n'arrête pas de dire qu'on est ses petites filles chéries ? Contrairement à ce que tu dis, ce sont eux les dingues, pas moi !

Amélie ne répond pas. Avec un coin de drap, elle tente de stopper l'hémorragie nasale. Ses gestes sont délicats. Elle passe sa main sur la joue de Juliette.

— Merci, merci… Je ne te remercierai jamais assez…

*

La nuit est tombée sur la villa. Juliette pénètre dans la cave et découvre sa captive, assoupie d'épuisement, affalée tel un pantin désarticulé, la tête penchée sur le côté. D'un violent coup de pied dans ses jambes, elle la réveille en sursaut. Juliette éructe de rage.

— Tu t’es bien foutue de ma gueule ! Toi qui disais que tu me devais tout, que tu ne me remercierais jamais assez de t’avoir protégée de ces salauds, que tu m’aimais comme une sœur, que nous étions inséparables… Et moi, comme une conne, j’y ai cru ! Tu étais tout pour moi ! Pourquoi m’as-tu trahie ?

Chapitre 84

Laetitia se réveille en pleine nuit. Le somnifère ne fait plus effet, elle hésite à en avaler un second. Elle reste allongée, les yeux clos, dans le silence du pavillon. Seule. Trop de questions l'assaillent pour qu'elle puisse se rendormir. Où est Amélie ? Est-elle en danger, comme l'affirme la flic ? Encore en vie ?

Elle est si mal qu'elle se lève, descend à la cuisine, boit un grand verre d'eau, remonte, ouvre la porte de la chambre de sa fille sans avoir le courage d'y pénétrer, embrasse d'un regard triste certains objets personnels, puis se recouche. Elle prend un livre, le referme au bout de quelques pages. Cinq heures… Elle pense à Hervé qui doit, lui aussi, voir le sommeil le fuir, dans sa cellule à la gendarmerie. Est-il responsable de tout ce chaos ? En dépit de son angoisse, de sa colère, Laetitia n'arrive pas à croire en sa culpabilité. Elle sait qu'Hervé est incapable d'une telle chose. Au fond d'elle, sans oser se l'avouer, Laetitia voudrait que ces derniers mois n'aient jamais existé. Malgré le drame, l'absence de sa fille qui la rongeait, elle regrette cette vie qu'ils s'étaient construite, la plus paisible et aimante possible. Une existence sans espoir de la retrouver, certes, mais aussi sans secret, sans mensonge. Aujourd'hui tout cela a volé en éclats.

Le temps s'écoule si lentement que c'est un supplice. Laetitia se sent épuisée, mais déterminée. Elle ne veut pas perdre sa fille une seconde fois, elle se battra comme jamais. Durant cette nuit quasiment blanche, elle décide aussi de quitter Hervé dès que ce cauchemar sera fini. Sept heures, enfin… Elle s'habille à la hâte, part sans prendre de petit déjeuner. Elle ira boire son café dans le bourg, loin de sa maison vide. Ensuite, elle s'abrutira au travail, traînera après la fermeture du restaurant, puis se rendra à sa convocation. Seize heures à la gendarmerie.

En découvrant son mari, les traits tirés, le regard éteint, Laetitia ne peut s'empêcher d'éprouver un sentiment de pitié. Elle lui sourit timidement :

— Ça va ?

D'un mouvement de tête, Hervé fait signe que oui. Assis, face à la major Desjeunes, il semble perdu dans ses pensées. Ces quelques heures de garde à vue l'ont secoué, réveillant en lui de douloureux souvenirs, quand il était soupçonné d'avoir tué sa fille. Il n'a jamais oublié sa révolte, mais surtout sa honte d'avoir été lâche. De ne pas avoir avoué que son seul crime avait été de la laisser sans surveillance pour aller retrouver sa maîtresse. Une faute impardonnable qu'il porte depuis dix ans.

Hervé ne veut plus se dérober. Jusque tard dans la soirée d'hier et toute la matinée, au cours des interrogatoires menés par Desjeunes, il a répondu avec la plus grande sincérité. Très calme, comme anesthésié par l'effondrement de sa vie.

— Vous avez raison, major. Je suis un menteur. Le pire, c'est que je me suis menti à moi-même. Je n'ai jamais voulu reconnaître l'évidence. Notre fille vivait sous notre toit, et moi je passais mes journées avec l'autre, à comploter…

— Comment ça ?

— On voulait rétablir la vérité. À n'importe quel prix, quitte à faire du mal à Amélie… Hervé se prend la tête entre les mains. Quel fou j'ai été !

— Monsieur Lenglet, avez-vous participé à cet enlèvement ? Il n'est peut-être pas trop tard. Dites-moi où elles sont ?

— C'est de ma faute… C'est moi qui lui ai mis ces idées dans le crâne, à force de dire qu'elle était ma petite fille chérie et l'autre qu'une sale voleuse…

— Je vous le redemande. Où sont-elles ?

Hervé réalise soudainement que la gendarme interprète mal ses propos. Il jure qu'il n'y est pour rien, qu'il dormait, abruti de somnifères et d'alcool.

— Je n'ai rien fait ! Si ce n'est qu'avec mes délires, j'ai nourri la bête qui sommeillait en elle. Je m'en veux tellement… Jamais je n'aurais pensé qu'elle fasse une chose pareille. Vous me croyez ? supplie Hervé.

— Et votre arme ? répond sèchement Camille. Je ne crois pas à votre version selon laquelle vous vérifiez son fonctionnement régulièrement.

— Je vous ai menti, soupire Hervé. Je voulais en finir…

Laetitia écoute la major détailler l'avancée des recherches. C'est à désespérer. Desjeunes a beau se montrer confiante dans son dispositif de quadrillage, lui répéter que les caméras de surveillance vont finir par parler, elle ne peut s'empêcher de penser que l'enquête est au point mort. Une fois encore, les gendarmes vont échouer à retrouver sa fille. Elle ne peut s'y résoudre. À la surprise d'Hervé et de Camille, elle enrage.

— Ne me racontez pas d'histoires ! Dites plutôt que vous êtes paumée ! Vous n'avez pas le début d'un embryon de piste ! Je ne veux pas que cela recommence, vous m'entendez ?

— Je comprends… répond Camille en baissant la tête. Vous avez raison, on piétine… Mais, je vous promets…

— Arrêtez avec vos promesses ! l'interrompt Laetitia, au bord de la rupture. Je veux ma fille, murmure-t-elle avant d'éclater en sanglots.

Hervé passe son bras autour de ses épaules, lui glisse à l'oreille quelques mots de réconfort. Laetitia, épuisée, vidée, se laisse faire. Durant quelques instants, Camille observe le couple en silence, puis annonce :

— Monsieur Lenglet, ramenez votre épouse chez vous. Il faut qu'elle se repose. Prenez soin d'elle.

— Mais ? s'étonne Hervé.

— J'ai signé tout à l'heure la levée de votre garde à vue. Je pense que vous me dites la vérité. Je n'ai plus besoin de vous. Mais votre femme, oui.

Le couple se lève. Laetitia semble à bout de forces. Hervé la soutient jusqu'à la sortie.

Une fois seule, Camille lâche un juron d'impuissance. Elle prend son téléphone.

— Putain, Yannis t'es où ?

— Du calme ! La Vendée c'est pas la porte à côté !

Un coup de klaxon retentit dans la cour de la caserne. De la fenêtre, Camille découvre Yannis au téléphone, tout sourire, se tenant fièrement debout, près de sa vieille guimbarde.

— Trois heures et quinze minutes chrono ! C'est qui le meilleur, cheffe ?

— C'est toi, Speedy Messaoui ! sourit Camille. Allez, grouille-toi. On a du boulot !

Chapitre 85

De grosses gouttes de pluie frappent les volets. Juliette est avachie sur le canapé. Elle vit dans une quasi-obscurité, depuis déjà une quarantaine d'heures. Parfois, elle sursaute au bruit d'une voiture, de conversations dans la rue, de la sirène d'une ambulance qu'elle prend pour un véhicule de gendarmerie. Juliette est sur le qui-vive, mais elle n'en a pas encore fini avec sa prisonnière. Se délecter, encore et toujours, de la torture qu'elle lui inflige à chaque minute qui passe. Laisser le compte à rebours défiler sans fixer d'échéance. Enfin, Juliette doit savoir, comprendre comment elles en sont arrivées là. À se haïr.

*

— *Je ne suis pas votre bonniche !!!*

Juliette défie la femme, en brandissant une assiette sale, prête à la jeter au sol.

— *Ras le bol de laver votre merde !*

Elle lâche l'assiette qui se fracasse sur le carrelage en terre cuite. L'homme écarte son épouse d'un geste vif et assène une gifle à l'adolescente. Sonnée, elle s'appuie contre l'évier pour ne pas tomber.

— Et toi, tu ne bouges pas ! Tu ne dis rien ! explose Juliette en fixant Amélie qui se tient en retrait dans la cuisine de la bergerie.

— Ramasse tout de suite l'assiette que tu viens de casser !

L'homme prend l'adolescente par le col et l'oblige à se mettre à genoux au milieu des morceaux éparpillés. Juliette se relève aussitôt pour le défier. Elle ne montre aucun signe de douleur, aucune crainte. Elle plante son regard dans le sien.

— Vas-y ! Frappe-moi encore ! C'est tout ce que tu sais faire !

Il se rue sur elle, la gifle à nouveau. Si violemment cette fois qu'elle tombe à terre. Sa tête heurte le coin de la table, elle saigne. Il la relève, et la bat encore. En voyant Amélie s'approcher pour enfin intervenir, il la menace à son tour en brandissant le poing. Terrorisée, elle reprend sa place, dans un coin de la pièce.

— Ce n'est pas une gamine de seize ans qui va faire la loi chez moi ! Demande-nous pardon !

— Jamais ! Je vous déteste, toi et ta femme ! Vous êtes des monstres !

— Des monstres, tu l'entends ? Toi aussi tu penses que nous sommes des monstres ?

La voix de l'homme se veut douce, Amélie baisse la tête, muette, incapable d'esquisser le moindre mouvement, la moindre réponse.

— C'est bien.

Il lui adresse un sourire avant de lancer à son épouse :

— Elle, au moins, elle ne nous pose jamais de problème ! L'autre, nous aurions mieux fait de la laisser dans sa vie de merde ! Je te l'avais dit, oui ou non ?

La femme ne répond pas. Elle se rappelle combien elle avait insisté pour qu'ils l'enlèvent. Juliette se rue sur lui, le frappe avec ses poings de toutes ses forces.

— Arrêtez, s'il vous plaît, murmure d'une voix faible Amélie, recroquevillée contre le buffet.

L'homme prend rapidement le dessus sur Juliette. Il l'empoigne et la descend à la cave. Amélie la rejoint quelques minutes plus tard. Empruntée, honteuse, elle n'ose l'affronter, lui parler. Elle passe un linge sous le robinet, veut nettoyer le sang coagulé sur le front de Juliette.

— Ne me touche pas ! Tu n'es qu'une sale peureuse ! Il me frappe et toi tu ne bouges pas !

— Je sais... J'aimerais tant avoir ton courage. Pardonne-moi...

— Te pardonner ? Après tout ce que je fais pour toi ? Et moi ? Qu'est-ce que tu me donnes en retour ?

Juliette la toise. Elle aime lui rappeler combien elle se sacrifie pour la protéger, la faire culpabiliser à la moindre occasion. Cela lui confère une emprise qui n'a cessé de croître au fil des années. Amélie refuse le débat, comme toujours. En silence, elle nettoie le front de Juliette qui se laisse enfin faire, se radoucit.

— Je t'en prie, réveille-toi... Arrête de tout subir, de jouer à la chouchoute... On ne va pas être des victimes toute notre vie ! Il faudra bien qu'un jour, ils payent pour tout le mal qu'ils nous ont fait. Je vais tout faire pour qu'on se tire de là ! Mais pour ça, j'ai

besoin de toi ! Qu'enfin tu sois forte ! Je peux compter sur toi ?

— Oui, répond Amélie en affichant le plus de conviction possible.

— Promis ?

— Promis !

Les deux adolescentes se serrent dans les bras pour sceller leur pacte.

*

Chapitre 86

— Toi, t'as besoin de lunettes ! Faut dire que tu te fais vieux ! plaisante Camille en pénétrant dans la pièce, et en découvrant Yannis le nez collé sur un écran. Depuis des heures, il s'escrime à détailler des images de mauvaise définition. Faute de budget, les caméras de surveillance de Sainte-Foy et des villes environnantes sont anciennes, souvent mal positionnées, peu adaptées à la captation de nuit.

— Quelle purge ! s'exclame Messaoui en saisissant le café que Camille vient de lui apporter. C'est du matos qui date de… de… Comment vous dites déjà ?

— De Mathusalem.

— C'est ça ! De là-bas !

Camille éclate de rire.

— Tu n'as qu'à te plaindre au ministère !

Il est une heure du matin passée, et pourtant elle s'installe à côté de l'adjudant, face à l'écran.

— Allez ! On continue… Elles ne se sont pas volatilisées.

— En tout cas, elle a bien préparé son coup. Elle a repéré les caméras à éviter, éteint son portable pour que le bornage soit impossible…

— Cette fille est vraiment dangereuse…

— Quand je pense que je l'ai hébergée plusieurs jours. Ça fait froid dans le dos. N'empêche, je la trouvais touchante.

— Tu parles ! Je te rappelle qu'elle est notre suspecte numéro 1 dans le double meurtre des ravisseurs et qu'elle a enlevé Amélie. Et pour couronner le tout, elle se balade quelque part, armée du Smith & Wesson de Lenglet. Et des balles qui vont avec…

Camille marque une pause.

— Pour le bornage, tu as bien ordonné à la cellule téléphonie de rester en alerte ?

— Oui, même si je pense que cela ne donnera rien. Vous êtes sûre qu'elles sont encore dans le coin ?

— Je ne suis certaine de rien dans cette affaire ! Mais, il faut bien s'accrocher à quelque chose. Tu as mieux à proposer que de nous flinguer les yeux à scruter les images des caméras de surveillance ? Non. Alors, on y va. Fais rouler.

Il est plus de trois heures du matin. Camille bâille face à l'imprimante qui crache péniblement la capture d'écran. Ligne par ligne.

— Cette bécane aussi date de… machin truc… soupire Yannis, affalé dans un fauteuil.

Desjeunes s'empare enfin de la feuille et la pose sous la lampe de son bureau. Messaoui la rejoint pour examiner le cliché qui révèle deux silhouettes de dos marchant dans la nuit. L'agrandissement a eu pour effet de livrer une photo floue et pixélisée. Impossible à déchiffrer.

— C'est pas gagné ! lâche-t-il.

— Pas perdu non plus ! Qui peut se promener dans une rue des Sables-d'Olonne à 00 h 42, un mardi soir de novembre ?

— Deux mecs bourrés qui rentrent de virée. J'en parle d'expérience… sourit Yannis. On est bien d'accord qu'avec leurs bonnets et doudounes, on ne peut pas distinguer si c'est des filles ou non ?

— C'est vrai. Mais regarde. Elles marchent l'une derrière l'autre. L'une pourrait très bien forcer l'autre à avancer, avec le revolver dans le dos…

— Vous, quand vous êtes crevée, vous débordez d'imagination ! se marre Yannis. Par contre moi, avantage des fêtards, j'ai les idées claires, même en pleine nuit.

Il pose son index sur la photo. Au niveau de la doudoune de celle qui marche devant.

— On distingue deux couleurs différentes. Du vert avec un peu de jaune. Il faut montrer la photo aux Lenglet.

— J'aime bien quand tu te la joues chef ! Mais tu as raison. J'irai chez eux demain matin. Sinon, tu en sais plus sur la localisation de la caméra de surveillance ?

— Quartier de la Pironnière, répond Yannis sans hésiter.

— Et ?

— Grâce à Google, c'est comme si j'avais vécu toute ma vie là-bas !

Il lit sur son téléphone :

Le quartier de la Pironnière compte 1 600 habitants et est composé à soixante-treize pour cent de maisons, dont la moitié sont des résidences secondaires. À une minute à pied de l'océan, proche d'animations comme le zoo, le marché forain et alimentaire, il est le cadre idyllique pour les investisseurs...

— Ça va ! On verra ça demain ! Dodo maintenant…

Chapitre 87

— Bonjour, madame Lenglet. Désolée de venir chez vous à une heure aussi matinale, mais…

La major, sur le pas de la porte, n'a pas le temps de finir sa phrase. Laetitia hurle :

— Mon Dieu ! Vous l'avez retrouvée ?

Camille s'en veut aussitôt. Mais ce matin, après seulement trois heures de sommeil, elle marche au radar.

— Non, je suis désolée… Mais j'ai peut-être une piste. Je peux entrer ?

— Bien sûr. Excusez-moi pour ma réaction…

— C'est tout à fait normal. C'est moi qui suis idiote, j'aurais dû vous prévenir de ma visite. Votre mari n'est pas là ?

— Il s'est installé à l'hôtel. Vous avez besoin de lui ?

— Peut-être pas…

Camille refuse le café que lui propose Laetitia. Elle en a terriblement besoin et envie, mais elle souhaite entrer dans le vif du sujet, sans perdre une minute. Elle a décidé de ne pas lui montrer la photo tout de suite. Elle redoute que la fragilité émotive que Laetitia a démontrée hier dans son bureau, que son obsession de voir l'enquête avancer à tout prix, n'altère son jugement.

— C'est vous qui avez acheté tous les vêtements des filles, n'est-ce pas ?

— Oui. Faire du shopping, c'était une manière de créer du lien. Du moins, c'est ce que m'avait conseillé le psy…

— Leur avez-vous acheté des doudounes ?

— Une seule. Juste pour Amélie, il y a quelques semaines. Il commençait à faire froid.

— Vous pourriez me la décrire ?

— Bien sûr ! Comme d'habitude, elle voulait quelque chose de flashy. Elle l'a choisie bicolore. Vert fluo avec des manches jaunes.

Camille ne peut retenir un sourire et sort la photo de son sac pour la tendre à Laetitia. Elle l'examine attentivement.

— Je ne peux pas être affirmative à cent pour cent, mais c'est possible au niveau des couleurs…

— On peut monter dans sa chambre ? Vérifier si sa doudoune est encore dans ses affaires ?

— Évidemment, répond Laetitia avant d'interroger la gendarme sur la date et le lieu de cette image extraite d'une caméra de surveillance.

— C'était la nuit de leur disparition. À 00 h 42. Aux Sables-d'Olonne. Quartier de la Pironnière. Vous connaissez ?

— Ici, tout le monde connaît. C'est l'un des accès pour la plage de Tanchet.

— Vous y êtes allée avec les filles ?

— Bien sûr. De nombreuses fois. Avec les deux. Dans le coin, c'est une balade incontournable. Ça les intriguait beaucoup de voir les boîtes aux lettres qui débordaient de courrier et de prospectus. Elles ne comprenaient pas pourquoi il y avait autant de maisons inhabitées…

Camille quitte le pavillon des Lenglet, le portable collé à l'oreille. Elle marche d'un pas rapide vers sa voiture.

— Yannis ? Prends deux hommes avec toi et rejoins-moi aux Sables. Tu avais raison pour la doudoune. Rendez-vous dans trente minutes devant l'entrée du zoo. Et évite-moi tes blagues sur les animaux… Je suis trop crevée…

— Vous êtes quand même contente, cheffe ? On tient enfin une piste ! Merci qui ?

— Merci Yannis ! Sincèrement, merci…

Chapitre 88

— Juliette, je n'en peux plus… J'ai mal partout. Je t'en supplie… Et puis j'ai tellement froid…

— Je n'allais quand même pas te laisser ma doudoune ! Je te l'ai juste donnée pour les caméras de surveillance. Histoire de faire croire que c'est toi qui me menaçais !

— Tu es diabolique. Finissons-en…

— Ferme-la ! C'est moi qui décide quand ce sera terminé !

Juliette est à cran. Cela fait trois jours qu'elle n'a quasiment pas dormi. Pour la troisième nuit de suite, elle s'installe sur le matelas dans la cave. Elle la mitraille de questions, de reproches, d'insultes, de menaces. Dès qu'elle sent que sa prisonnière va s'assoupir d'épuisement, tant physique que psychologique, elle la frappe pour la maintenir en éveil, et reprend son sale boulot de tortionnaire. Cette nuit, elle déverse toute sa rancœur, sa haine. Juliette sait qu'elle doit profiter du temps qu'il lui reste. Demain, tout sera fini.

— Tu n'as que ce que tu mérites, ne cesse-t-elle de répéter. C'est le prix de ta trahison !

*

Dans la cave du buron, étouffante en cette saison, les deux jeunes filles s'habillent à la hâte. Dans quelques instants, la femme viendra les chercher. Amélie s'inquiète.

— Tu es sûre ? On le fait ?

— Écoute, on n'a plus le temps de tergiverser. Demain la cueillette sera finie. C'est notre dernière chance. Tu as bien tout vérifié ?

— Oui. Hier, le fusil était toujours sur l'armoire de leur chambre, avec la boîte de cartouches.

La clé tourne dans la serrure, les filles s'étreignent une dernière fois pour se donner de la force, surmonter leur peur.

— Je peux compter sur toi ? murmure Juliette. Tu ne te défileras pas ? Promets-moi.

Amélie hoche la tête, avant d'être prise de tremblements.

Juché sur l'escabeau, l'homme est, comme souvent, agacé par le manque d'implication des filles dès qu'il s'agit de travailler. En les voyant plantées au pied de l'échelle, avec dans leurs mains, des cagettes presque vides, il enrage.

— À ce rythme, les pommes vont finir par pourrir sur l'arbre ! Juliette, passe-moi le sécateur, faut que je coupe cette branche morte.

— Mince ! Je l'ai oublié. Je vais le chercher dans la maison.

— C'est pas vrai ! Dépêche-toi, au lieu de lambiner ! Je suis pressé. Je dois aller faire des courses ce matin, et récupérer les médicaments pour ta mère.

Trop concentré pour maintenir un équilibre précaire, il ne voit pas le regard angoissé qu'adresse Amélie à Juliette. Comme une supplique pour qu'elle renonce. Juliette court déjà vers la ferme.

La suite ne dure pas plus d'une minute. Elle commence par l'homme qui tonne :

— Qu'est-ce que tu fous avec mon fusil ?

Un premier coup de feu l'atteint dans le dos. Il chute de l'échelle. Il est vivant et supplie Juliette. Elle s'approche, vise le cœur et tire à bout portant. Tétanisée, Amélie contemple la scène. Elle en a oublié sa mission qui était de maîtriser la femme pendant que sa complice s'occupait de l'homme.

— Qu'est-ce que tu fous ? lui hurle Juliette. Rattrape-la !

Terrorisée, la femme tente de fuir, Amélie se lance à sa poursuite. Elle la rejoint rapidement, la fait trébucher au sol. Une lutte s'engage. La femme cherche à l'étrangler, puis l'empoigne par les cheveux. Amélie se saisit d'une pierre et la frappe à la tempe. Violemment. Elle s'apprête à lui asséner un nouveau coup quand Juliette lui intime l'ordre de s'écarter. De sang-froid, elle lui tire une balle dans le ventre. Le visage d'Amélie est constellé de gouttes de sang. Elle se penche sur le corps inerte.

— Je crois qu'elle respire encore !

— Non. Je te dis qu'elle est morte ! Dépêche-toi ! Va chercher les pelles et la brouette !

Juliette est déjà repartie, le fusil en main. Un dernier coup de feu claque. Elle vient de tirer sur le cadavre de l'homme. Au bas-ventre.

C'est en nage qu'elles jettent les dépouilles au fond du trou qu'elles ont difficilement creusé, avant de les recouvrir de grosses pierres trouvées tout autour. Sans prononcer un mot. Depuis les meurtres, aucune n'ose affronter le regard de l'autre. Toujours en silence, elles restent quelques minutes immobiles à fixer la tombe de leurs tortionnaires.

— Je n'arrive pas à croire que ce cauchemar est fini ! Nous sommes enfin libres ! s'exclame Juliette. Amélie lui prend la main et l'entraîne vers la ferme :

— Viens. On a encore du travail.

Durant des heures, elles effacent à la javel toute trace de leurs ravisseurs, mais aussi les leurs. Chaque pièce, y compris la cave, est minutieusement lessivée, vidée de leurs effets personnels, de tout ce qui pourrait les trahir. Elles brûlent l'ensemble dans un grand brasier au milieu duquel elles ont placé la moto arrosée d'essence. Il ne leur reste plus qu'à éliminer les ultimes indices de leur crime. Elles astiquent les pelles, les remettent à leur place dans le garage, mais décident de planquer la brouette dans un fourré. Malgré leurs efforts, il reste trop de sang de leurs victimes pour la nettoyer davantage. Elles récupèrent les quatre douilles et les jettent, avec le fusil, dans un ravin profond et éloigné. La nuit est tombée. Elles sont exténuées. Assises sous le porche, elles se contentent de quelques fruits en guise de dîner.

— Demain, on partira comme prévu. Enfin ! Depuis le temps que l'on en rêvait... se réjouit Juliette. Tu te rends compte ? On a réussi !

Elle enlace Amélie, la serre fort, tout en continuant à lui parler à l'oreille. Entre sanglots de bonheur et rires nerveux.

— C'est dingue... On est libres ! Libres, tu entends ! On va enfin pouvoir vivre normalement, quitter cet endroit pourri, cette vie d'horreur. Tout pue ici, je veux respirer ! Du bon air, sans personne pour nous faire souffrir... Nous violer... Rien que nous deux, ailleurs, et surtout loin ! Très loin ! Jamais ils ne pourront nous retrouver...

Elles rêvent d'Amérique, d'Asie, d'Australie. C'est leur pacte. S'enfuir, faire table rase de leur passé misérable pour mieux se construire un avenir. Ensemble, comme deux sœurs à qui on a volé leur enfance.

Amélie sort de ses poches quelques billets froissés et pièces de monnaie. Elle étale son maigre butin sur la dalle de l'entrée.

— Trois cent cinquante-huit euros... ça va faire court pour partir à l'autre bout du monde. C'est tout ce que j'ai trouvé dans la maison.

— Écoute, ne fais pas cette tête-là, ce n'est pas une surprise. C'est même plus que je n'aurais espéré, la rassure Juliette. C'est suffisant pour prendre des autocars pour Marseille. Cela fait des mois qu'on se dit que l'on va voyager clandestinement à bord d'un bateau, tu as changé d'avis ? Tu veux prendre l'avion ? En première classe peut-être ?

Juliette éclate de rire. Amélie frissonne.

— J'ai froid. On rentre...

Les deux jeunes filles descendent les quelques marches qui conduisent à la cave. Juliette s'arrête net devant la porte.

— Tu es sûre de vouloir passer notre dernière nuit ici ? C'est glauque comme retour à la liberté...

— On est obligées. On s'est suffisamment emmerdées à nettoyer toute la maison, alors c'est pas le moment de laisser nos empreintes partout.

— Mais... Dans la cave aussi, on a tout effacé ! réalise Juliette.

— Tu as raison, soupire Amélie... avant de la pousser de toutes ses forces à l'intérieur de la pièce.

Surprise, Juliette trébuche. Amélie referme prestement la porte et verrouille la serrure à double tour. Elle glisse la clé dans sa poche et, avec un chiffon, essuie la poignée. Juliette hurle.

— Putain ! À quoi tu joues ?

— Je suis désolée, Juliette... J'ai toujours pensé que ton plan était foireux. Tu crois vraiment qu'on va pouvoir se volatiliser d'un coup de baguette magique ? Que l'on va monter tranquilles dans un bateau comme des clandestines ? N'importe quoi ! Je veux une vraie vie. Je ne veux pas passer mon temps à fuir, à avoir peur. Je n'ai pas le choix. C'est bien réfléchi, je vais chez les Lenglet !

Elle essuie quelques larmes du revers de la main, murmure un ultime « Désolée » inaudible et remonte aussitôt à l'étage. Elle veut fuir vite. Loin des cris et pleurs déchirants de Juliette. Elle sort de la ferme et s'enfonce dans la nuit. D'un pas décidé.

*

Chapitre 89

Camille fait les cent pas devant les grilles du zoo, fermé pour l'hiver. Elle tire nerveusement sur sa cigarette électronique. Quand elle aperçoit enfin la fourgonnette de la gendarmerie se garer, elle ne peut réprimer une moue de dépit. Elle s'engouffre côté passager et, aussitôt, agresse Messaoui.

— Cela fait dix minutes que je poireaute ! Et puis pourquoi t'as pas pris une voiture banalisée ? Je voulais une opération discrète ! C'est réussi ! dit-elle en se retournant vers les deux gendarmes, assis à l'arrière, engoncés dans leurs gilets pare-balles.

Yannis serre le volant pour ne pas lui répondre, se justifier, lui rentrer dedans. Lui aussi a peu dormi, lui aussi est de mauvaise humeur. Il se contente de lâcher :

— Quels sont vos ordres, major ?

Un plan de la ville déplié sur les genoux, Camille délimite, à l'aide d'un feutre fluo, un large périmètre à quadriller.

— À partir de ce point, on examine chaque rue, en remontant jusqu'à la mer.

— On cherche quoi ? s'interroge Yannis.

— Une maison de vacances délaissée pour l'hiver. Si elles sont encore dans le coin, cela pourrait être la planque idéale.

— Il y en a des centaines ! Vous nous faites chercher une aiguille dans une botte de foin ! Comme d'hab…

Camille lui sourit enfin :

— Comme d'hab…

À l'arrière les deux gendarmes échangent des regards entendus. La journée va être longue, pensent-ils. Par quelle malchance l'adjudant Messaoui leur est-il tombé dessus tout à l'heure, alors qu'ils s'apprêtaient à passer une vacation peinarde à la caserne ? Pour eux, cette mission est vouée à l'échec, d'autant qu'ils sont convaincus, pour avoir fait du porte-à-porte depuis leur disparition, que les filles sont déjà loin et depuis longtemps. Mais ils se taisent. Cette major n'est pas commode. Surtout ne pas l'énerver.

Yannis roule au pas, le nez collé au pare-brise parsemé de gouttes de pluie, à l'affût des volets fermés et des portails cadenassés. Cela fait deux heures qu'ils sont en patrouille, et ils n'ont sillonné qu'une dizaine de rues et quelques impasses. Chaque maison inhabitée qu'ils repèrent est systématiquement examinée. Camille et les gendarmes en font le tour discrètement, guettent le moindre bruit provenant de l'intérieur, cherchent des traces d'effraction. Les deux hommes en ont plein les bottes. Et cette pluie fine qui commence à tomber.

— Combien de maisons visitées ? demande Camille.

— Vingt-sept, répond Yannis. On fait une pause déjeuner ? Vous n'êtes pas d'accord, les gars ?

Les deux à l'arrière ne disent mot, mais prient pour que la major acquiesce. La réponse toutefois ne les surprend pas.

— Non. Pas le temps ! Sandwichs pour tout le monde !

Chapitre 90

Assise en tailleur sur le matelas, un paquet de biscuits chocolatés sur les cuisses, dans lequel elle pioche avec gourmandise, Juliette l'écoute d'une oreille distraite.

— C'est vrai, je t'ai trahie en te laissant seule dans la cave du buron, confesse son otage. Mais jamais, je te le jure, je n'ai voulu que tu meures…

Juliette éclate de rire.

— Tu mens mal, ma pauvre fille ! C'est pas comme ça que tu vas sauver ta peau ! Tous les jours, tu me balances une nouvelle version. Hier, tu m'as parlé d'une histoire de droit au bonheur… De retrouver une famille… Alors, laisse-moi rigoler ! Tu voulais que je crève, voilà la vérité.

D'un coup son visage se durcit.

— Je croyais que c'était moi ta seule famille ! C'est ce que tu m'as répété pendant des années ! Tu n'es qu'une garce ! Moi, en revanche, je t'ai toujours aimée comme une sœur. Je te l'ai prouvé, non ? Qui t'a sans cesse consolée, rassurée ? Qui t'a protégée de tout ? De l'autre salaud ? Tu crois que je n'en ai pas chialé de toutes les horreurs qu'il m'a fait subir ? Mais, j'ai tenu. Pour toi…

La jeune fille baisse les yeux, fuit le regard de Juliette. De peur, mais de honte aussi. Elle murmure d'une voix étranglée :

— Moi aussi, je t'aimais…

— Au point de m'enfermer dans le buron et de te tirer ! hurle Juliette.

— Je te le répète, je ne voulais pas que tu meures ! Avoue que j'aurais très bien pu te tuer juste après avoir flingué ces salopards. C'était facile, j'avais le fusil, tu étais sans défense. Mais, c'était impossible… Au-dessus de mes forces…

— Parce que tu es une trouillarde ! Une lâche !

— Non, non ! affirme-t-elle. En t'enfermant dans la cave, je t'ai laissé une chance de t'en sortir…

— C'est ça ! Fous-toi de ma gueule !

— Tu crois que les cagettes de pommes et les conserves sont arrivées par enchantement ? Je t'ai dit que l'autre salaud m'avait demandé de les entreposer dans la cave, c'était faux. C'est moi qui les ai mises pour que tu puisses survivre.

Juliette est ébranlée. L'autre entrevoit une petite ouverture et s'y engouffre.

— Je savais que tu y arriverais, je te connais. Tu es tellement forte, déterminée. Mais je n'avais pas imaginé à quel point. J'avoue que je suis tombée de ma chaise quand tu es apparue dans la peau d'Amélie Lenglet. Mais, crois-moi, j'étais heureuse que tu t'en sois sortie. Que tu sois en vie !

— Tu pensais peut-être que j'allais disparaître dans la nature et te laisser tranquille ? Tu rêves ! Toutes ces semaines, enfermée dans la cave, je m'étais juré de me venger si je m'en sortais vivante.

Elle ricane :

— J'ai eu le temps de peaufiner mon plan !

— Et comme d'habitude, il a fonctionné à merveille. Il faut dire que tu l'as joué fine. Tu as berné tout le monde. Moi, je n'étais plus rien… Bravo !

Juliette ne peut contenir une bouffée d'orgueil. Depuis des mois, elle vit en secret sa machination, sans pouvoir crier au monde entier combien elle a été talentueuse. Et quel meilleur public que son adversaire vaincue ? Elle lui raconte alors dans le détail et avec fierté comment elle a embobiné la gendarme en créant le personnage de « l'autre », la fille des ravisseurs – Je lui ai même donné mon prénom ! –, en récitant les souvenirs d'Amélie Lenglet qu'elle connaissait par cœur.

— C'est quand même dingue, ton amnésie soudaine, sourit-elle. Un jeu d'enfant pour moi de te discréditer !

— Pourquoi tu t'es rétractée après m'avoir accusée d'être la fille des ravisseurs ? demande-t-elle.

Elle cherche son salut en renouant le fil du dialogue.

— Si je t'avais attaquée en frontal, tu aurais balancé toute la vérité aux flics ! Là, je te laissais croire que tu avais encore une chance. J'ai préféré jouer mon rôle de fille traumatisée par l'autre, faire croire qu'elle me menaçait toujours, que j'avais peur. C'était aussi une manière d'attendrir la flic. Tu me diras, elle, je me la suis mise dans la poche assez vite, surtout quand elle a retrouvé la ferme et que tout correspondait à mon récit… Ce qui m'a fait chier, c'est qu'elle n'ait pas découvert tout de suite les corps. Cela m'a fait perdre un temps de dingue…

Juliette aussi reconnaît que sa rivale l'a épatée :

— Pas mal la mise en scène de ta fausse évasion. Tu as fait comment ?

— Quand je t'ai laissée dans la ferme, j'ai longtemps marché dans la nuit. Au petit matin, j'ai enfin trouvé une route. Là, j'ai pris un autocar, puis un autre et encore un autre. Je voulais fuir le plus loin possible. Je me suis retrouvée dans le centre de la France. Et là les gendarmes ne sont pas des flèches !

Hilare, elle fixe Juliette qui sourit à son tour en lâchant :

— Avec Desjeunes tu as bien réussi ton coup !

Comme à nouveau complices, les deux filles éclatent de rire.

— Et après comment tu as fait ? demande Juliette.

— En cours de route, je me suis arrêtée dans une zone commerciale. Sur le parking, j'ai cassé le phare de la première camionnette que j'ai trouvée et j'en ai récupéré les morceaux. Il ne me restait plus qu'à acheter un petit pot de peinture, blanche de carrosserie comme la couleur de la bagnole, une cordelette et un bout de tissu pour me faire un bandeau. Sur place j'ai écorné l'arbre pour faire croire à un léger choc. Le tour était joué, ils n'y ont vu que du feu. Non, le plus dur ça a été de m'attacher moi-même, une vraie galère.

Dans cette cave glaciale, leur connivence renaît peu à peu. À son tour, Juliette se vante d'avoir déjoué tous les pièges :

— Le plus chaud, c'étaient les séances d'hypnose avec le psy, j'ai bien cru que j'allais m'endormir et balancer toute la vérité.

Elle raconte comment elle a berné Jordan :

— Lui, pour qu'il arrête de se poser des questions, c'était assez simple… Je n'ai pas eu trop à me forcer, il faut avouer qu'il est beau gosse.

— Bof… Moi, c'est pas trop mon genre de mec ! s'amuse l'autre.

— Finalement, c'est avec Hervé que j'ai eu le plus de mal. Quelle tête de mule, celui-là ! J'avais beau jouer à la petite fille modèle – tu sais je t'imitais quand tu minaudais avec nos salauds de ravisseurs pour te faire bien voir – mais rien à faire. Autant Laetitia a tout de suite succombé, autant lui n'en démordait pas, c'était toi sa fille ! Quel abruti ! N'empêche qu'il a bien failli me gauler deux fois ! D'abord avec mon journal intime. Quand j'ai vu qu'il l'avait trouvé et lu – il ne l'avait pas remis à la bonne place –, je m'en suis aussitôt débarrassé. Mais le pire, c'est quand il m'a surprise près du foyer. Je voulais te voir pour te proposer notre petit rendez-vous, mais je me suis rendu compte qu'il était là à t'attendre, et qu'il m'avait vue. Du coup, j'ai dit à Laetitia que j'étais allée au foyer pour te parler, mais que je n'avais pas eu le courage, blablabla… Je l'ai bien eue ! Mais ça devenait super chaud avec lui. Alors j'ai balancé son petit secret de merde. J'avais une super carte en main, et je l'ai jouée !

— Juliette, tu as gagné sur toute la ligne. Qu'est-ce que tu vas faire maintenant ? Tu es comme moi, jamais tu ne pourras me tuer de sang-froid. Nous avons vécu trop de choses toutes les deux. Et en plus, tu n'en as rien à foutre des Lenglet !

— C'est vrai. Mais tu vois un meilleur avenir pour moi que d'être Amélie Lenglet ?

— Oui. On pourrait réaliser notre rêve. Partir toutes les deux, ce n'est pas trop tard. Je te promets que cette fois-ci, je ferai tout ce que tu veux… Je ne te trahirai plus jamais.

Chapitre 91

Le revolver en main, sur le qui-vive, Juliette s'approche d'elle lentement.

— Surtout, pas d'entourloupe. Je vais te détacher mais tu restes tranquille !

— Je te le jure. Merci, Juliette…

Elle défait ses liens. D'abord autour de ses chevilles, puis de ses mains et reprend immédiatement ses distances en continuant à la menacer de son arme. Elle se masse les poignets sous le regard satisfait de Juliette.

— Parfait. Aucune marque. Comme ça quand on retrouvera ton cadavre, personne ne pourra soupçonner que tu as été ligotée.

— Quoi ?! Qu'est-ce que tu racontes ?

Elle s'approche instinctivement de Juliette qui aussitôt lui ordonne de reculer, en agitant le revolver.

— Tu croyais vraiment que j'allais effacer l'ardoise ? Partir avec toi, comme si rien ne s'était passé ? Je suis Amélie Lenglet et toi tu es l'autre, la méchante qui a voulu me tuer dans cette villa où tu m'as séquestrée, torturée…

— C'est quoi encore, ton plan pourri ?

— Il n'est pas pourri, sourit Juliette. Au contraire, je le trouve super malin. D'ailleurs, la gendarme a tout compris. Elle l'a même dit à la télé. C'est vrai, tu ne l'as pas vue, dommage…

Le ton de Juliette est désinvolte et provocant. Elle marque une pause pour mieux s'enivrer de l'angoisse palpable de sa proie.

— Je vais t'expliquer, c'est limpide. Tu vas tout de suite comprendre à quel point tu es dans la merde. Pour les flics, tu as tué les ravisseurs, eh oui, ils ont enfin retrouvé les corps… Et visiblement ils ont aussi récupéré des preuves de ta présence au buron. Bref, tous tes mensonges sont démasqués. Du coup, pour tout le monde, tu es une dangereuse psychopathe, et la vraie Amélie Lenglet, c'est moi ! Celle qui se souvient du moindre détail de son enfance. Celle qui a toujours dit la vérité aux gendarmes. Ils ont pu le vérifier en découvrant le buron, la cave, tels que je les avais décrits, les corps des ravisseurs assassinés par les coups de feu que j'avais entendus… Je suis aussi la combattante qu'ils admirent, pour avoir survécu durant des semaines, seule dans sa cave, qui a trouvé la force de s'en sortir grâce à son amour pour ses parents.

— Tu es dingue…

— Légitime défense, tu connais ? Juliette affiche un sourire diabolique. La gendarme est convaincue que tu m'as enlevée pour me tuer. D'ailleurs, les flics trouveront tes empreintes sur le revolver. Tu dormais tellement bien quand j'ai glissé l'arme dans tes mains ! Quand ils te découvriront morte dans cette cave, il ne me restera plus qu'à raconter une jolie histoire…

— Tu es un monstre !

— Autant que toi, ma chérie ! Sauf que moi, j'ai gagné ! Toi-même, tu as reconnu ta défaite tout à l'heure ! triomphe Juliette.

Assommée, l'autre encaisse cet ultime choc. Le coup de grâce. Elle reste effondrée au sol à sangloter, supplier. Juliette ne la calcule plus. C'est l'heure de passer à l'acte. Tel qu'elle l'avait prévu, elle sort de sa poche le téléphone confisqué et l'allume aussitôt. Juliette vérifie qu'il capte le réseau et le pose par terre, près des affaires de plage.

Sadique, elle s'amuse :

— Tends bien l'oreille, ils vont bientôt arriver ! Ils vont me sauver !

Chapitre 92

Il est à peine 17 heures, mais, en ce mois de novembre, il fait déjà bien sombre dans les rues des Sables-d'Olonne. Avec ce ciel lourd, ces maisons aux volets clos, la cité balnéaire prend des allures de ville fantôme. La fourgonnette poursuit sa patrouille, à vitesse réduite. Au fil des heures, les gendarmes se rapprochent du bord de mer.

— Arrête-toi ! ordonne Camille.

Elle a cru voir un faisceau lumineux à l'étage d'une villa de la rue Lamartine, plus imposante que les autres. Elle est inhabitée. Les volets roulants du rez-de-chaussée sont descendus, la grille d'entrée cadenassée par une chaîne.

— Restez là ! intime-t-elle aux deux gendarmes.

Ils ne demandent pas mieux. Dans une heure, ce sera la fin de leur vacation. Depuis le véhicule, ils l'observent escalader le muret, se faufiler entre deux thuyas, se diriger discrètement vers la porte d'entrée, inspecter la serrure. Elle est intacte. Après avoir fait le tour de la maison, tenté d'ouvrir un soupirail en vain, Camille décide, à l'aide d'une échelle entreposée au sol contre les soubassements, de grimper à l'étage. En la voyant juchée sur la pointe des pieds, l'oreille collée contre les persiennes, Yannis sourit.

— Je l'adore ! Cette femme ne lâche jamais rien !

Puis il se retourne vers les gendarmes :

— Prenez-en de la graine, les gars !

Elle revient enfin, tête basse.

— J'étais pourtant sûre d'avoir vu quelque chose, soupire-t-elle en reprenant sa place dans le véhicule. Je suis tellement crevée que je n'ai plus les yeux en face des trous…

— Vous voulez qu'on rentre ? demande Yannis.

— Et toi ? s'inquiète-t-elle.

— Non. Ce serait con, il ne nous reste plus qu'une dizaine de rues à inspecter avant d'arriver à la plage.

Yannis lui montre leur position exacte sur le plan. À l'arrière, le plus grand des gendarmes, le brigadier Guyon, comprend qu'ils sont repartis pour un tour. Il se tortille sur son siège pour chasser les fourmis dans ses jambes et caser son mètre quatre-vingt-dix dans le peu d'espace que lui laisse sa patronne. Yannis redémarre, prend la première à droite, quand soudain la radio grésille.

— Major, vous me recevez ?

— Oui, Deltil. Qu'est-ce qui se passe ?

— Le téléphone a borné il y a quelques minutes.

— Putain ! Où ?

— Aux Sables-d'Olonne.

Camille et Yannis échangent un bref regard de satisfaction et de soulagement. Il stoppe net la fourgonnette et examine le plan.

— Dans quel coin ?

— La borne est allée de Robinson. Elles sont par là !

Yannis pose aussitôt l'index sur la carte.

— C'est à quelques pâtés de maisons, indique-t-il à Camille.

Celle-ci ordonne sur le champ :

— Fonce, Yannis ! Deltil, vous avez un numéro de rue ?

— Pas encore. Laissez-moi encore un peu de temps…

— OK. On reste en ligne.

Camille pose la main sur le bras de Yannis, complice.

— On y est, mon petit pote… Arrête tes gyrophares, on va les cueillir en douceur.

Chapitre 93

Figée, elle décèle dans le regard de Juliette la même détermination qu'elle affichait au buron quand elle est ressortie de la ferme, armée du fusil de chasse. À moins d'un mètre, Juliette la tient en joue, le revolver braqué sur elle.

— Je t'en supplie, ne fais pas ça ! Laisse-moi partir. Je te promets que je disparaîtrai de ta vie à jamais. Plus personne n'entendra parler de moi… Je t'en prie, Juliette, ne me tue pas !

En sanglots, elle se rapproche, jusqu'à presque la toucher. Elle ose une ultime tentative désespérée pour sauver sa peau, ramener Juliette à la raison, implorer son pardon. Peut-être qu'elle parviendra à se saisir du revolver maintenant qu'elle est détachée. Surtout gagner du temps, les gendarmes vont arriver d'un instant à l'autre.

— Oublie ce qui s'est passé ces derniers mois, j'ai déconné et je m'en veux tellement. Souviens-toi seulement de nous deux durant toutes ces horribles années. On a survécu parce que nous étions comme deux sœurs, inséparables… Je fais partie de toi. Comme toi de moi. Je t'en prie, ne *nous* fais pas ça.

Elle pose sa main sur sa joue pour la caresser. Juliette se dégage aussitôt et pointe le revolver au niveau de son visage. Elle comprend qu'elle va mourir. Dans un hurlement, elle se rue sur Juliette, la fait trébucher, l'empoigne. Elles se battent.

Un coup de feu retentit.

Chapitre 94

Deux minutes plus tôt.

Yannis se gare à l'entrée de l'allée de Robinson, tout proche du point que lui a indiqué le bornage. Ils descendent, inspectant les maisons une à une. Camille repère une bâtisse traditionnelle des années soixante à un étage aux volets clos dont la boîte aux lettres déborde de courrier. C'est le panneau « À VENDRE » qui l'alerte aussitôt. Camille enrage intérieurement. Elle s'en veut d'être passée à côté de cette évidence. C'était la meilleure planque possible, d'autant qu'en cette saison, il n'y a aucune visite. Si elle s'était concentrée sur les villas en vente, si elle avait fait le tour des agences immobilières, elle les aurait localisées bien plus tôt…

Bien que ce ne soit encore qu'une intuition, elle annonce, désignant la maison :

— Elles sont ici !

L'endroit est si calme qu'on entend au loin le bruit de l'océan. Yannis crochète la serrure du portail sans difficulté. Ils progressent le plus silencieusement possible vers le porche quand Camille intime l'ordre aux trois autres de ne plus bouger. Elle avance seule dans la nuit tombante en évitant le chemin de graviers. Elle plaque son oreille sur la porte d'entrée. La maison est silencieuse. Elle fait signe aux autres de la rejoindre.

Quand éclate le coup de feu.

— Elle nous tire dessus ! s'affole le brigadier Guyon qui dans un réflexe s'est jeté à terre, comme son collègue.

Camille et Yannis se mettent aussi à l'abri en s'écartant brusquement de la porte. Ils s'adossent contre le mur. Camille hurle :

— Amélie, ça va ?

Pas de réponse. Plus de tirs. Elle essaye d'ouvrir la porte. Impossible, elle est verrouillée. Camille ordonne à Yannis de l'enfoncer. Il saisit le bélier laissé au sol par Guyon, toujours allongé sur la pelouse. Il frappe un premier coup qui ébranle le battant, attend quelques secondes, guette une réaction, un coup de feu. Rien. Il assène alors un second coup violent et fait sauter la porte.

Camille allume sa lampe torche, sort son 9 mm de son étui. Yannis et les deux gendarmes l'imitent aussitôt. Avec lenteur et précaution, elle pénètre dans la maison, suivie par ses hommes. Elle balaie le salon d'un puissant faisceau lumineux. Rien. Elle inspecte la cuisine, sans plus de résultat. Elle s'approche de l'escalier, s'apprête à monter à l'étage en criant « Amélie, tout va bien ? », quand elle entend un hurlement venu du sous-sol :

— Ici !

Desjeunes et ses hommes descendent les quelques marches, toujours avec prudence, l'arme au poing.

Un rai de lumière filtre de la porte entrebâillée de la cave. Camille pousse lentement le montant, son 9 mm en joue, et s'arrête net en découvrant, au milieu de la pièce, un corps sur le ventre pris de soubresauts, baignant dans son sang qui s'écoule abondamment du cou. À ses côtés, l'autre fille, accroupie contre le mur, recroquevillée sur elle-même, la tête entre les mains, en train de sangloter. Camille n'arrive pas à distinguer qui est qui.

Elle ordonne aux gendarmes d'appeler les secours, tandis que Yannis tente de comprimer la blessure en apposant ses mains fermement sur le cou de la jeune fille. Il y a urgence.

— Je vous jure que je ne voulais pas… répète-t-elle en boucle.

Camille s'approche et, par précaution, écarte de la pointe du pied l'arme posée au sol, puis s'agenouille en face d'elle.

— Qu'est-ce qu'il s'est passé ?

Toujours prostrée, la fille répond en gardant la tête entre ses bras.

— Elle me menaçait avec le revolver. Je me suis jetée sur elle. On s'est battues. Et le coup est parti tout seul… Je vous jure que je ne voulais pas. Mais c'était elle ou moi…

Camille la prend délicatement par le bras, tente de la relever. Elle découvre enfin son visage.

— C'est fini, je vais te ramener à tes parents…

Juliette esquisse un sourire, et soupire :

— Merci, madame…

Chapitre 95

Laetitia la contemple. Elle ne s'en lasse pas. Depuis quatre mois, depuis ces jours maudits où tout a basculé, elle a l'impression de ne faire que ça. La regarder. Profiter de sa fille, à chaque instant. Elle a tellement eu peur de la perdre une seconde fois. Laetitia savoure enfin cette paix intérieure retrouvée. Vivre avec Amélie, sans être assaillie, torturée par la suspicion. Pour les gendarmes, pour la justice, pour elle, il n'y a plus l'ombre d'un doute, cette fois c'est bien elle.

— Maman, arrête de me regarder tout le temps, tu vas finir par t'abîmer les yeux, sourit-elle.

Elle est rayonnante, lumineuse. Cette nouvelle coupe de cheveux au carré lui donne un air de jeune femme.

Juliette est heureuse. Elle a enfin trouvé sa place.

Son plan s'est déroulé à la perfection, comme elle l'avait minutieusement imaginé. L'inspection de la maison a ainsi corroboré sa version, qu'elle n'a cessé de matraquer au fil de ses nombreux interrogatoires, sans jamais se contredire dans ses mensonges. La Scientifique n'a relevé aucune présence des filles dans le salon, dans la cuisine et à l'étage. Aucune trace non plus sur le soupirail qui leur a permis de pénétrer dans la villa.

— Elle portait des gants, a expliqué Juliette, sans montrer son stress face à sa seule erreur.

Dans la panique, elle avait oublié de glisser les siens dans la poche de sa victime. Leurs empreintes et leur ADN n'ont été relevés que sur le revolver et dans la cave. Les restes de nourriture et le désordre y témoignent de leur présence.

— C'est là que j'ai passé les trois jours enfermée. L'autre était quasi tout le temps avec moi. Elle m'obligeait à rester à distance, me menaçait si je bougeais. Je ne pouvais rien faire pour me défendre. En plus, j'avais tellement la trouille. Elle était totalement dingue, hallucinée. Elle n'arrêtait pas de parler de sa vie au buron, des « salauds » de ravisseurs, de sa haine pour moi… Elle disait qu'on méritait tous de crever ! Tout se mélangeait dans sa tête. Et puis, surtout, elle me bombardait de questions. Elle voulait tout savoir de mes souvenirs d'enfance, de ma vie avec Maman et Papa… Elle m'a dit qu'elle en avait besoin pour être enfin Amélie Lenglet et prendre ma place. C'est pour ça qu'elle ne m'a pas tuée tout de suite.

À l'issue de ses interrogatoires et d'une enquête minutieuse, la major Desjeunes et le juge Garrigues en sont arrivés à la même conclusion : Amélie a été enlevée et menacée par l'autre. Quant aux circonstances du drame lui-même, son témoignage n'a pas été remis en cause. Elle n'a eu d'autre choix que de se jeter sur elle pour la désarmer, alors qu'elle s'apprêtait à la tuer. Le coup de feu est parti lors de leur empoignade. Légitime défense accidentelle, a conclu le juge, en s'appuyant sur le rapport de la Scientifique qui avait confirmé un tir à bout touchant.

Un sans-faute, s'est félicitée Juliette qui s'est même trouvée trop forte quand la major Desjeunes lui a demandé :

— Il y a quelque chose que je ne m'explique pas. Pourquoi a-t-elle tout à coup rallumé son portable ? Comme si elle voulait qu'on trouve la villa…

Juliette attendait cette question avec impatience. Elle était si fière d'avoir eu cette idée. La preuve ultime de sa bonne foi, qu'elle a tout fait pour que les gendarmes les retrouvent vivantes.

— C'est moi qui l'ai fait. Elle l'avait toujours dans la poche de son jean, je ne sais pas pourquoi ni comment il a glissé et est tombé par terre. Je me suis jetée dessus. C'était ma dernière chance de sauver ma peau. Hélas, c'est ce qui a tout déclenché. La bagarre, le coup de feu… Ça aurait pu marcher, puisque vous êtes arrivés. Quelques minutes trop tard…

Dans l'attente d'être officiellement reconnue comme étant Amélie Lenglet, Juliette vit seule avec Laetitia. Elles ont emménagé dans un petit appartement, au cœur du quartier rénové de Rezé, en banlieue de Nantes. Laetitia a pris une somme de décisions douloureuses, mais indispensables. Elle devait tout recommencer à zéro avec sa fille. Elle s'est séparée d'Hervé, a quitté Sainte-Foy et les souvenirs funestes qui y restent associés, et a vendu – mal – sa pizzeria. Elle se contente pour l'instant d'en gérer une au pied de l'immeuble voisin. Elle ne désespère pas d'y faire venir son fidèle pizzaïolo pour enfin y proposer une carte digne de ce nom. Juliette lui donne parfois un coup de main, comme serveuse. La jeune fille et Laetitia sont extrêmement complices. Elles fourmillent de projets, rêvent en grand leur avenir. Juliette joue la comédie tellement à merveille qu'elle finit par y croire.

— Ton père m'a encore appelée ce matin. Tu sais, il est vraiment malheureux, il ne comprend pas pourquoi tu ne réponds à aucun de ses messages, aucune de ses lettres… J'ai vu dans ta chambre que tu ne les as même pas ouvertes.

Juliette hausse les épaules pour seule réponse.

— Je t'en prie, Amélie, fais un effort. Je comprends que tu lui en veuilles, mais tu dois avancer.

— Je ne suis pas comme toi… Je ne sais pas comment tu fais pour lui pardonner tout ce qu'il nous a fait, soupire-t-elle sur le ton du reproche.

— Tu sais ma chérie, le pardon n'est pas forcément un aveu de faiblesse ou une démonstration de force de caractère. C'est parfois très égoïste… Moi, je lui ai pardonné pour que la rancœur ne vienne pas gâcher la nouvelle vie que je construis avec toi… Mais rassure-toi, je n'ai rien oublié.

Juliette adresse un timide sourire à Laetitia, lui promet d'y réfléchir. Elle sait qu'elle ne le fera pas. Elle craint Hervé, le seul à ne pas être tombé dans son piège. Même si aujourd'hui, il a bien été obligé de se rendre à l'évidence, elle se méfie et veut le tenir à l'écart le plus longtemps possible. Hervé vit toujours dans leur maison à Sainte-Foy. Il sort d'une profonde dépression qui l'a laissé K-O durant de longues semaines. Pour le plus grand regret de Juliette, il remonte peu à peu la pente grâce à son travail, qu'il a repris. Néanmoins, il n'a plus le même enthousiasme, la même soif de partage. Si Hervé refait surface, c'est aussi grâce à Laetitia. Même si elle l'a quitté, si elle est partie vivre loin, si elle a enclenché une procédure de divorce, elle reste sa seule confidente. Attentive et compréhensive face à ses douleurs insoutenables. Pas celles du mari mais celles du père.

— Tu rentres vers quelle heure ?

— Pas tard. Je pense même que tu seras encore au resto. Si tu veux, je passerai t'aider pour la fermeture.

— Pas la peine, tu risquerais de salir ta jolie robe, ironise Laetitia. Dis-moi, il vient de plus en plus souvent à Nantes ou je me trompe ?

Les deux femmes rient. Juliette l'embrasse avant d'enfiler son imperméable et de quitter l'appartement. Laetitia a raison. C'est vrai que Jordan vient la voir désormais tous les week-ends. Leur relation amoureuse devient de plus en plus sérieuse. Avec lui, Juliette ne simule pas ses sentiments. Décidément, tout lui sourit, pense-t-elle en attendant l'ascenseur. Son bonheur serait total, si l'autre n'était pas toujours en vie.

Chapitre 96

— Je suis nommé à Strasbourg, comme juge au tribunal ! Je change de maillot ! Là c'est la Ligue 1.

Garrigues pérore, alors que la major Desjeunes et le professeur Meignan viennent tout juste de pénétrer dans son bureau, au palais de justice de Bourges. Cette affaire est à peine terminée et il en tire déjà bénéfice, se désole Camille.

— Prenez place, leur dit-il en indiquant les deux chaises qui lui font face. Je reçois les parents et leurs avocats respectifs en fin de matinée. Je voulais donc faire un point définitif sur ce dossier avec vous deux. Nous avons une demi-heure, annonce-t-il en consultant sa montre. Comme je suis muté, je ne veux pas laisser une instruction incomplète derrière moi. Je compte avertir les Lenglet que je vais prononcer l'ordonnance de clôture pour cette affaire. Pour commencer, comment va-t-elle ?

— Bien. Elle semble heureuse avec sa mère…

— Pas elle ! L'autre, interrompt le juge d'un ton sec. Il ne nous manque plus que son témoignage… On doit savoir qui elle est et pourquoi elle a fait tout ce cirque !

— J'ai eu les médecins hier, ils ne sont pas très optimistes…

— Docteur ? Vous en pensez quoi ?

Pierre Meignan avoue qu'il n'est pas spécialiste en la matière. Néanmoins, il tente d'apporter le point de vue médical attendu par le juge.

— La balle, qui provient bien du revolver d'Hervé Lenglet, a pénétré à la base du cou pour se loger dans le tronc cérébral et a engendré un dysfonctionnement du système nerveux central…

— En clair ?

— Le projectile a pu être retiré sans provoquer de dommages supplémentaires au cerveau. En revanche elle est toujours dans un coma stade 3. Plus de conscience ni de réactivité, mais toutes ses fonctions organiques sont conservées. Pour preuve, on peut la nourrir par voie digestive.

— Et au bout de quatre mois, il y a encore une chance qu'elle se réveille ?

— Je vous l'accorde, chaque jour qui passe, les probabilités diminuent. Mais dans ce domaine, le corps médical a été confronté à de nombreux cas de réveil alors que l'espoir était mince.

— Des miracles quoi… soupire le juge. Je ne suis pas près de l'inculper pour double assassinat, enlèvement, séquestration et tentative de meurtre…

— Ce ne sont pas que des miracles, monsieur le juge. En matière de coma, la médecine fait pas mal de progrès, notamment grâce à une batterie de stimuli sensoriels sur les patients. Elle a été transférée dans l'un des meilleurs centres d'éveil, au CHU de Lille.

Camille intervient pour préciser qu'elle a enfin convaincu Amélie d'aller lui rendre visite. Selon les médecins, c'est la personne qu'elle connaît le mieux et entendre le son de sa voix pourrait peut-être provoquer un déclic.

— Depuis des mois, elle refusait de la voir. Elle me disait que cela ferait rejaillir des souvenirs trop douloureux. Ce que je peux parfaitement comprendre. Mais je n'ai pas cessé d'insister, de lui dire que c'était capital pour nous. Pour être franche, je lui ai un peu forcé la main en lui balançant que son refus pourrait être considéré comme une entrave à la justice… Elle ira la voir la semaine prochaine.

— Je vous reconnais bien là, major ! sourit le juge avant de réclamer un point complet sur l'enquête.

Grâce à ses investigations, aux indices et preuves relevés, Desjeunes a reconstitué peu à peu le puzzle. Les pièces manquantes lui ont été livrées par le témoignage de la principale intéressée. Notamment sur l'identité de l'autre qui vivait, libre, avec les ravisseurs, sans pour autant être leur fille biologique. Le juge ouvre l'épais dossier et en tire le PV de son audition. Camille s'agace car elle le connaît par cœur, mais le juge dit qu'il tient à le relire.

— Je veux que tout soit d'équerre avant de partir, pontifie-t-il.

Nous, Camille Desjeunes, major de gendarmerie, officier de police judiciaire, constatons que se présente devant nous Amélie Lenglet, le 19 novembre 2023, à 10 h 35.

Je me nomme Amélie Lenglet née le trois décembre 2005 de mère inconnue à Riga, Lettonie, fille adoptive d'Hervé et Laetitia Lenglet...

— Etc., etc., abrège le juge en descendant le document. Allons aux faits.

Il reprend.

En plus de ses questions incessantes pour me voler mes souvenirs, dans le seul but de prendre ma place, elle n'arrêtait pas de parler d'elle. Un vrai délire. Comme si elle devait tout m'avouer avant de me tuer... [Pleurs] Elle m'a raconté qu'elle aussi, elle avait été enlevée. Bien avant moi. Quand elle avait trois ans. Ils se sont enfuis dans le Cantal, cachés dans la bergerie, loin du monde. Ils la considéraient et la traitaient comme leur fille, même si elle leur en faisait voir de toutes les couleurs. Elle m'a dit qu'un soir, elle avait sept ans, elle s'était échappée et s'était perdue dans la montagne. Ils l'avaient retrouvée au bout de quelques heures et l'avaient accusée d'avoir voulu s'enfuir. C'est à cause de cet incident qu'ils ont décidé de m'enlever. Il leur fallait une seconde fille du même âge, au cas où l'autre disparaîtrait. Elle ne cessait de me répéter que je n'étais qu'une fille de secours. Vous vous rendez compte ? J'ai vécu tout ça, enfermée dans une cave, battue, violée, juste pour n'être qu'une remplaçante ! C'est horrible !

[Pause de dix minutes de la déposition d'Amélie Lenglet décidée par nous, suite à une crise de sanglots.]

Quand elle est entrée dans ma chambre, chez mes parents, je dormais. Elle m'a réveillée avec le canon du revolver collé à mon front, m'a ordonné de ne pas crier et de la suivre. D'abord j'ai refusé, nous nous sommes battues, mais le bruit n'a attiré personne. Ensuite, elle s'est montrée très menaçante. Elle était comme folle et je suis certaine que si j'avais résisté davantage, elle aurait tiré. Voilà pourquoi je l'ai suivie dans la nuit. Bien sûr, j'ai pensé fuir durant notre longue marche vers la villa, mais c'était impossible. Elle me menaçait toujours avec l'arme de mon père et après c'était trop tard, elle m'a enfermée dans la cave. Elle est restée quasiment tout le temps avec moi. Elle m'a dit qu'elle avait tué nos ravisseurs, sans me donner davantage de précisions. Elle a seulement affirmé qu'ils avaient eu ce qu'ils méritaient. Elle les détestait. Surtout l'homme qui abusait d'elle. Comme avec moi… Et puis, elle m'a avoué s'être débarrassée d'eux, pour être enfin libre et prendre ma place, me voler ma vie. Elle hurlait qu'elle aussi elle avait le droit au bonheur, à une vraie famille. Elle était complètement hystérique. Elle faisait vraiment peur, vous savez. Elle n'arrêtait pas de m'insulter, de me reprocher d'être encore en vie. Que j'aurais dû crever dans ma cave, à la ferme, où elle m'avait abandonnée. Et que cette fois, elle ne me raterait pas !

C'est vrai, je me suis rétractée, alors que dès notre première confrontation, je savais que c'était elle. Je vous demande pardon, major… Mais je n'avais pas le choix. Quand j'ai dit que je la reconnaissais, que c'était l'autre, vous avez bien vu, elle est devenue folle. Elle s'est approchée de moi comme si elle allait me frapper. Vous êtes d'ailleurs intervenue pour nous séparer. En réalité, elle s'était collée à moi pour me menacer, me murmurer à l'oreille : « Si tu parles, je te tue ! »

— Cette fille, cette « autre », est un démon, assène le juge, en rangeant le procès-verbal dans le dossier. Major, vous avez pu retracer son parcours entre le Cantal et Vierzon, après les meurtres ?

— Non. Mais elle avait sans doute un peu de cash, volé aux ravisseurs ou trouvé dans la maison. De quoi prendre un train, un autocar… Partir le plus loin possible pour que l'on ne puisse pas faire le lien entre elle et le buron, même si elle avait pris soin de le nettoyer de fond en comble. C'est pour cela aussi qu'elle a inventé ce lieu de séquestration en Vendée. Elle a vraiment bien préparé son coup. Si Amélie n'avait pas survécu, jamais on n'aurait découvert cette ferme et les horreurs qui s'y sont produites. Quant à sa fausse évasion, elle l'a parfaitement mise en scène, avec les débris de phare, le bandeau… Elle m'a livré ainsi tout cuits des indices pour que je croie à son histoire.

— Mais comment elle a pu s'attacher elle-même les poignets ? l'interrompt le juge.

— Avec les dents, sourit Camille.

Elle repense à Yannis se contorsionnant pour tenter de lui prouver que l'on pouvait le faire.

— Mon adjoint, l'adjudant Messaoui, a reconstitué la scène. Non sans difficulté, mais c'est faisable. Et puis ce n'était sûrement pas très serré…

Le juge affiche une moue dubitative avant de poursuivre :

— Une chose est sûre. Depuis le début, tout ce que dit Amélie corrobore les conclusions de mon instruction sur ses conditions de détention, les circonstances des meurtres, le mobile de l'usurpation d'identité, le déroulé des trois jours enfermés dans la villa…

— Elle est totalement cohérente, surenchérit le professeur.

— Parfait. Parlez-moi des ravisseurs, les Fourcade, demande le juge en chaussant ses lunettes pour lire la feuille qu'il vient de saisir entre ses doigts. Ou plutôt les Bernardi, selon vos recherches…

— Franck et Karine Bernardi, précise Camille. Cela nous a pris du temps de remonter à leur vraie identité. Après, cela a été assez simple de retracer leur parcours. Âgés d'une quarantaine d'années à leur mort, ils se sont mariés jeunes et vivaient en région parisienne. Les témoignages recueillis parlent d'un couple sans histoire, lui était technicien de maintenance d'ascenseurs, elle secrétaire médicale. Ils avaient des amis, une famille… Bref une vie tout ce qu'il y a de plus classique. Tout a basculé, quand elle a perdu son premier enfant, une fille, lors d'un accouchement particulièrement difficile. Le bébé n'a survécu que quelques heures et son décès a été déclaré le 23 mars 2005. Il y a dix-huit ans.

— Elle aurait eu à peu près l'âge des filles qu'ils ont enlevées, précise Meignan en haussant les sourcils. On ne peut plus banal, d'un point de vue psychiatrique…

— Vous avez complètement raison, confirme le juge. J'ai déjà eu ce type de profil à traiter dans pas mal d'affaires. Vous appelez ça, je crois, un transfert affectif…

Le professeur acquiesce d'un regard complice, et s'excuse aussitôt auprès de Camille de l'avoir interrompue.

— Le dossier médical de Karine Bernardi, poursuit-elle, révèle que, après cet accouchement et les complications qui se sont ensuivies, elle ne pourrait plus jamais avoir d'enfant. La suite, comme le dit le professeur, est assez banale en effet. La femme s'est coupée du monde. Elle a arrêté de travailler et a été traitée durant trois années pour dépression névrotique. Puis, du jour au lendemain, elle n'est plus venue à ses séances thérapeutiques, et Franck, quant à lui, a démissionné sans préavis. Ils ont vendu leur pavillon de banlieue, ce qui leur a permis de payer l'usage du buron et de vivre en autarcie durant toutes ces années. On a retrouvé un compte bancaire plutôt bien rempli au nom de Fourcade à la Caisse d'épargne d'un bled du Cantal. Ils ont disparu des radars en mars 2008, quelques jours seulement avant le troisième anniversaire de la mort de leur enfant. Et cela correspond à la période où l'autre aurait été kidnappée. Je dis bien « aurait », car nous ne disposons sur ce point que du témoignage d'Amélie.

— Hélas, vous n'avez retrouvé aucune trace de cette disparition, rappelle le juge.

— Nulle part. Dans aucun de nos fichiers. Dans aucune archive. Je vous avoue que cela reste pour moi l'ultime mystère de cette affaire…

— Pour moi aussi, concède Garrigues. Mais bon, tout le reste me paraît en revanche très clair. Une dernière question pour vous, professeur : Pourquoi l'homme abusait-il de ces gamines, alors qu'il était censé les aimer comme ses filles ?

— D'après les témoignages recueillis par les enquêteurs, Franck Bernardi a été, psychologiquement, beaucoup moins touché par le drame qu'ils ont vécu. Contrairement à elle, il n'a pas immédiatement cessé de travailler. Au début, il a continué à voir leurs amis, la famille. Puis, il s'est éloigné peu à peu. Il leur disait qu'elle lui reprochait de ne pas respecter son deuil. De s'en foutre… Alors, il s'est lui aussi isolé, mis au diapason de la souffrance de sa femme. Tous déclarent que Franck n'avait pas une très forte personnalité, que c'est elle qui portait la culotte, si vous me permettez l'expression… Pour répondre à votre question, c'est le profil type de l'abuseur. Avec ces gamines, c'est le seul espace de pouvoir qu'il a pu assouvir. Pour le reste, il était sous l'emprise de son épouse. Je suis convaincu que c'est elle qui est à l'initiative des enlèvements. Lui n'a fait que suivre les ordres. Par amour peut-être, mais, à mon sens, surtout par lâcheté…

— Je suis d'accord avec le professeur, ajoute Camille. On a d'ailleurs la preuve que c'est elle qui a cherché et trouvé le buron pour s'isoler du monde. Le cousin du propriétaire l'a formellement reconnue. Je pense que c'est aussi elle qui a poussé son mari à faire des centaines de kilomètres, jusqu'en Vendée, pour partir en chasse d'une deuxième fillette qui avait à peu près le même âge que la première kidnappée. Appelez cela comme vous voulez, hasard, malchance, mais le malheur a voulu qu'ils tombent sur Amélie Lenglet, laissée sans surveillance par son père.

— Merci, major. C'est bon, je clos définitivement le dossier. À moins que notre « Belle au bois dormant » se réveille…

La major et le professeur sont devant les grilles du tribunal. À l'heure des adieux, ils s'appellent par leurs prénoms, se remercient mutuellement. Ils ont appris à s'apprécier, à se respecter.

— Camille, vous allez enfin pouvoir faire une pause. Vous comptez prendre des vacances ?

— Oui. J'ai une escapade prévue à Amsterdam… Cela fait des mois que je la reporte.

— C'est bien. Il faut décompresser, penser à vous, après toute cette histoire.

— J'y compte bien !

Camille s'interrompt, hésite, puis décide de livrer un peu de son intimité. La seule chose dont elle a envie. Rien que pour elle.

— Je vais me faire faire un nouveau tatouage.

Le professeur lui répond aussitôt, l'air moqueur :

— Vous connaissez la signification psychanalytique du besoin de se faire tatouer ?

Camille affiche un large sourire en lui tendant la main.

— Je ne veux rien savoir. Gardez vos salades pour vous ! Au revoir, Pierre.

Chapitre 97

Aucune aide respiratoire, aucune perfusion, la jeune fille semble dormir paisiblement, la tête bien calée sur l'oreiller, le visage aux traits sereins, les bras le long du corps, posés sur le drap. Seul un monitoring cardiaque, par ses bips réguliers, rappelle la triste réalité de cette chambre d'hôpital, où elle végète depuis des semaines, plongée dans un coma profond. En la découvrant, Laetitia et Juliette restent figées dans l'embrasure de la porte. Elles ne peuvent masquer leur effroi. Juliette vacille, s'accroche au bras du médecin qui les accompagne.

— Ça va ? lui demande-t-il d'une voix douce.

Il a été briefé par les enquêteurs sur les circonstances douloureuses qui reliaient les deux jeunes filles.

— Je comprends que ce soit difficile… Mais c'est important pour elle que vous soyez là. En tout cas, merci d'être venue.

Juliette ne répond pas. Elle est muette depuis qu'elle a pénétré dans les locaux du CHU de Lille. Toute la journée, elle a semblé perdue, en état de choc, à l'idée de la revoir. Désormais, dans cette chambre d'hôpital, Juliette n'a qu'une seule chose en tête, tout faire pour qu'elle ne se réveille jamais.

L'homme en blouse blanche les invite à s'asseoir. Sans un mot, elles s'avancent lentement et prennent place sur des chaises, de chaque côté du lit. Après un long moment passé à la regarder en silence, Laetitia demande naïvement au médecin ce qu'elles sont censées faire.

— Lui parler. Peu importe le sujet. Elle n'a pas encore vraiment entendu de voix familière depuis qu'elle est dans le coma, à part celles de la major Desjeunes et du professeur Meignan. Mais vous, c'est différent. Vous pouvez aussi la toucher, lui prendre la main…

— Elle nous entend ? murmure Juliette.

— Oui. Tous nos tests démontrent qu'elle perçoit les sons et les bruits. Comme je vous le disais, elle est également réceptive au toucher. Chaque jour, un thérapeute vient la masser.

Instinctivement, Laetitia lui saisit la main et commence à lui parler. Juliette a au contraire un mouvement de recul. Elle maudit la gendarme et sa menace de l'accuser d'entrave à la justice. Elle est convaincue, comme une ironie du sort, que, en raison de leur relation fusionnelle, elle seule pourrait la ramener dans le monde des vivants. Elle refuse cette idée et se limite à quelques phrases courtes et impersonnelles. Le tout, à voix basse.

— Vous pourriez parler plus fort s'il vous plaît, lui demande le médecin qui ne cesse d'observer le rythme cardiaque de sa patiente, à l'affût d'ondulations anormales qui trahiraient une émotion.

En vain. Aucune réaction.

Juliette se lève d'un coup et se dirige vers l'autre bout de la chambre.

— Je n'y arrive pas ! Je suis désolée... Cette fille m'a trop fait souffrir.

Les larmes lui montent aux yeux. Cela fait à peine dix minutes et, déjà, la séance est terminée. Laetitia se lève à son tour, jette un dernier regard sur la patiente endormie. Elle est si belle, pense-t-elle. Elle s'excuse auprès du médecin de la réaction de sa fille. D'un signe de la tête, il lui indique qu'il comprend parfaitement. Il les raccompagne.

— Il fallait essayer... Vous pensez que vous pourriez revenir ? leur demande-t-il alors qu'ils sont dans le hall.

Les deux femmes se dévisagent. Laetitia connaît trop sa fille pour ne pas décrypter son regard.

— Vous savez, nous habitons loin... À Nantes. Ça n'est pas facile pour nous de venir jusqu'ici. Mais je vous promets que nous allons essayer.

Alors qu'ils se serrent la main, Laetitia ne peut s'empêcher de poser une dernière question.

— Docteur, vous pensez qu'elle va s'en sortir ? Elle est si jeune... C'est terrible.

— Sa jeunesse est justement sa chance. À vrai dire, les espoirs sont très minces. Et surtout il est impossible de connaître l'évolution des dommages subis par son cerveau. Mais si je n'y croyais pas, je ne travaillerais pas dans ce service...

Juliette a les yeux fermés, le visage caressé par un soleil de printemps. Elle sourit. Elle se sent tellement soulagée que cette séquence, qu'elle redoutait tant, soit derrière elle. Elle sait qu'elle n'y retournera plus. Laetitia le lui a promis dès la sortie de l'hôpital. Elles ont marché un peu en direction de la Grand-Place, puis se sont arrêtées dans ce square, assises sur un banc pour profiter des derniers rayons du soleil. Juliette repense aux ultimes mots du médecin. Désormais, seul un miracle pourrait l'empêcher d'être heureuse. Elle a gagné, pense-t-elle en se laissant bercer dans une douce chaleur. À ses côtés, Laetitia la contemple. Comme toujours. Elle trouve sa fille radieuse dans cette lumière dorée.

— Si tu savais à quel point je t'aime... C'est comme si tu ne m'avais jamais quittée, murmure-t-elle émue.

— Tu vas me le dire combien de fois par jour ! plaisante la jeune fille. Moi aussi je t'aime, Maman.

Soudain, Laetitia se raidit en voyant une guêpe tourner autour d'elles, puis se poser sur le bras de sa fille. Elle n'a pas eu le temps de la chasser que l'insecte l'a déjà piquée. Aussitôt, Laetitia s'affole. Elle se rappelle combien elle avait eu peur quand Amélie, quelques mois avant sa disparition, avait fait une réaction violente à une piqûre de guêpe. Elle avait été obligée de la conduire aux urgences. Le diagnostic avait été immédiat. Choc anaphylactique, l'enfant était allergique et le resterait toute sa vie.

— Viens ! On file à l'hôpital !

Laetitia la tire par le bras pour qu'elle se lève. Mais Juliette reste assise et éclate de rire.

— Oh, quelle mère poule ! Si tu savais combien de fois je me suis fait piquer quand j'étais enfermée dans la bergerie !

Sous le choc, Laetitia reste immobile en la regardant rigoler. Puis, sa vision se trouble au point de ne plus la distinguer. Elle ne l'entend plus se moquer d'elle. Sa voix est peu à peu masquée par le brouhaha des enfants qui jouent dans le square, jusqu'à disparaître totalement. Seuls les cris et les rires résonnent désormais dans sa tête, accompagnant des images d'Amélie, *la vraie*, qui se chassent l'une après l'autre, à tous les âges. De la première fois où elle l'a vue débarquer de Lettonie à, il y a quelques minutes, clouée dans son lit d'hôpital… Laetitia dévisage longuement la jeune fille comme si elle la découvrait.

— Maman ?

Perdue dans son désespoir, Laetitia reste silencieuse, étrangère à ce qui l'entoure.

— Oh, Maman ! T'es là ?

Juliette se lève d'un bond, se met debout sur le banc et dresse les bras au ciel, en signe de victoire. Radieuse.

— Regarde, je suis en pleine forme ! La reine du monde !

Laetitia lui adresse un regard triste, interrogatif.

— Qu'est-ce que je vais bien pouvoir faire avec une fille comme toi…

Elle ajoute après un long silence :

— Tu m'as fait tellement peur… J'ai besoin de reprendre mes esprits. Ne bouge pas, je reviens. Je vais marcher un peu.

— OK. En attendant, moi, je bronze.

Juliette se rassied, sur le banc, reprend sa place au soleil les yeux fermés, insouciante. Laetitia en profite pour s'éloigner à grands pas. Elle a terriblement envie de foncer à l'hôpital, de la prendre dans ses bras, de se faire pardonner.

Pas maintenant. D'une main tremblante, elle saisit son portable.

— Major…

Laetitia éclate en sanglots.

Chapitre 98

— Non ! Ce n'est pas nécessaire, adjudant… chef.

Camille ne se prive pas de taquiner son adjoint pour sa récente promotion. Comme elle vient de le lui demander, Yannis Messaoui renonce à passer les menottes à la jeune femme qui lui fait face, le visage fermé, le regard absent. Comme indifférente à son sort. Juliette n'a rien manifesté non plus quand la major Desjeunes lui a signifié que sa garde à vue était terminée et qu'elle allait être présentée au nouveau juge en charge de l'affaire. Elle a aussitôt signé le procès-verbal de sept longues pages sans même les relire. Depuis son passage aux aveux, elle a lâché l'affaire, elle a d'ailleurs refusé la visite médicale et l'aide d'un avocat. Maintenant qu'elle a perdu, Juliette se moque bien de ce qui peut lui arriver.

Tout au long des premières heures de son interrogatoire, elle s'était pourtant défendue bec et ongles. Niant en bloc les accusations de la major Desjeunes. La défiant même :

— Une histoire de guêpe ? C'est tout ce que vous avez contre moi ? Vous n'êtes pas sérieuse !

Juliette était certaine de maîtriser les événements. Comme toujours. Elle a vite déchanté face à la détermination de Camille, décuplée par la colère. Sa colère contre elle-même. Comment a-t-elle pu à ce point se faire berner par une gamine ? Aussi machiavélique soit-elle. Cela la rend folle de rage. Camille est surmotivée pour prendre sa revanche, c'est devenu une question d'honneur.

D'entrée, la gendarme a fait procéder à différents tests d'allergie sur Juliette. En attendant les résultats, elle l'a cuisinée à grand feu, en balayant les quelques zones d'ombre qu'elle n'a pu éclaircir dans cette affaire. Comme l'enlèvement d'une fillette de trois ans qui n'a jamais été signalé :

— Avoue que cela n'existe pas !

Yannis intervient :

— On n'a jamais retrouvé les gants que portait prétendument l'autre. Ni sur elle ni dans la villa.

— Enfin, surenchérit Camille, ce que je n'arrive toujours pas à comprendre, c'est pourquoi tu n'as rien tenté alors que tu n'étais pas attachée. Elle a bien dû s'endormir à un moment ou un autre… Qu'est-ce que tu dis de tout ça ?

— Rien. C'est vous la flic ! C'est à vous d'apporter des réponses ! lui a rétorqué Juliette, tout en provocation.

Camille a décelé pour la première fois que sa suspecte était déstabilisée quand elle lui a annoncé que la Scientifique inspectait à nouveau chaque recoin de la villa et qu'elle finira certainement par trouver quelque chose qui prouvera que c'est elle qui a séquestré Amélie. *Pendant trois jours, tu as bien dû pisser quelque part !*

À la douzième heure, les résultats du laboratoire sont enfin tombés. Ils étaient sans appel. Elle ne souffrait d'aucune allergie. Le médecin était formel, cette jeune femme n'avait jamais pu faire de choc anaphylactique durant son enfance comme l'affirme Laetitia. Face à cette preuve accablante, Juliette ne s'est pas effondrée. Elle a fixé Camille froidement et, d'une voix assurée, a déclaré :

— C'est exact, madame la gendarme, je ne suis pas, et je n'ai jamais été Amélie Lenglet.

Durant le reste de sa garde à vue, Juliette ne s'est pas départie de cette attitude. Dure, hautaine, sans émotion. Elle n'a exprimé aucun remords ni esquissé l'ombre d'un regret ou d'une compassion. Au contraire, elle n'a cessé de répéter, avec une fierté malsaine, que son plan était parfait. « Excepté cette histoire de guêpe… » Elle a presque éclaté de rire en évoquant ce qui l'avait trahie : « Comment deviner ? Non, décidément, je n'ai commis aucune erreur. Trop forte ! » Au fil de ses aveux, Camille a enfin compris comment Juliette s'était jouée de tous, d'elle en premier, du juge, des Lenglet. De Laetitia surtout.

Juliette a expliqué que c'était la vraie Amélie Lenglet durant leur captivité qui lui avait fourni toutes les informations sur ses parents, sa vie d'avant. Elle les a utilisés à bon escient pour duper son monde. « On se parlait tout le temps, on se raccrochait à nos souvenirs pour tenir le coup. » En cet instant, Juliette avait semblé sincèrement émue : « Vous savez, je l'aimais beaucoup, Amélie… »

Chapitre 99

Laetitia et Hervé se tiennent côte à côte, au pied des marches du bâtiment. Ils accueillent ceux qui viennent apporter leur soutien à ce couple d'amis en grande détresse. L'un comme l'autre ont tant pleuré ces derniers jours qu'on se demande comment quelques larmes s'échappent encore de leurs yeux. Ils les essuient furtivement de la main quand quelqu'un les prend affectueusement dans les bras, leur murmure quelques mots de réconfort. Ils ont demandé une cérémonie en toute intimité, sans fleurs ni couronnes. On ne les a pas écoutés. Plus d'une centaine de personnes ont voulu être là. Beaucoup arrivent avec un bouquet, ou une simple rose qu'ils déposent sur les marches du crématorium de Nantes.

C'est ici que le corps d'Amélie Lenglet, selon la volonté de ses parents, sera incinéré. Aucun des deux ne sait ce qu'il fera de l'urne funéraire, de ses cendres. Ils n'ont pas osé en discuter, tant leur douleur est à vif, insoutenable. Laetitia contient sa peine quand approche Jordan. Le jeune homme éclate en sanglots, avant de se réfugier dans les bras accueillants de la mère d'Amélie. Hervé lui prend la main.

— Merci d'être venu, mon garçon. Notre Amélie t'aimait beaucoup.

Solène, sa mère, dit à son voisin :

— Je n'arrive pas à y croire. C'est tellement inimaginable ce qu'il s'est passé…

De fait, dans cette petite foule, ils sont beaucoup à être comme elle, incapables d'affronter la vérité.

Camille reste à l'écart des intimes. Elle est habillée en civil. Rien ne l'obligeait à venir assister à la cérémonie, mais elle voulait être présente. Comme le professeur Meignan qui se tient à ses côtés.

— Je me demande comment Laetitia et Hervé vont surmonter cette tragédie.

L'avis du psychiatre tombe comme la lame de l'échafaud :

— Jamais ils ne le pourront, je le crains… Leur vie a été un enfer et elle est encore plus effroyable aujourd'hui.

Yannis Messaoui les rejoint.

— Alors ? demande-t-il d'une voix étouffée.

— C'est triste, tellement triste, souffle Camille en apercevant le fourgon funéraire au bout de l'allée s'approcher à faible allure.

Camille et Yannis partagent le même sentiment de détresse que lorsqu'ils ont retrouvé le corps au pied du grand chêne, à plusieurs centaines de mètres de la bergerie, à un endroit que nul n'avait fouillé. Tout ce que Juliette a révélé pendant sa garde à vue était vrai.

Amélie Lenglet est morte. Elle avait tout juste huit ans.

C'est au même âge que Juliette a été enlevée dans un orphelinat des Pyrénées, lors d'une excursion en montagne. La major, selon les indications de Juliette, a retrouvé les PV de l'époque. L'enquête concluait à une mort accidentelle, une mauvaise chute dans un profond ravin, bien qu'aucun cadavre n'ait été retrouvé. Amélie était déjà prisonnière depuis plusieurs mois quand elle est arrivée au buron. Enfermées ensemble dans la cave, elles ont très vite tissé un lien de complicité et de soutien mutuel pour affronter le drame de leur enfance brisée. « Nous étions si petites, tellement perdues… On se parlait tout le temps pour ne pas sombrer », a pleuré Juliette quand elle a évoqué Amélie. Elle, l'orpheline, était fascinée par ce que son amie lui racontait, sa vie auprès de parents aimants. Amélie avait connu ce à quoi elle n'avait jamais eu droit. Une famille. Elle se rassasiait des moindres détails qu'elle lui confiait. Comme si on lui racontait un conte de fées. « Cela me sortait de l'horreur de notre quotidien… » Malheureusement, au bout de quelques mois, Amélie s'est soudain étiolée. Cela a commencé par un mal de tête, des raideurs dans la nuque, des vertiges, sa température est montée à plus de quarante. Juliette suppliait les ravisseurs de la conduire à l'hôpital. Ils refusaient par crainte d'être arrêtés. Avec des médicaments de fortune, ils ont tout tenté pour la soigner. En vain. Son calvaire a duré quatre jours et Amélie Lenglet a finalement succombé. « Peut-être, selon l'avis du légiste, d'une méningite foudroyante », en a conclu Meignan.

Juliette a décrit la petite cérémonie organisée par ses geôliers. « C'est la seule fois que je les ai vus émus. La femme a même pleuré. » Les restes d'une petite croix en bois marquaient encore l'emplacement de sa tombe quand les gendarmes ont commencé à creuser. C'est le tibia d'une enfant qu'ils ont déterré en premier. Puis son crâne. Du petit corps d'Amélie Lenglet ne restaient que des os et des lambeaux de vêtements.

Quelques semaines après sa mort, le couple a kidnappé une autre fillette qu'ils ont prénommée Amélie en mémoire de la petite Lenglet et qui est devenue « Amélie 1 » pour les protagonistes de l'enquête. Elle s'appelle en réalité Pauline Mariani. Toujours poussés par le même mobile insensé, fonder une famille avec deux sœurs qui se ressemblent physiquement, et selon le même mode opératoire. Elle aussi a été enlevée dans un orphelinat. Au prix d'une enquête guidée par les informations délivrées par Juliette, Camille a trouvé sa trace à Mons, en Belgique. Sa disparition, à l'instar de celle de Juliette, est quasiment passée inaperçue. Quelques articles de presse y font référence et la police a bâclé ses recherches. Décidément, qui se soucie du sort d'orphelines ? s'est désolée Camille.

Pauline n'a jamais connu Amélie Lenglet. Les rares bribes de sa vie, elle les a apprises par Juliette. Durant sa garde à vue, celle-ci a raconté comment elles étaient devenues inséparables au fil de leurs années de captivité, comment elles avaient éliminé leurs ravisseurs : « Nous les détestions tellement. Nous avons peaufiné notre plan durant des jours et ça a fonctionné à merveille ! Nous étions enfin libres ! C'est la dernière fois où nous avons été heureuses, comme des sœurs ! Car, ensuite, elle m'a trahie… Nous devions fuir ensemble, loin, après les avoir tués et enterrés. Les Lenglet n'avaient pas leur place dans notre histoire. Jamais je n'aurais imaginé qu'elle avait en tête de se faire passer pour Amélie alors qu'elle ne connaissait rien d'elle. Mais, je me suis fait avoir. Elle m'a enfermée dans la cave du buron. C'est comme ça que toute cette affaire a commencé. Je devais survivre pour me venger ! Et je suis *très* rancunière ! »

Puis, elle a avoué dans le détail ce qui s'est réellement passé dans la villa, comment elle y a attiré sa rivale, l'a enfermée, torturée psychologiquement en faisant durer le plaisir. Son récit était terrifiant. « Je n'ai jamais pris un tel pied ! Elle était à ma merci. Je tenais sa vie entre mes mains et je ne me suis pas privée de jouer avec. Elle a dû penser que j'allais la tuer cent fois ! Si vous aviez pu voir la trouille qu'elle avait dans les yeux… » Hélas, Camille imaginait trop bien sa terreur face à ce monstre froid et cruel. Juliette a poursuivi sans émotion aucune : « Et puis quand j'en ai eu assez de faire joujou avec elle, j'ai allumé son portable. Elle a aussitôt compris. Elle était terrifiée, m'a suppliée de l'épargner. Cette sale traîtresse me promettait qu'elle ne dirait jamais rien à personne, cherchait par tous les moyens à échapper à ma sentence. Quand je vous ai entendus approcher, j'ai su que le moment était venu. J'ai alors approché le canon du revolver près de son visage, elle a tenté de s'en saisir et j'ai tiré. » Juliette a conclu avec une pointe de dédain : « Malheureusement je l'ai ratée… Ou presque… »

Aujourd'hui, Pauline, plongée dans le coma, lutte seule contre la mort dans un hôpital de Lille, tandis que Juliette, en prison, attend son procès annoncé pour l'année prochaine.

Camille glisse à Meignan :

— Il paraît qu'elle s'est mis tout le monde dans la poche là-bas…

Messaoui s'invite dans la conversation :

— Professeur, comment expliquez-vous qu'au lieu de fuir ensemble, elles ont tout fait pour prendre place dans la famille Lenglet ? Pourquoi elles se sont entre-tuées alors qu'elles se considéraient comme des sœurs ?

— Yannis, n'oubliez pas que nous avons affaire à deux orphelines, enlevées, séquestrées et maltraitées durant dix années, qui n'ont survécu que grâce au lien indéfectible qu'elles ont noué. Personne ne peut comprendre ce qu'elles ont traversé ni les crimes dont elles se sont rendues coupables. Bien sûr, on peut parler pour l'une d'un besoin de bonheur au sein d'une famille aimante, pour l'autre d'une soif de vengeance… Non, moi je préfère penser que ce sont surtout deux victimes à qui on a volé leur enfance et qui aujourd'hui sont toutes deux lourdement condamnées…

Alors que le corbillard se gare, Laetitia glisse sa main dans celle d'Hervé, puis pose la tête sur son épaule. En silence, ils regardent les employés des pompes funèbres sortir le cercueil. Il est là, à quelques centimètres d'eux. Ils le fixent, pétrifiés.

Il est si minuscule.

PAPIER CERTIFIÉ

Le Livre de Poche s'engage pour l'environnement en réduisant l'empreinte carbone de ses livres. Celle de cet exemplaire est de :
150 g éq. CO_2
Rendez-vous sur www.livredepoche-durable.fr

Composition réalisée par PCA

Achevé d'imprimer en France par
CPI BRODARD & TAUPIN (72200 La Flèche)
en janvier 2026
N° d'impression : 3064160
Dépôt légal 1re publication : mai 2025
Édition 05 - janvier 2026
LIBRAIRIE GÉNÉRALE FRANÇAISE
21, rue du Montparnasse – 75298 Paris Cedex 06
marketing@livredepoche.com

37/3460/4